曼殊文集

第五辑

卢卫平／主编

叫不醒的世界

石岱 著

中国书籍出版社
China Book Press

图书在版编目（CIP）数据

叫不醒的世界 / 石岱著. -- 北京 ：中国书籍出版社，2024.3

（曼殊文集．第五辑 ；4）

ISBN 978-7-5068-9814-0

Ⅰ.①叫… Ⅱ.①石… Ⅲ.①散文集-中国-当代 Ⅳ.①I267

中国国家版本馆 CIP 数据核字（2024）第 057181 号

叫不醒的世界

石　岱　著

图书策划　许甜甜　成晓春
责任编辑　杨铠瑞
装帧设计　书香力扬
责任印制　孙马飞　马　芝
出版发行　中国书籍出版社
地　　址　北京市丰台区三路居路 97 号（邮编：100073）
电　　话　（010）52257143（总编室）　（010）52257140（发行部）
电子邮箱　eo@ chinabp. com. cn
经　　销　全国新华书店
印　　刷　四川科德彩色数码科技有限公司
开　　本　880 毫米×1230 毫米　1/32
字　　数　192 千字
印　　张　8. 875
版　　次　2024 年 3 月第 1 版
印　　次　2024 年 3 月第 1 次印刷
书　　号　ISBN 978-7-5068-9814-0
总 定 价　288. 00 元（全 5 册）

版权所有　翻印必究

总 序

耿 立

曼殊文集第五辑就要出版了，这是珠海市作家协会评选的“苏曼殊文学奖”获奖作品丛书。这是一辑散文的集合，是珠海文字和生活的活色生香，它集中展示了珠海市近几年散文创作的基本样貌。

苏曼殊是广东近代文学的标志，也是珠海文学的精神养料，以苏曼殊为名字的文学奖，在珠海举办了多届，这些获奖作品，以曼殊文集的形式出版，届届积累，届届层叠，如一块块的砖瓦，薪火相传，建构着珠海的文学的大厦。珠海是一个诗意的城市，青春浪漫，而这些符号的底座，文学是最不可缺少的元素。

珠海是移民城市，不同地域、不同文化的人集聚在这片土地上，他们用文字记录脚下的生活，参与珠海的文化创造，他们其中的笔触，也常常有着悠远的故乡之思，做一些纸上的还乡之旅。比如许理存的《望乡》。童年的经历，如刀刻在他记忆的深处，那些民俗、那些乡间匠人，那些乡土的故事和人物，虽然他离开了故乡，但那个时代艰难而又快乐的农村生活，在他记忆里并没有拆除，所有梦醒时分的惆怅与回忆，都催促他用文字留住曾经过去和渐渐消失的农耕文明，给后人一个文字的路标。许理存生活在特区，他的回望在文字里，他的故乡也在文字里。

故乡不单单指物理的空间，精神的原乡，既是那个念念不忘的故乡，也指那些参与个人成长，塑造精神价值和审美取向的历史人物、文化典籍或者特定的精神瞬间。石岱的《叫不醒的世界》，这本书就是记录了他对精神原乡的美好追忆、对历史风云的深刻体会、对人生的一些独特感悟与思考，以及对爱和自由美好生活的向往与追寻。他笔下的孔子、庄子、司马迁，还有那些荆轲们，这参与我们民族精神塑造的人物，他们就是一些人的精神的原乡。

林小兵的《点点灯火》，是作为一个移民管理警察守卫国门的家国情怀的记录与思考，他记录工作和生活当中的见闻、经历和感悟，弘扬“真、善、美”的主旋律，我们从一篇篇滚烫的文字里能触摸到作者浓浓的家国情怀。再他是一个马拉松运动的爱好者，我们可以从他的文字里看出他生活的足迹，看出执着的力量，执着是信仰，执着也是能更好地认识自己、实现自己的支撑。

九月的《归墟》是散文随笔的合集，无论写人写事，还是观影笔记，她都用自己敏感的心灵透视笔下所写，无论长篇还是短制，无论读书还是游历，我们都可看出她的广博与阔大。

赵丹的散文集《归途》，是她近十年的成长历程与思考感悟。“走出荒原”是对生活的感悟与个人成长历程的记录，将走出荒原那始终如一的信念和勇气表现得淋漓尽致。“桃花源里”是对文化的思考与探索，正如“桃花源”一样，寓意作者心中保持文学初心的一处净土。“悠悠唐崖”是对童年及故乡的追忆，是对先辈口口相传的土家往事的传承，是对民族文化基因的探寻与思索，并配有唐崖土司城的相关照片，这在读图的时代，给人以有别于文字的别样体会。

一个时代有一个时代的文学，一个城市也有一个城市的文学，对文学的体裁来说，散文是最有烟火气、最接地气的文体。这五位作者的散文，最可贵的是体现了散文创作的基本伦理，那就是一个字：真。真是散文的第一规定、第一伦理，真相，真理，真实在场。

散文还强调自由，这是从散文的精神来说，从散文的质地来说，从散文的文体来说。散文没有既定的文体规范，散文的文体是敞开的，这样的无边的自由是十分考验散文写作者功力的。但散文又是同质化最严重的文体，很多人都沉浸在亲情、乡愁、风景、小花小草的书写中，很多人偷懒，就会陷入一种书写的惰性模式里，散文给人自由，有的人却逃避散文的自由，很多人依靠着一种模式，在这种模式里安逸地书写，这是散文创作应该警惕的。

所喜的是，在五个作者的文字里，我们看到他们避免了当下散文创作的一些弊病，他们都有着自己鲜明的个人面目，有着自己独特的声音。大家都在自己的园地里精耕细作，散文家最像一个农夫，戴着斗笠，赶着耕牛，无论刮风下雨，无论雨雪风霜，热也好，冷也好，专注着脚下的土地，这样的收成，是最有成色的，因为每个文字，就像一粒粒的粮食，都有着汗水的反光。

散文是一个敞开的文体，祝福五位作者的文字，都有明媚的未来。

（耿立，广东省散文创作委员会副主任、珠海市作家协会副主席。）

文字是我与世界的弹幕

如今，无论是在长视频还是短视频上，看不到弹幕是奇怪的。弹幕起源于ACG文化，本意是让小众群体在更小众的爱好圈子，抒发某一时刻的心情或者吐槽，引起共鸣，让网络另外一边的陌生人看到后，不至于孤独。

如果借用日本轻小说的写法，大概是：在茫茫的宇宙里，小小的我，因为笨拙，对于各种景色只有内心的震动，无法表达，幸运的是看到你的留言，太好了，在这个世界上果然还是有懂我的人啊。

这一行为方式在人类历史上并不少见，北宋的苏舜钦每晚读《汉书》必饮酒，每每要喝一斗之多，他的岳父就很奇怪，以为苏舜钦不认真读书，只是喝酒取乐。有一天晚上，苏舜钦的岳父便派人去查看苏舜钦的动静。后来，那人向苏舜钦的岳父汇报，苏舜钦读《汉书》时，看到张良在博浪沙刺秦失败，大呼可惜，满饮一大白，看到张良遇到黄石公，大喜，又饮一大白，苏舜钦的岳父听后大笑：若是为此饮酒，喝一斗不算多。

假如苏舜钦生活在现在，那历史类视频里，苏舜钦应该是第一弹幕王，张良刺秦失败时，他要发："可惜！"张良遇到黄石公时，他要发："留侯遇黄石公，如子路、颜回之遇孔子，快哉，快哉！"

我常常不自量力地想，如今的我们看到千载以来古人留下的文章，时常感动，不仅是因为我们还可以从那些文字中读到文明的瑰丽，更是我们的情感在几千年里并不曾发生过变化。孔子听到颜回、子路殒命时候的感情与王阳明听到徐爱去世时的感情，大抵是一致的，人们在西湖边看到岳于二少保的坟茔时，心中的感觉也会是一样的——天下咸冤之，看到拿破仑在滑铁卢的失败与汉尼拔在扎马的失败，也会感到扼腕叹息吧。

随着这些情感越来越多，我想，还是把它们写下来吧。这并不是一种夸耀，这只是我对这个世界的一种认识，一种吐槽，一种长长的弹幕。

就像我在读狄青的故事，对于狄青这个人，我并不"感冒"，相反的是，在网上有人拿狄青说事儿，说宋朝就是重文轻武的时候，我经常嘲讽狄青，讥讽狄青为贪污犯开脱，为了自己的前途屡次背叛恩人，活脱一个"北宋吕布"。而在我写他的时候，狄青又只是变成了一个符号，我又不免同情起狄青与他出身的那个底层的世界。

父亲经常告诫我一句话，无论是对古代人还是当代人，需要同情之，理解之。曾经，我也认为山东老家的梁山好汉都是一群贼，就像鲁迅讥讽李逵在江州法场，两块板斧砍去，砍死的官兵远没有他砍死的老百姓多。所以，我并不能理解李贽在他评的《水浒传》上留下的弹幕，比如鲁智深在五台山上的所作所为，李贽居然一口一个佛，又或者是金圣叹在武松血溅鸳鸯楼时的弹幕，他居然兴致勃勃地帮武松清点起杀的人数来了。

可如今在各种信息渠道，接收到那些恃强凌弱的消息时，又有何人心中不曾想到，若是有好汉在那该有多好呢？我也不再视鲁达在五台山上醉酒，不懂佛号为粗鄙，我明白那是他胸中有块垒，必须用酒浇。他本是堂堂关西五路廉访使，深受老种、小种两位经略相公赏识，大可在边关一刀一枪博个封妻荫子，如今只能窝藏在寺院之中，一身本领不得施展。不喝酒，又能怎样？

只是若要问他，后悔打死郑屠吗？只怕鲁智深会啐我一口，大笑：那撮鸟，打便打杀，后悔个鸟甚！洒家只恨未能打尽天下恶人！

当浮一大白！

只是转身回到现实，我又可以如在看到他们时有激动的心情，敢于挺身而出吗？这是需要打一个问号的。读研的时候，导师带着我们一起做影视剧本，有一天夜里，老师看着学校广场上成群的阿姨在跳广场舞，随口说：有时候我也想跟他们一样跳跳广场舞，享受生活的幸福。我问：要是可以选，您会这么选吗？老师笑了：不会，因为我选择了文学与影视，在剧本中拓宽了人生的维度，体验着不同的生活，也是一种幸福。

诚如老师所说，生命在于体验，它并不需要某种答案，告诉大家什么是正确的，什么是错误的，每一种体悟都是当时的感觉，而非终极的答案。

如果，侥幸您翻开了这本书，在文章中只看到叙述而看不到作者的答案，万勿动怒，骂作者奸猾。这些文字只是我现在这个年纪的感想，而感想并不需要做出结论。

这些不过是这世界上飘过的一行弹幕。

目 录
CONTENTS

到不了的那条河

16 岁前，我没有见过黄河。

即便我两三岁时在濮阳一个豪华的宾馆里尿床，天一亮父亲就把我带回菏泽，因为太过年幼，记不得事情，那时是应该经过黄河的，但我却觉得也是没有见过黄河，记忆里没有一点河的踪迹。

后来去到老家一中读高中，从老家县城到黄河大堤不远处的曹植读书台遗址去看杏花，我才远远看见了黄河。没什么特别，只是远远的一条白线。普通到我无法把它与人们口中的“波澜壮阔”产生一丝联想，它对我的吸引力甚至没有大巴车上播放的电影强。

从山东来到珠海以后，不断有人问我从哪里来，我的老家有什么。黄河成了我嘴里的一个高频词。但“黄河”也只是一个简单的词语，没有人会详细询问山东的黄河是什么样子？它好看吗？它有多宽？它的河岸有多长？

一

我生在山东，大人对于山东有一个简单的模板供孩子认知，他们说山东是“一山一水一圣人”，山是泰山，圣人是孔子，水就是黄河。

脱离了对山东的介绍，大人们对黄河的介绍又是另外一个样子。黄河是苦难的，汹涌的水患经常淹没家乡，尽管老家的黄河上一次决口时爷爷奶奶只有十多岁，已是很久远的事情。对于黄河的恐惧依旧留存下来，一代代传到我的记忆里。

我在《岳飞传》的连环画上看到过，岳飞出生时，黄河决口，岳母将岳飞放在缸里，母子在洪水中漂流，侥幸活命。

我在史书上也看到过，“至五代、北宋河复南决，百余年中凡四决杨刘，七泛郓濮”。

郓，即郓城。濮，即濮州。郓城县城到我的老家鄄城县城不到百里，都说“百里不同风，千里不同俗”，鄄城跟郓城却是例外，在老家提起这两个地方更多听到的是“鄄城郓城不分家”。而濮州，在民国初期以前跟我的老家鄄城甚至在一个地方行政区划，直到1855年（咸丰五年）黄河改道将濮州全境撕开，尔后，民国两地分治，它们才又变成两个地方。

是黄河把它们分开。

曹濮平原的人无法选择离开黄河，黄河带来恐惧，也带来生存。当它不再咆哮的时候，它就是静静流过的河水。依附于黄河的支流，是大人谋衣食的地方，也是孩子玩耍的乐园。父亲不止一次地跟我说过他小时候，在天热的时候下河洗澡，半大的小子们光着屁股在水里扎猛子，徜徉着度过一个又一个炙热的午后。当然还有睡前给我讲的水鬼故事。水鬼可能是中国鬼怪里最惨的一种，其他的游魂野鬼在了却心愿后，总可以入轮回转世。水鬼只有在几十年甚至更久的时间，忍受水下的孤寒后，才能寻到一个替身。所以，老家的人会把不幸在水里溺死的人说成，水鬼拿替身。父亲给我讲了许多水鬼的故事，其中只有一个成功摆脱水鬼的案例。那也是一个夏天，什集比往常更加炎热，但那年什集旁边的河水却没有干涸，一样有着丰沛的流水，孩子们自然都跑到那里消夏。就是这个时候，一个小子在游泳时被水鬼抓住了脚脖子，那个小子特别聪明，他没有挣扎，而是笑着跟其他小孩说他们都不能把他从水里拽出来，其他孩子自然是不信的，一个，两个，三个，直到所有的小孩过来，最终不停失败的小孩连成一条线，将那个被水鬼抓住的小孩拽了出来。

我问父亲，小孩救出来以后，水鬼怎么样了？或许我爷爷，甚至我爷爷的爷爷都没有想过有小孩会这么问，这个故事就停留在小孩被救出来的那一刻。父亲最后也只能说，能怎么样，再等下一个呗。我又问，那河里淹死了那么多人，得有多少人被抓替身。父亲不知道该怎么回答我，其实我到现在也不知道，以后如果我的孩子问同样的问题我该如何回应。老家因为黄河死掉的人太多了，不独黄河，地震、饥饿、疾病都会把老家的人带走。他们在故事里圆睁着空洞的双眼，随着鬼火飘荡在平原上。最后还是母亲过来打圆场，母亲对我说，以后下河游泳不要往河深的地方游。母亲这倒是多虑了，因为我到现在都不会游泳。

我不会游泳，跟水鬼的故事没有丝毫的关系。说来可笑，我似乎与水并不亲近，小时候我三不五时地会掉进水里。三四岁的时候，我掉进过水坑。那是师专的一个操场，九十年代初期，那个操场很是荒芜，秋天的时候操场上到处都是黄草，把火柴扔进去，很快就能烧出一片灰烬，我就在灰烬里翻找蚂蚱吃。没有蚂蚱的时候，我们就在操场上游荡，漫无目的地游荡。白天操场上没有什么人，到了晚上有人也很难看见，只有在我们随手扔出石头的时候，才有人从黑暗的角落里或者草地上给予回应，甚至会跑来揍我们，令人好奇的是，他们站起来的时候，多数都会有一只手提着裤子。我们以为他们在拉屎，为此还内疚了好久。既然是操场，自然也会有专门供体育系学生练习跳远的沙坑，我也不知道沙坑里的沙子为什么会有时有，有时没有。总之，每次暴雨过后，那个沙坑里就会有满满的积水，时间久了，还会有蛤蟆生活在那。那个沙坑并没有多深，半米不到。我却掉了进去，眼前是浑浊的水，似乎还有别的东西，我还没有看清，就被一只胳膊拽了出来，远处是发小跟我妈的呼喊声。

后来，水坑已经淹不到我了，我也不屑于去那玩耍了，太小了。我开始跟发小去更大的地方玩，那是生物系搞研究的植物园，虽说是植物园，里面也会养些动物，比如狐狸跟王八。我跟发小远远看过大人用剪子铰开鸡肠子，拌在糊涂（即玉米糁子）里喂狐狸。看过那一次，我们就再也不去看了。因为真臭啊。

植物园里能养王八，自然的，那里也有水池子。多长，多远，多深，我记不得了。冬天的时候，池子里会结冰，但不会把整个水池都冻住，只是一些浮冰飘在池子里。我会拿竹竿或者木棍去捞，捞过来再推开，周而复始地这么玩耍。然后我就掉了进去。比起三四岁时，六七岁的我还是有进步的，这次没有胳膊把我拽出来，我自己就爬出来了。在水里还不觉得冷，爬出来后，水浸透了的棉袄棉裤格外沉，一路滴滴答答地淌水，然后看到母亲被气笑的脸。万幸事后没有发烧，我怕打针。

落水，总是不愉快的。如今我可以文过饰非，去描写落水的心理，是如何如何的恐惧，是如何如何的惊险，把物理的时间在文字中不断拉长、延伸。只是那并不真实，小孩子不会懂得恐惧，如果我当时溺死在水中，一定是懵懂的，就像不知道为什么会睡着一样。

成年的人不会如此，他们了解恐惧，知道生命的宝贵，哪怕他们的活着只是为了活着。死亡只是一瞬，侥幸活着的人会记得洪水没顶的恐惧，然后传给后人。

我生在黄河边，但我不亲近黄河。

二

我不亲近黄河，却又忍不住敬畏着它的崇高。那是《诗经》里先民的河，是唐诗里李白、王之涣的河，是我脚下这片土地的既爱又恨的图腾。

只是在现实里，我能看到的只有一条远远的白线。

黄河在我记忆中不应该是这个样子的，它应该是奔涌的，水流击打着两岸，雷声般的水声震撼着天地。我本以为是我看的地方不对，老家是黄河的下游，又是平原，水流到这儿渐次平缓，可等我到了壶口瀑布，也并未看到记忆中的黄河。

我们被远远地隔离在一个安全的地方远眺着黄河，远远看去黄河更像是一锅被煮沸了的水，它确实是在翻涌，却看不到奔腾。我们也曾因为壶口瀑布的水汽感到十分的不舒服，很快离开。

我的黄河在哪里？

荣格提出过一个理论，叫作“集体无意识”。大意是遗传保留的无数同类型经验在心理最深层积淀的人类普遍性精神。先民们肯定不会如现在一样，知道观看黄河时还要注意安全距离，又或者去保护它的自然特性，不能随意踩踏它周边的环境，只为找到一个绝佳的观赏位置。甚至，当他们看到黄河的时候，是黄河冲击到了他们的面前，那水不知来自何处，去向何方，只是吞噬着它面前的一切事物。

先民恐惧了。他们急切地想要平息黄河的愤怒，就把数不尽的祭品投入河中，那祭品甚至可以是人。先民当然也不懂什么是“斯德哥尔摩”，直到一个叫西门豹的人出现。

《史记》里记录了这样一个故事，西门豹当邺城令的时候，当地人恐惧黄河，每年都会依靠巫师挑选少女抛入黄河，给河伯做老婆。西门豹知道这件事后，便提出一起参加河伯娶亲的仪式。地方长官的虔诚自然令巫师非常高兴，爽快地同意了西门豹的请求。

可在仪式当天，西门豹生气了。他气愤于邺城的百姓竟然如此不尊重河伯，给河伯挑了一个丑陋的新娘。彼时，邺城的百姓因为这个仪式每年都要耗钱数百万，一听到西门豹不满意新娘，不禁都愁容满面。巫师们自然开心，因为他们每年只用二三十万钱就可以买到一个少女，剩下的钱他们便可以与胥吏、豪绅瓜分。巫师和胥吏、豪绅们大声赞颂西门豹的贤明。但西门豹却说："每年仪式都是今天，如果今天没有新娘去陪河伯，难免河伯会生气，为了让河伯免除误会，先把巫师扔下去，让他去跟河伯解释吧。"

于是，巫师和他的弟子接连被抛入河中。周围的胥吏、豪绅面如土色，不停向西门豹磕头，请求不要把自己抛入河中。西门豹饶恕了他们，相应的，邺城再也没有人敢提起河伯娶妻这件事。

人开始平视自然，世俗开始抛弃神权，有意思的是这件事被司马迁记录在了《滑稽列传》里，虽然司马迁自言"天道恢恢，岂不大哉！谈言微中，亦可以解纷"（世上的道理广阔无垠，难道不伟大吗！谈笑之际能巧妙地合于正道，也是能排解不少纷扰的），只是司马迁又将西门豹与子产、子贱并列（子产治郑，民不能欺；子贱治单父，民不忍欺；西门豹治邺，民不敢欺），子产是孔子尊敬的贤者，子贱是孔子的学生，而西门豹却与倡优、方士并在一传。

是因为司马迁的家世吗？司马迁认为他们家“非有剖符丹书之功，文史星历，近乎卜祝之间，固主上所戏弄，倡优畜之，流俗之所轻也。”所以他对于西门豹的行为固然赞赏，但对于西门豹对自然大胆无礼的行为也有保留意见？

说不通的是，在《史记》里司马迁并没有过多地表露自己有什么神仙信仰，对于巫卜祝祷，《史记齐太公世家》里特意记录了一个故事，“武王将伐纣，卜龟兆，不吉，风雨暴至。群公尽惧，唯太公强之劝武王，武王于是遂行”（武王将要讨伐纣王，用龟甲卜卦的卦象是不吉利，暴风雨突然降临。大臣们都很害怕，只有太公坚持劝勉武王讨伐商纣，于是武王出兵伐纣）。

司马迁对于巫卜祝祷是轻贱的，他把西门豹放在《滑稽列传》里未尝不是为自己发出无声的辩护，为替李陵仗义执言的自己辩护，“不流世俗，不争势利，上下无所凝滞，人莫之害，以道之用”。

中国传统的意象中，滚滚的流水是时间，子在川上曰：“逝者如斯夫，不舍昼夜。”时间亦是历史，司马迁生在龙门，那是大禹治水时开凿出的地方，黄河在那里奔涌。司马迁眼中的黄河是什么样子的？他眼中的历史是否也像眼前的黄河一样奔涌？可以知道的是，他也成了西门豹，不再畏惧黄河，不再畏惧那至高的权力。

在历史的记录与想象中，司马迁变成了黄河，在滚滚东去中包容了他们，也包容了自己。

三

我的想象力是如此贫乏，我看到的和看不到的黄河，我记忆中和记忆外的黄河，都还只是一条白线。

黄河包裹着我出生的地方，在提笔的时候，我所有关于文章的发展都遇到一个不能逾越的词语——乡土。我对于乡土文学是不屑的，那不是我理所应当的记忆。我并没有出生在父亲或是母亲的家园。我自认为我出生在城里，即便那是个十八线城市。

我没见过打麦场，没听过麦熟时的夜晚回荡在麦场咿咿呀呀的歌声，对于乡村我只是一个过客，陪着爸妈回到老家略坐一坐便返回城市，我既不知道那里的太阳如何升起，也不知道那里的树木的枯荣。爸妈嘴里的，他们童年时候的喜怒哀乐，只是我听到无数猎奇故事里的一段。

对于乡土，我格格不入，甚至于恐惧。我不清楚那恐惧的由来，那是一个画面，老家的堂屋里停放着一口黑漆漆的棺材，三岁半的我坐在草席上，周围的人与我头戴白布，还有一句话在说：叫石岱去睡吧。

后来我才在父亲的文章里知道，是爷爷死了，那晚是守灵。

山东因为孔老夫子跟孟老夫子的缘故，礼仪富盛，就拿死来说，葬礼并非从一个人的生理死亡开始，人活着的时候就要为死亡忙碌。那口停在东屋里的棺材，是爷爷生前就选定的。一株被叫作寿材的树种下，等到粗壮，便被伐倒，交给会做棺材的师傅。这并不是一般的交付，而是一种托付。棺材是人死后的住所，在请人的时候还要带着烟酒，谦恭地请师傅多多费心。

爷爷的那口棺材极好，虽然不是金丝楠木那样名贵的寿材，却是极为厚实的桐木。上面的漆也是爷爷亲自动手刷的，刷好后晾干，如是再三。有的人还会在棺材做好后，在里面躺一躺，睡一觉，确保舒服。三道漆干，棺材盖上布放在别的屋子里，某个夜晚，爷爷还会拿着煤油灯去看看，用手拍打拍打，直至心满意足。

棺材选好，还要选地。一年年的劳作中，老家的人对田间的土地格外熟悉，他们知道哪块地肥沃或者贫瘠，甚至哪块地有着迥异的土香。他们不懂风水，唯一希望的是那块地不要有积水，或者遍布蛇虫鼠蚁，让他们睡不安稳。

至于死后的葬礼，准备长眠的人倒是不怎么看重的。那都是给别人看的，或者是孩子们花钱解心疼，他们讨论起别人的葬礼津津乐道，谁家死得气派，谁家死得寒酸。等他们迎来那一天的时候，他们反复的叮嘱则是不要花钱，埋了拉倒。

父亲忠实地执行了爷爷的遗愿，这倒不是我们家不愿意花钱，爷爷生病时，大爷一遍遍问父亲要钱，不给钱爷爷就只能在卫生所干躺着。出殡怎么可能不要钱。

最终，还是顺利地将爷爷安葬了。

那一刻，一滴水回到了河中。

当然不是这滴水第一次要回去，几十年前这滴水因为乡间小儿的欺凌，站到了井前。在老家，一个人的死去非常平常，可选择的方法也很少。平原的乡村那时没有高楼、铁路与车辆，所以传统的死法无非投井、跳河、上吊、喝农药。死法少，不代表死就是认命，死亡是一种抗争的手段，有的人会选择到憎恨之人的家里喝农药，死在他们家里，或者在深夜吊死在憎恨之人的门口。

爷爷最终并没有选择最酷烈的抗争，他的孩子还小，还不能保护自己。他选择了投井，还好被人拽了回来。

90年代，我们家还在筒子楼住的时候，家里的墙上用毛笔写着“田园将芜，胡不归”。父亲解释给我说，这句话的意思是田地都要抛荒了，怎么能不回去呢。那时师专的外面是农村，地里密密麻麻种着菜，从筒子楼推开窗一眼就可以看见。于是我说：“没荒啊。”

你瞧，我跟乡土从来都不是一路人。父亲他们那个年代的人来到城市后，写过很多乡土的文章，即便是最酷烈的文字控诉背后，依然是他们对乡土的种种不舍。他们与土地的关系是如此亲密，夏天是炎热的，但他们依然固执地认为乡间的夏天是凉爽的，他们可以举出乡间无数个可以消夏的地方，并声称是城里的柏油马路隔绝了土地，让土地无法把热气吸收，而对不停排放出的汽车尾气与各种机器转动发出的轰鸣视而不见。

我无法想象他们的乡土，就像我无法找到黄河。

四

我开始试着劝解自己，黄河而已，for nothing。但是在不断的人际交往中，黄河又总是我身上最深的印记。我开始逐渐明白，黄河对他们来说并不重要，这是人复杂社交的一种分类手段，我也会如此。在山东，在广东，我不断地问着别人他们故乡的事物，以此去划分距离，拉拢关系。

我恐惧了，如今在广东的我，只是一个外乡人。

融入从来不是一件容易的事情，它是爆裂的。在现代文明没有来到之前，岭南这片土地的融入是用血完成的。在广东，很多村落的由来甚至可以追溯到西晋时期的衣冠南渡，中原的战乱让他们来到这里，其后因为战乱，因为时局，岭南不断有北方人来到。因为生存，因为资源，新到的人与世居在此的人，不同族群的人互相争斗，绵延不断。

根据《赤溪县志》记载：五岭以南，民风强悍，械斗之事，时有闻焉。然有此族与彼族械斗，或此乡与彼乡械斗，杀掠相寻，为害虽烈，然一经邻绅调停或由官吏制止，其事遂寝。但未有像仇杀十四年、屠戮百万众、焚毁数千村、蔓延六七邑如清咸同间新宁、开平、恩平、鹤山、高明等县土民与客民械斗受害之惨也。

十四年间，百万之众死于争斗。这还只是土客械斗的冰山一角，而在此之外呢？在整个世界上呢？不可胜数。生存从来不是一件容易的事情。

在老家如果一个人可以吃得开，混得好，我们会说这个人能。乡土中，历来不缺少这样的人，比如刘邦。关于刘邦的早年记录，无论是司马迁还是班家父子都没有过多的记录，留存的明面文字，也基本是刘邦好酒及色的流氓行径。在这些文字的背后却无一不在暗示着刘邦在沛县是一个说得上话的人。乡村是一个复杂的人际关系网，母亲告诉我她的童年时期，农村生活普遍困苦，因为我们家是烈属的缘故，会得到政府的一些额外补助，当补助来到时，我们家就会集体关在家里吃饭，而且比平时吃饭的时间或是提前或是推后。

鲁西南乡村的吃饭是重要的社交手段，早午晚饭，都会有人端着饭碗跑到自己门外去吃，不需要桌椅，三五人蹲在一起，甚至不需要在一起，只要互相看见就可以。在吃饭中互相聊天，互相分享碗里的食物，只是这种碰面，建立在大家日子过得差不多的基础上。对于过得好的，老家的人顶多眼热，对于过得比自己好一点的，老家的人则是眼红。因为前者并不会和他们生活在同一个圈子里，后者却是知根知底的自己人。只要他过得比自己稍微好一点，老家的人在心里就会感到一种莫名的背叛，会想方设法地来到家里占便宜、打秋风。

姥爷家因为是烈属，得到一些猪皮、白面之类的补助，一家七口也吃不了几顿，如何招待其他人？只能躲在家里偷偷地吃，一旦被别人知道，只怕姥爷家的门槛会被一波一波的来人踏破，如果姥爷不能继续拿猪皮出来，他们就会认为是姥爷把这些东西都藏了起来，不顾乡里感情，再无名声。

农村的没有名声，有时可以直接等同于“社会性死亡”。晚上会有人往家中扔石头，会在你家墙外、门口大小便，会有人去烧你家的田地，砍田地里的树苗、庄稼，而你永远不会知道是谁做的，只能在街上一遍遍破口大骂，直到崩溃着挨家挨户地赌咒发誓，道歉。乡里的人则“宽宏大量”地原谅你，取得彻底的道德优势，并断绝给你的一切帮助。再有困难，他们会提供除了帮助以外的一切支持，甚至还会奚落两句。

“恁家过得都恁好了，还没法嘞，俺又有啥法。”

乡间，过得稍微好一点儿是罪。

刘邦能带着樊哙、周勃、卢绾等纵横乡里，得有多大的本事，所以吕雉的父亲会把吕雉嫁给刘邦。彼时，吕父带着吕雉躲避仇人，从菏泽单县搬到徐州沛县，吕家大摆酒席招待乡里，沛县政府从县长到县组织部部长（萧何）、县监狱长（曹参）清一色的政府官员和地方有钱的头面人物赶去赴会。吃席，怎么可能少的了刘邦，但萧何在酒席开始前定了规矩，拿不出千钱贺礼的不能进入正堂吃饭，刘邦是没钱的，他吃惯了白食。《史记高祖本纪》记载刘邦“常从王媪、武负贳酒……岁竟，此两家常折券弃责。”王武两家给刘邦免单，是出于喜欢刘邦，还是账目被刘邦耍赖无奈放弃，就真的不好说了。但刘邦吃惯了白食则是肯定的，刘邦虽然没钱，却有胆，直接说自己贺礼万钱，登堂入室。萧何对吕父说：“刘邦这人平时就喜欢说大话，拿不出万钱的。”有人认为萧何在给刘邦拆台，我不这么认为。我更倾向于萧何是在帮刘邦打圆场，吕家乔迁是喜事，不如提前把话挑明，告诉吕父刘邦拿不出钱来，而此时刘邦已经来到酒宴，吕家在喜宴上不方便赶人，又避免事后吕家去找刘邦要钱，双方发生冲突。

吕父也是聪明人，他明白一个没什么钱的人，可以在乡里这么有名，劳动县组织部部长替他说情是何等人物，刘邦虽然拿不出万钱贺礼，但他可以让吕家损失万钱。在沛县，吕家是外来户，必然需要当地的人庇护，吕父决定投资刘邦，就像另一个吕姓商人一样，最终他们都赢了。

老家的人谈起刘邦的时候，都在骂刘邦是无赖流氓，我则从他们的眼中读到了羡慕，其实我也羡慕。流氓无赖在乡间并不是一个完全的贬义词，有时那是一种胆略，是野蛮的骄傲。

我还小的时候，老家的一个人来到菏泽我的家里。那人大概六七十岁的样子，干什么的不记得了，文化水平也不知道，但从他写的那一摞文理不通的打油诗来看，应该也没受过什么高等教育。他来，是想请父亲帮他把那一摞打油诗作一下修改，弦外之音则是请父亲帮他把诗出版了。出版不是一件容易的事儿，书号要钱，印刷要钱。老家的那人自然是出不起的，他看出了父亲的犹豫。他没有直接向父亲说肉麻的阿谀之词，而是把对象转向了我。

一个五六岁的小孩懂什么？我不过是在大人的要求下礼节性地问了声好，又认识了几个字，好奇地在他那一摞纸上看了看。但他却说我有出息，待人接物有大人物风范，将来一定是出将入相的人物。

最后父亲没有答应他，客客气气地将他送走，他在走之前还是在不停地夸我，甚至把我拉到他的身前，要跟我叙排行，被父亲赶忙阻止。在筒子楼的走廊里，我看到那一双眼睛，热切、渴望而又狡猾。想来他也是知道这件事很难办成，但他依旧来了，用尽各种办法博取一个成功的机会，甚至不顾年龄要和我们家结成亲谊。

现在，我离开山东来到广东，也要尽力成为一个新广东人。融合从来不是写字绣花做文章，现在我开始理解，也开始恐惧。那是生命的野蛮旺盛，是一种兽性，文明自这里开始，也自这里剥落，一如黄河。

五

父亲不止一次地告诉我，让我不要去想乡土。石家的乡土从来不一样，石碏的乡土是《诗经》里的“卫风”，是竹子、木瓜、琼瑶组成的。石崇的乡土是洛阳金谷园的月亮，石介的乡土是泰山，其后家族四处颠沛，乡土可以是山西，也可以是山东，不要太在意过去的东西。他去写乡土，因为他经历过，而我是没有见过的。

确实，我并没有见过。在我长大的地方，是城市的一角，那是一个四四方方的大院子。在那个大院子里，我跟发小一起听着外面拐卖小孩的故事，瑟瑟发抖。因此，我们极少出去。胆子随着身体长大以后，我们抱团外出，也不过是沿着大院的墙壁四处张望。

我早已不是乡土的人了，但我又不能算作一个彻头彻尾的城市孩子。在我生活的大院子外不远，有一个地方被我们叫作大堤，由夯土堆积，极为宽阔，可以并排走十数人。小时候的一年冬天，我跟父亲从老家回来，那时下着雪，父亲手里提着老家做的黄面馍馍，爷俩就这样走在雪地里，小孩能走多远的路呢，我央求父亲背我，可是父亲拎着家里的黄面馍馍又哪能背我。他就对我说雪里有鸟，吃了没文化的亏，当时我还不知道这个世界有《三国演义》这本书，这本书里有“望梅止渴”的故事。我急切地问父亲鸟在哪里，开始往前面跑去。雪扑簌簌地下着，哪里能看到鸟的影子，父亲只能一遍遍说着在这呢，在那呢，直到我们来到大堤。尽管父亲还是在信誓旦旦地说有鸟，但我已经没心思管那只在雪天乱飞的鸟了，到了大堤，我知道快到家了。

那时大堤就是一个坐标，标记着我的家在哪里，有多远。直到我好奇地跟父母询问大堤的由来，才了解到大堤以前是曹州府的护城墙，只是上面的城墙没了，只留下了地基，于是人们修改了这里的称呼，不再是曹州府的某道城门，而是统一把这里叫作大堤。

堤坝是防外面洪水的，城墙是防外面人的。万没想到黄河是我们自己。

城市是有边界的。有一次坐车，我跟一个大哥聊了起来，互相询问起对方的老家，他说自己是平谷人。我问平谷在哪，他说在北京，怀着对首都的无限崇敬，我说您是北京人啊。但那个大哥还是坚持说自己是平谷人。他说我们离北京远着呢。

许是看出了我的诧异，他跟我说，永定门里那才是北京，永定门即是现在的北京二环。他们小时候去看天安门那叫进城，现在的公主坟也就是北京五环，那会儿都还是庄稼地，城里的哥们儿轻易不会出来找他们玩，都是他去城里找他们。

所以他是平谷人。至于北京人，那是外面人的看法。

我知道他没有骗我。

在与他碰见之前，我在一个夜里见过。当时因为我去北京玩，就在一个叔叔的公司里暂住，朝阳区遍地是这样的公司，一栋楼里的无数房子被包装成公司，创业的人公私兼顾，也会在里面设置一个可以休息的房间。凌晨时分，我因为肚子饿，我跑出来想找一个便利店买点东西。

走过天桥时，黑漆漆的桥底，一声大喝传了出来。

“兄弟！我跟你说……”

我被吓了一跳，手里的东西掉了一地。心想新中国都成立多少年了，怎么首善之区还有劫道的啊。

愣了半天，也没听见他说：“此山是我开，此树是我栽，要打此路过，留下买路财，牙蹦一个说不字，大爷管杀不管埋。”

于是，壮着胆子看过去，黑暗处慢慢站起三四个人，借着路灯我看清楚了，是几个醉汉，西服被他们拎在手里，或者挂在包上，衬衣上的扣子开着，满是酒渍或是呕吐物，含含糊糊地不知道在说些什么，往我这里走来。

我还是害怕，虽然不是劫道，但他们却是醉汉。喝醉的人是没有理智的，自小见识过酒局，喝醉的人会做出什么，没人会知道，也许哭，也许笑，也许会拉着人去学动物的叫声。

魏晋时，学动物叫是一件风雅的事情。《世说新语》里记载：王仲宣好驴鸣。既葬，文帝临其丧，顾语同游曰：“王好驴鸣，可各作一声以送之。”赴客皆一作驴鸣。

只是曹丕他们没有喝醉，一个喝醉的人学动物叫，就着实让人恐怖了，因为分不清他此时是人还是动物。

醉汉们一步步靠近，我打定主意要跑，饿着也比让人打一顿强。没想到他们却低下头，踉跄着帮我把掉在地上的东西捡起来。

“兄弟，对不起，吓着你了。”

我挤着笑脸，摆摆手，表示不介意，大家各走各的就好。

“来，都给这个小兄弟道个歉。”

走在中间的，大手一挥，他们居然还真给我鞠了一躬。

站起来以后，他们把东西陆续递给我，只有一个一手拿着我买的面包，一手抓着我。

“兄弟，你家哪儿的？”

“菏泽的。”

“呀，都是老乡，这个面包我吃了，中不？”

我还能说什么？面包给了他，他们走了，拿我面包的那个，撕开面包，大口吃着，嘴里呜呜囔囔地唱着：

“黄道日不叫你出兵发马，黑道日子出了关！”

坠子书，《罗成算卦》，真的是老乡。菏泽有一个人坠子书唱得特别好，叫郭永章，也叫郭瞎子。他的《罗成算卦》是可比京剧《秦琼卖马》的，因为他唱的不是天理循环，因果报应，而是感慨一个人无奈地走向悲剧。

随着酒醉版的坠子书唱起来，他身边的人也开始放弃普通话，用各自的家乡话唱起各自的歌。

那些喝醉的人也许都在自己老家空地上一次次听过他们唱的曲子吧，他们现在是遇到什么难事了吗？

他们是否也会想着回去？还是他们也同我一样不再去找那条河？

说破英雄惊煞人

尝登广武，观楚汉战处，叹曰："时无英雄，使竖子成名。"

——《晋书·阮籍传》

一

英雄是需要"光晕"的，他的孔武、智慧、身份、血液，就是"光晕"，这些"光晕"都有着非凡的神秘的来路，让人敬慕他的血统、他的先天禀赋、他的超凡入圣。

但总有一些人，对这些光晕感兴趣，试图为光晕解码、去魅。

法国卢浮宫的镇馆之宝，一是米洛岛的维纳斯的雕像，一是达·芬奇的《蒙娜丽莎》，蒙娜丽莎神秘的"微笑"不只是存在于《蒙娜丽莎》这幅画中。挂在蒙娜丽莎旁边的也是达·芬奇的画——《圣母子与圣安娜》，那上面的圣安娜，同样有着神秘的笑，相似的笑，圣母玛利亚坐在圣安娜的膝盖上，圣安娜俯首看着玛利亚和耶稣，那嘴角的神秘的笑和蒙娜丽莎的笑，就如孪生。

关于这幅画，荣格用原型批评分析出了《圣母子与圣安娜》的“双重母亲”的意蕴。人，是由人间的母亲十月怀胎所生，但却由上帝赋予了不朽的生命、无穷的超凡本领，于是，那些本来平凡人的血实际上有了人和神的两重性，获得了格外的加持。《圣母子与圣安娜》这幅画，按照弗洛伊德的解释，画中的两个女性就是达·芬奇的恋母情结的表现，因为达·芬奇儿时的记忆里有两个母亲，荣格反驳了老师，认为画中呈现的是一种非个人的原型，叫双重母亲，或者叫双重诞生。“双重母亲”或“双重血统”，我们可在希腊神话中得到印证，英雄赫拉克勒斯在死后为获得永生，需要过继给天后赫拉获得神格。古埃及神庙中的身世室里记录着法老，以达到法老半人半神的身份特征，就举行了第二个神秘的受孕和出生。基督教中圣子耶稣也需要在约旦河中重新受洗，以完成自我在精神上的重生。巨人赫拉克勒斯、埃及的法老和基督本人都有着双重的血统。现在沿袭的宗教洗礼与教父、教母的习俗便是双重母亲原型痕迹的佐证。

荣格认为，艺术作品具有永久的艺术魅力和旺盛的生命力的原因，就在于它表现了原型，通过史实与神话表现了幻觉和梦想，原型的表现是艺术创作的中心和归宿。

在我们中国，这类事例于神话于历史中亦非罕见。稍显不同的是，在中国“双重母亲”这一主题似乎更正为“双重父亲”更为贴切。殷商与周朝的先祖，无一不是在其母亲野外游玩时意外地踩到巨人的脚印或是吞下鸟蛋而受孕，继而产下两个氏族的先祖。历史上，中国的帝王被称为天子，如法老一样，这种称谓上的定义其实是在将自己与神明联系在一起，完成自我的一次重生，以获得君权与神权上的崇高地位。像孙悟空本是从石头中脱胎而出的石猴，天与地是他的父母，而他在向人转变中，则需要有菩提祖师成为赋予他姓名的父亲，需要唐僧成为将其从母胎（五指山）中再次释放出来的母亲。

这种“双重血统”或者“双重母亲”的主题，在后世更多地被演化为一种身份上的转换。英雄通过更换身份获得一种确证，确证其应肩负起的使命。而刘邦是最会给自己贴金，神化自己的人，除掉斩蛇起义，面相贵不可言，“东南有天子气”，最大的神话就是给自己找个爹，增加自己的不凡。一天雷雨交加，刘邦母亲刘媪在野外休息，梦到了大神，刘邦父亲找去，看到有龙覆在刘媪身上，刘媪因此就怀了孕，然后生下了刘邦。

有人说谎，最后连自己也会上当相信自己的谎言，把自己也骗了，刘邦平定英布叛乱中箭受伤，却拒绝医治，说：“我从布衣提三尺剑而取天下，不是有命在天吗？看医生有什么用？”结果把自己骗死，一命呜呼。

刘邦，本来是一个乡里好吃懒做、偷鸡摸狗、贪财好色的流氓人物，风云际会做了皇帝。富贵而不还乡，如锦衣夜行，刘邦也还乡了，在故乡的几天，大摆筵席，招己老友及亲众，欢饮达旦。

并且邀请120个少年儿童，教他们唱歌、舞蹈，兴致处，刘邦亲自击筑，对酒当歌："大风起兮云飞扬，威加海内兮归故乡，安得猛士兮守四方!"

《史记》在这里写的刘邦极其哀伤、孤独，"高祖乃起舞，慷慨伤怀，泣数行下"，这是他的衣锦之快，不如说是他的孤独之叹息。

十分见出刘邦小人心思的是写沛地父老挽留刘邦，并请他为丰地百姓减免赋税、徭役。我们知道"丰，吾所生长，极不忘耳"，丰县才真是他的故乡，出生地，刘邦因恨丰地曾追随雍齿叛变，不予减免。后在父老的固请下，丰地才与沛地一样得到了减免。可见，故乡对他之痛。

但他还乡的高调，被元代的睢景臣解构了，我相信这才是真实的刘邦还乡的真实场景。我的老家鲁西南紧邻丰县、沛县，且刘邦的老婆就是我们鲁西南的单县人，那里的父老，是知道刘邦的底细的。这个描写，彻底颠覆了司马迁笔下的刘邦形象，消解了皇帝所谓的神圣、权威。

真实的刘邦，不过是"你本身做亭长，耽几盏酒""也曾与我喂牛切草，拽坝扶锄"，甚至"春采了桑，冬借了俺粟，零支了米麦无重数，换田契强秤了麻三秤，还酒债偷量了豆几斛，有甚糊突处"。这就是一个农村的二流子的形象。

并且那些威仪的皇家仪仗，在故乡的人们眼里，不过是"红漆了叉，银铮了斧，甜瓜苦瓜黄金镀，明晃晃马镫枪尖上挑"，这都是那个农村可见的物件，通俗易懂，"一面旗白胡阑套住个迎霜兔，一面旗红曲连打着个毕月乌，一面旗鸡学舞，一面旗狗生双翅，一面旗蛇缠葫芦”。那些威风凛凛的日旗、月旗，只是父老乡亲的嘲讽吐槽的对象，“狗生双翅”“鸡学舞”“蛇缠葫芦”这几个词现在还在鲁西南和苏北的土地上使用。

什么皇上，睢景臣写的是“那大汉”，是直呼的“你”，最后更是吆喝你的没发迹的名字“刘三”：春天你采了我家的桑叶，冬天你借了我家的粮食，零零散散预支了多少次米麦。趁着换田契，强迫称了我三十斤麻；偿还酒债时，偷着少给我几斛豆。这些都清清楚楚记在账簿上、契约中，一点也不冤枉你。

你欠我的钱现在要从官差中立即偿还给我，你欠我的粮食要从税粮中私下里扣除。刘三啊刘三，谁上来把你揪住，平白地改了姓、更了名，叫什么汉高祖？

是啊，在乡亲们知根知底的眼睛里，你是什么汉高祖，你自己姓刘，你老婆姓吕，我来把你的根底数一数：你本身做亭长，却喜好杯中物，你的老丈人教村里的顽童读几卷书。你曾经在村庄的东头住，和我一起切过草，喂过牛，平过地，松过土。

这样的文字，这样的辛辣，就是安徒生《皇帝的新装》里的小男孩儿，指出皇帝哪有什么华丽的衣服，就是一个光屁股的男子，刘邦在乡亲们的眼里，就是安徒生笔下光屁股的皇帝。

王开岭有一篇文章《英雄的背后》，可给我们对待英雄提供了一个崭新的思路。这篇文章很短：

普罗米修斯把光亮偷出来送了人，所以被锁在高加索最寒冷的岩石上，让兀鹫吃他不断长大的肝脏。

后来呢，后来怎么样了呢？

卡夫卡暗示过一种可能——

“人们对这种变得枯燥无味的事儿感到厌倦，神变得不耐烦，兀鹫也不耐烦，伤口也渐渐愈合了。”

再后来呢？

再后来就只剩下一种事实：老普被本就不喜欢悲剧的世人给忘了。

大伙儿改了口味，不愿再严肃思考或抚摸什么苦难，太累，太抽象，一代代新人恋上了感官，迷上了娱乐和调侃——这该叫甜心哲学或享乐主义吧。老普不再像英雄那样被传颂，他的事儿很少被提及，偶尔在极冷僻的书中遇见，也权做一件古董，一桩小幽默，甚至有瞎编和危言耸听之嫌……

总之，一切都远去了，一切又都回来了。

那些曾被视为荒谬的、隐患的、斗争中被打碎的——又被时间捡回来了，被重新整合，组成新权威和秩序。而那些发生过的，看上去好像从未发生。或者说，白发生了。

在这个彻底松弛的时代，老普成了一堆破烂儿。孩子们贪婪地享受火带来的美食，却只会感激火柴盒。

兀鹫呢？有人关心起下岗人员来。

可以肯定，它不会再做高加索狱卒了。伙食单调不说，陪这个冥顽不化的活死人太没劲，做个业余“普学家”也没意思。下海得了，凭一身武艺何愁谋不到肥差，比如给富豪看家护院做个保镖，趁机也可以会会别的兀鹫，长长见识，谈谈恋爱……

兀鹫的前途可谓光明得很。

最后，最后的结局是神做梦也没有想到的。

大家都知道普罗米修斯从太阳神阿波罗那里盗来火种送给人类，给人类带来了光明，但他受到宙斯的处罚，被一条永远也挣不断的铁链缚在高加索一个陡峭的悬崖上，让他永远不能入睡，双膝不能弯曲，起伏的胸脯上钉着一颗金刚石的钉子。他忍受着饥饿、风吹和日晒。并且还有一只嗜血的鹰，每天去啄食普罗米修斯的肝脏，每当嗜血的鹰啄食以后，普罗米修斯的肝脏又会奇迹般地复原。

王开岭在这篇文章里写道：随着岁月的侵蚀，人们已经淡忘了普罗米修斯，“大伙儿改了口味”“不再像英雄那样被传颂”。是的，英雄最后被抛弃了，英雄是一个时代的产物。每个时代都有新的英雄出现，这也许是人类的本性，旧的英雄退场，被遗忘。但是怎样才能保证一个英雄的持久和永恒？郁达夫在《怀鲁迅》里说：

“没有伟大的人物出现的民族，是世界上最可怜的生物之群；有了伟大的人物，而不知拥护、爱戴、崇仰的国家，是没有希望的奴隶之邦。因鲁迅的一死，使人自觉出了民族的尚可以有为，也因鲁迅之一死，使人家看出了中国还是奴隶性很浓厚的半绝望的国家。”

鲁迅是常新的，他没有因时代的进步而被遗忘，但鲁迅又是不幸的，他的被怀念，正因为他所看出的那些顽症和恶疾，而今还在我们民族的肌体上。

但王开岭笔下的英雄普罗米修斯，最后自己把自己玩死了，由于兀鹫失踪，老普得不到惩罚，而新肝脏本色不变，源源不断地生长，愈积愈多，渐渐超过了体重……终于，一个阳光明媚的清晨，高加索附近的农民发现，可怜的老普竟活活给硕大如山的肝脏——累死了。

是啊，这种英雄的结局，在历史上并不鲜见，很多的英雄，最后把自己玩死，这是英雄所没料到的，三国时的关羽不是一个把自己玩死的典型吗？

温酒斩华雄、诛颜良、斩文丑、过五关斩六将、水淹七军，一柄青龙偃月刀，威震天下，但由于他的自负、傲慢，最后失掉荆州，败走麦城。

二

司马迁《史记·刺客列传》是《史记》里最奇异的文字，这是一篇特殊的英雄传，每次读，都会给我一种刻骨的震颤。

刺客，这个词语在现代社会里似乎成为传说中的字眼，甚至刺客本身也与当代的法制精神大相违背。但在遥远的先秦，剑与火，血与骨，以命相抵，成为不愿屈服的人最后的抉择。

是什么成就了他们？让刺杀这种不太光彩的行为成为中华大地一代代传唱的不朽传奇？是什么驱使着他们？他们本该是帷幕背后被遮掩了面目的人，却不得不走到台前？

相比起强大的帝国和那些诸侯、帝王们，那些刺客只有一腔子热血，如果流血五步，能让梦想和承诺实现，我觉得，这是他们应该的权力。复仇，以贱命微躯，和强权不义一争高下，最后玉石俱焚，这就是最大的道义。当然，刺客里的成分复杂，也有各种的目的、各种的利害。但这种热血，却是先秦时代，我们民族最奇异的一道光。

做，落到做，不空谈。该出手就出手，哪有那么多的计较？

道理终究是缥缈的，终归是要有人做，后人才能知道做正确的事情是值得的。鲁迅先生有一篇向《刺客列传》致敬的文字，那就是取材《刺客列传》的“眉间尺”，后来改名为《铸剑》，这是鲁迅最奇特的一篇，鲁迅塑造了一个刺客：眉间尺。

司马迁在《史记》中写下的刺客有专诸，他使用的是鱼肠剑，一个多么富有想象力和诗意的故事与创意，他把匕首藏在鱼腹之中，然后来到王僚的筵席，在千钧一发之际，让对手毙命。

专诸捧着烤鱼进入大厅。

专诸先从烤鱼上撕下一块肉，旁边的侍从尝了一口，等了一会儿见侍从没有事，确定烤鱼没有毒，吴王僚这才让专诸来到他的身边。专诸将烤鱼放下，吴王僚此时已然食指大动，只是盯着烤鱼，完全不理会专诸。专诸见时机已到，用手划开烤鱼的肚子，从鱼肚中抽出匕首，直刺吴王僚。

周围保护吴王僚的武士看到有人刺王杀驾，挥动兵器诛杀专诸。专诸背后胸前立刻被数只戈矛刺穿。专诸的身体从上空落下，鲜血横流，垂头闭目，再无生气。

吴王僚知道专诸必死无疑，所以没有再理会专诸，而是让武士去抓公子光。周围武士领命，转身从吴王僚身边离开。

就在此时，被戈矛刺穿，所有人都认为已经死了的专诸突然睁开双目，拼着最后一口气一手抓住吴王僚，一手拿匕首用力刺进吴王僚的体内，吴王僚虽然内穿护体铠甲，但在专诸的神力和锋锐匕首面前，就如同一张薄纸，被专诸透甲而过。吴王僚登时毙命。

而司马迁写的另一个刺客是豫让，他的一句名句，千年之后，仍然被人传诵"士为知己者死，女为悦己者容"。他三次刺杀赵襄子失败，第三次的时候，赵襄子知道豫让一定要杀掉自己才肯罢休。只有千日做贼，哪有千日防贼？赵襄子心想他这两次命好爆发第六感躲过豫让的刺杀，可第三次呢？他也没有这么多好运。于是赵襄子下令击杀豫让。

此时，豫让低下了他高贵的头颅叫住赵襄子："等等，我并不怕死。我也预备着要去死了。只是可不可以请你脱下你的外衣给我，让我用剑刺穿你的衣服？这样也算我为智伯尽了一些心力。"

赵襄子和周围的侍从听到豫让的话，皆落泪。

赵襄子马上取下自己的外衣，双手捧着交给豫让。豫让将赵襄子的外衣扔到地上，用剑砍了三下，高呼："智伯啊！智伯！我豫让今天总算为你效力了，可以到九泉之下见你了！哈哈哈哈……"

说罢，豫让横剑自尽！

豫让之后，司马迁写到了勇士聂政，他是叫轵深井里的屠夫。我不揣浅陋，把《刺客列传》中的屠夫聂政还原，因为他与中国音乐史上的一首名曲《广陵散》有关。

聂政，韩国人，因为行侠仗义犯下人命官司，带着母亲和姐姐聂嫈（又作聂荣，疑似为史书传抄有误，但现在已经分不清哪个才是本名）逃到齐国避祸。聂政平时以屠宰为生供养老母，日子过得虽然清苦，却也其乐融融。

直到这一天，严仲子带着酒肉来到聂政家中。严仲子以前是韩国的大人物，是韩王的大臣。聂政心中对于这样一个大人物屈尊结交自己，心中非常高兴。但聂政也清楚地知道，这样的大人物如此礼贤下士，必定有事情求他，即使严仲子每次找聂政都没有说过要聂政为他做什么事。

命运的每一次馈赠，都在暗中标好了价码。

这次也不例外，严仲子依旧是陪着聂政和聂政的母亲吃饭、喝酒、聊天儿，等到大家酒兴正浓的时候，严仲子让仆人拿出黄金一百镒（音 yì，古代重量单位，1 镒为 24 两，一说 20 两），严仲子说："区区薄礼不成敬意，只当是我为老母尽些心意。"

聂政的母亲见到严仲子出手如此豪阔，登时变了脸色，显得有些难过，又有点儿生气。

聂政见到这么多黄金，坚辞不受："我们家虽然日子过得清苦，可我从事屠宰生意，每天都可以带回来一些肉食奉养老母，严先生的好意我心领了，这些黄金还是请您拿回去吧。朋友相识贵在交心，不在这些东西。"

严仲子点点头："聂兄借一步说话。"

聂政与严仲子走到屋外，严仲子拉着聂政的手："我有大仇未报，所以这些年来一直没有回到韩国，只在天下游历。到了齐国，听说聂兄侠义，这才准备黄金预备用作令堂粗饭的费用，就是想和你做朋友，难道我还有别的奢望吗?”

严仲子在韩国当官的时候，与韩国丞相侠累不和，侠累屡次要害严仲子，所以严仲子才出逃在外，被逼出逃的严仲子无时无刻不想找到人为自己报仇，因此严仲子听说聂政的事情后，马上来与聂政结交。

聂政听到严仲子说他自己有仇未报，也已经明白严仲子和他交往的目的。聂政知道自己这样一个杀猪、宰狗的屠夫，就算有天大的本事也是被人看不起的，可严仲子能看出他的才能，屈尊与他结交，聂政心中很是感动，但聂政现在还不能答应严仲子。

聂政：“老母还活着，我还要为母尽孝，此身不敢随意牺牲。”

严仲子对聂政的孝义大为感动，也不再多说什么，就与聂政转身回到屋里继续喝酒。

又过了几年，聂政的母亲去世，聂政将母亲下葬，等服孝期满后，聂政动身去找严仲子。聂政对严仲子说：“您知道我的才能，也愿意屈尊与我结交，只是当时老母还活着，我无法报答您。如今老母去世，您心中的恨事就交给我去办吧!”

严仲子原原本本将他与侠累的过节告诉聂政，严仲子说：“侠累是韩王的叔父，家中护卫森严，我再多找一些人陪你一起去吧。”

聂政摇摇头："韩国与卫国相距不是很远，如果派很多人一起去，难免惹人注意，而且人多口杂，万一走漏消息，那就是与整个韩国为敌，侠累有了防备就不能下手，还是我一个人去吧！"

聂政谢绝了严仲子的好意，一个人，一口剑，独自来到韩国都城。

因为相府每天迎来送往，宾客不绝，相府的大门没有紧闭，反而大开着，侠累端坐在相府大堂，堂下四周都是荷戟持枪的武士。

聂政拔出宝剑，在相府门房没有反应过来的时候，突入相府，直奔侠累。

门房眼睁睁看着一个人提着宝剑冲入相府，愣了一会儿才反应过来，急忙高呼："不好了，有人冲进相府要杀人啦！快来人哪！"

四周的武士也是如此，谁也没有想到有人居然敢在光天化日之下进行刺杀，看见聂政提着宝剑进来，一时之间都以为看错了。就是众武士一愣神的功夫，聂政跑到侠累面前。

聂政大喝一声："侠累受死！"

只听得"噗"的一声，宝剑插入侠累体内，死尸倒地。

周围武士见到侠累遇害，都急红了眼，当朝丞相，韩王叔父，在他们的保护下被人杀了，如果不将刺客捉住或者杀死，韩王追究起来，今天当值的武士恐怕都要有里通刺客的罪名，所以这些武士誓要将聂政诛杀。聂政杀了侠累以后，持剑向外就跑，无奈围上来的武士越来越多。

聂政手杀数十人后，自觉没有逃生的可能，于是横剑割掉自己的脸皮，挖出眼睛，最后剖腹自杀。

之所以这么做，是因为聂政还有牵挂，他不想牵连他已经出嫁的姐姐聂荌。

周围的武士看到聂政壮烈自尽的一幕都看傻了，没有一个人敢上前阻拦，等聂政死后，这些回过神来的武士才抬着聂政的尸体到王宫禀告。

韩王知道自己叔父被杀，而凶手无人认识的事情后愤怒非常。韩王下令将聂政的尸体暴露在韩国集市，谁可以认出，就赏谁千金。消息传出后，不仅韩国轰动，周边国家的人也都把这件事作为茶余饭后的谈资。

聂荌听到别人谈论这件事，大惊失色："该不会是我弟弟聂政做的吧？"

聂荌马上收拾行李赶去韩国，韩国的闹市上，聂政的尸体悬挂半空。数十年姐弟，聂荌一眼就认出悬挂的尸体是他弟弟聂政，聂荌悲痛欲绝，抱着尸体大哭："我苦命的弟弟啊！这是我的弟弟聂政！"

围观的百姓赶紧劝阻："这位夫人可不敢乱说啊！这人杀了丞相，你乱认亲是会被牵连的啊！"

聂荌将聂政的尸体放下来，摸着聂政的头颅："我弟弟聂政受严仲子知遇之恩，早就想报答严仲子。只是当时老母健在，我也没有出嫁，所以聂政才不敢牺牲自己。等到老母去世，我出嫁以后，聂政才来报答严仲子。他割掉脸皮，无非就是希望没有人认出他，不牵连于我。可我又怎么能这么自私，只顾自己安危，而让弟弟的义举不为外人知晓呢？”

聂荌高呼三声上苍，终因悲痛过度，猝死于聂政身旁。

天下人得知此事后，无不叹息：“没想到聂政的姐姐也是一位英烈的女子。倘若聂政知道他姐姐没有含忍的性格，不顾惜露尸于外的苦难，一定要越过千里的艰难险阻来公开他的姓名，以致姐弟二人一同死在韩国的街市，那他也未必敢对严仲子以身相许。”

为了纪念聂政，人们将聂政刺侠累的故事谱成曲子，取名《广陵散》，自此《广陵散》冠绝天下。千年后魏晋时期，魏人嵇康最善于演奏此曲，嵇康亦如聂政一般，以笔墨为利刃直刺当时魏国当权者司马昭，将司马政权伪善的面具撤下，暴露其不忠（司马昭指示大臣弑君）、不孝（司马昭弑君后不敢提倡以忠治理天下，改为提倡以孝治理天下，其后吕巽迷奸弟弟吕安妻子，害怕东窗事发的吕巽便诬告吕安不孝，致使吕安被冤杀）的面目。司马昭深深嫉恨嵇康，于是下令处死嵇康。

嵇康死前神色如常，命人取琴，当众再次演奏《广陵散》，曲终，嵇康慨叹：“自此《广陵散》绝矣。”

《广陵散》虽绝，聂政以及深受聂政风骨影响的中国人却世世代代不曾断绝。

聂政之后的二百年，出现最著名的一个刺客，就是那个“风萧萧兮易水寒，壮士一去兮不复还”的荆轲，图穷匕首见，荆轲刺杀嬴政失败，死前张开双腿大笑着喝骂嬴政："我本来想逼你签订条约将六国土地还给六国，以此报答燕丹，这才没第一时间杀了你，没想到我失算了。天意，天意。哈哈哈……"

荆轲死后，高渐离刺瞎双目潜伏入秦宫准备刺杀嬴政，为荆轲报仇。可惜眼瞎的高渐离看不到嬴政所在，最终功败垂成。

也许江湖侠客的血溅五步只是始皇帝功勋的小小注脚，天下大势，浩浩汤汤，顺之者昌逆之者亡！

天子之怒，伏尸百万，流血千里；匹夫之怒，伏尸二人，血流五步。

孰轻孰重？

庄子讲过一个故事，他说天下最顶尖的剑客，他的宝剑以天下铸成，是天子之剑，挥动此剑上可斩决浮云，下可天下咸服。寻常剑客那种百姓之剑跟斗鸡没什么区别，一旦气绝身亡，对国家大事也毫无裨益。

专诸、豫让、聂政、荆轲乃至伍子胥，他们手中的剑是百姓之剑吗？他们追求的仅仅是伏尸二人，血流五步吗？

司马迁给出了他的答案："自曹沫至荆轲五人，此其义或成或不成，然其立意较然，不欺其志，名垂后世，岂妄也哉！"（从曹沫到荆轲五个人，他们的侠义之举有的成功，有的不成功，但他们的志向意图都很清楚、明朗，都没有违背自己的良心，名声流传到后代，这难道是虚妄的吗！）

孔子说："言必信，行必果，硁硁然小人哉！"（言必信，行必果的人是耿直、固执的小人。）那如何才可以不成为小人呢？

唯义之所在！

所以，王僚乱政，专诸奋起；知恩图报，豫让三击；侠累误国，聂政仗剑；秦多暴虐，荆轲亡命。他们虽然是百姓之身，手中握着的却是超越天子之剑的反抗之刃，以微贱之躯，如鸡蛋去撞击坚硬的城池。

那是地下无名的烈火喷薄出地表的怒吼，那是野草在狂风稍息后兀自挺立的伟岸。

这柄剑存在于天地间，贪婪与暴虐才不敢过分欺压看似弱小的匹夫匹妇。

刺客，渐渐地远了，甚至成为天上的星。但他们留下的反抗精神，对道义的坚持，将一直闪耀在历史的深处。

三

老子说："强梁者不得其死。"在我们谈论英雄的时候，这句话，横空而来，让我的后背有阵阵的发紧。

所谓的英雄，什么样的手段没有使用过？

所谓的英雄，什么样的阴谋没有被设计过？

所谓的英雄，什么样的价格没有被标注过？

所谓的英雄，什么样的人生没有被背叛过，什么样的血没有空流过、肆流过？

承诺被利用过，良心被狗吞吃过，身躯被肢解过，眼睛被熏瞎过。黑牢被蹲过，大刑伺候过。

“上疆场彼此弯弓月，流遍了，郊原血”，面对着英雄的话题，是否要做缩头的乌龟呢？

“勇于敢则杀，勇于不敢则活。”

老子的这话，则又使我发紧的后背缩了一寸，有点愧对那些真的英雄和猛士了。

鲁智深：这个杀手不太冷

一

鲁智深是谁?《水浒传》里写他“面圆耳大，鼻直口方，腮边一部络腮胡须，身长八尺，腰阔十围”，从外表上看，有点粗鲁，不灵通，但在聂绀弩看来，却是另一番菩萨模样，聂绀弩有首写鲁智深的诗，即使放在唐宋诗人堆里，也不轻薄，更有一种人间烟火的慈悲境界。那诗曰：

肉雨屠门奋老拳，五台削发恨参禅。
姻缘说堕桃花雨，儿戏蹴翻杨柳烟。
豹子头刊金印后，野猪林伏洒家前。
独撑一杖巡天下，孰是文殊孰普贤。

这诗，其实就是鲁智深的一个简历，从红尘到佛门，倒拔垂杨柳，野猪林救林冲，聂绀弩把鲁智深看作是人间的文殊菩萨和普贤菩萨。他写了鲁智深的几件闪光的故事，顺着这几个点，鲁智深的成佛之路，就有了一个清晰的路径。

在我看来，鲁达，先是一个地方军分区的一个团级的军官，“肉雨屠门奋老拳”，因为路见不平的三拳，把军官身份弄丢，然后五台削发，然后兜兜转转，从一名和尚落草为寇。与武松的冒名顶替不同，鲁智深的僧人身份是正当、合法且明确的，《水浒传》第四回“赵员外重修文殊院　鲁智深大闹五台山”中写道：“……我祖上曾舍钱在寺里，是本寺的施主檀越。我曾许下剃度一僧在寺里，已买下一道五花度牒在此，只不曾有个心腹之人了这条愿心。如是提辖肯时，一应费用都是赵某备办……”《宋史》记载，宋代虽然施行僧道管制制度，不过在一定限度内，僧道的度牒，可以作为一种交易进行，苏轼出任杭州时就曾为杭州赈灾，而出售度牒，筹措资金。

“既至杭，大旱，饥疫并作。轼请于朝，免本路上供米三之一，复得赐度僧牒，易米以救饥者。”（《宋史·苏轼传》）

卖指标，这事儿苏轼也干过，真是开了眼界，但我们想，佛以普度众生为本，只要是能解救人民于水火，虽舍身饲虎也不避，何况和尚的度牒指标?

鲁智深在《水浒传》中，是以一名僧人的身份存在于文字中，而他这个和尚，却有着他的一个独特之处。他的绰号叫“花和尚”，顾名思义，就是拈花惹草，但鲁智深的好人好事，也确实和一些女人有关，比如拳打镇关西的导火索金翠莲，比如林冲的娘子，他唤作嫂嫂的，还有桃花山的强贼，小霸王周通要强娶的员外的女儿。但鲁智深和这些女子的因缘聚会，只是他的一种修为，他对女子，始终抱着一种爱护与同情。我们知道，在佛门，色戒，是佛子最基本的戒律。但是对于鲁智深，佛门的清规戒律，除了淫邪，其余他是一概不守的。虽然有明确的和尚身份，但其作为却与武松这个假行者一模一样。饮酒与吃肉，那都是敞开了肚皮，张大了喉咙，不醉不休，而且，酒力好像还能壮大武力，壮大胆量，酒气冲天，豪气冲天，好像那酒进入肺腑和肠胃，就是好汉的强体壮骨粉。

菩萨戒中有六重戒，曰：杀戒、盗戒、打妄语戒、邪淫戒、酤酒戒、说四众过戒。对于酒肉的禁忌是存在于佛家经典之中的。

《涅槃经》言：迦叶，我今日制诸弟子不得食一切肉。这是佛门的规矩，自梁武帝为中国的佛教定下不许饮酒吃肉的戒律以后，后世的佛子们，一直恭敬力行，但这种戒律在后世还是引起了一些争议，尤其是在宋明两朝，由于商品经济的空前繁荣，市井生活发达，我们在《东京梦华录》和《金瓶梅》中都可看到，高度发达的世俗生活，诱引人们开始追求以“人”为本位的世俗乐趣，这种以“人”为本位的世俗生活也极大地冲击了当时普遍存在于中国社会中的节欲主义。

正是在这种背景下，一大批吃肉饮酒与对此持支持态度的士大夫纷纷涌现出来。苏轼更是在其所著的《禅戏颂》说道：“已熟之肉，无复活理，投在东坡无碍羹釜中，有何不可！问天下禅和子，且道是肉？是素？吃得？是吃不得？是大奇大奇。一盌羹，勘破天下禅和子。”苏轼是一个快乐主义者，也是一个美食家，饕餮客。他的这个颂，就是一种典型的以世俗眼光来看待佛家对酒肉禁忌的行为的调侃书，“已熟之肉”，已经不可能再让它复活了。它既然不能再活了，那就放到我的肚子里（无碍羹釜）有何不可？问一问天下的禅和子，已经煮熟的肉它到底是荤还是素，是吃得还是吃不得，“大奇大奇，一碗羹，勘破天下禅和子”，它已经是肉了，它已经不能再活了，你说它是素还是荤？是该吃还是不该吃？

苏轼有很多的佛门朋友，他的这些话语，也一定影响着那些朋友。所以，在五台山出家、在大相国寺挂单的鲁智深，对酒肉的看法和苏轼差不多，或者是施耐庵的看法与苏轼差不多。而我们看书中的描写，也很有意思，已投入佛门的鲁智深第一次犯戒时，之神长老回绝众僧提议的话便是“且看赵员外檀越之面，容恕他这一番”。你看，寺庙里，也讲人情世故，也看重那些红尘中的人，而且宋代的世俗对于禅宗也持一种世俗化的心态，并不完全遵循禅宗的戒律对待僧人，显得相当随意。在《水浒传》第四回，刘太公招待鲁智深吃饭，就问道：“师父请吃些晚饭，不知肯吃荤腥也不？”

你看刘太公对一个胖大和尚，问的是荤腥，是俗世人的吃食，不是斋戒的饭食。

酒肉穿肠过，佛祖心中留。禅宗认为，要悟得“无上正等正觉”，必须一破“我执”，不要执着于“自我”的幻象；二破“法执”，不要执着于佛教的经典，因为一切皆空，连经典本身也是空；三破“空执”，最后连“空”的境界也不能执着。《心经》上说“色不异空，空不异色；色即是空，空即是色”。禅宗追求的是破执之后，一种无挂碍的精神状态。

“赤条条来去无牵挂”，是佛门的大境界。清代戏曲《鲁智深醉闹五台山》，那上面有一折《寄生草》，宝玉听了入心：

漫揾英雄泪，相离处士家。谢慈悲剃度在莲台下。没缘法转眼分离乍。赤条条来去无牵挂。那里讨烟蓑雨笠卷单行？一任俺芒鞋破钵随缘化！

这天晚上宝玉和黛玉、湘云吵架，就想起了白天听的《寄生草》中的“赤条条来去无牵挂”，于是心中一冷，第一次参禅。写了个偈子，竟然还用《寄生草》。

无我原非你，从他不解伊。肆行无碍凭来去。茫茫着甚悲愁喜，纷纷说甚亲疏密。从前碌碌却因何，到如今回头试想真无趣！

可见，鲁智深的“赤条条来去无牵挂”，是宝玉一下子开窍，一下子顿悟的话头。

我们再看书中：

“宝玉翻身站起来，至案边，提笔立占一偈云：‘你证我证，心证意证。是无有证，斯可云证。无可云证，是立足境。’写毕，自己虽解悟，又恐人看了不解，因又填一支《寄生草》，写在偈后。又念了一遍，自觉心中无有挂碍，便上床睡了。黛玉看了，知是宝玉为一时感忿而作，不觉又可笑又可叹。便向袭人道：‘作的是个玩意儿，无甚关系的。’”

都说黛玉和宝玉心心相印，但黛玉还是不知宝玉已经在心中悟到“赤条条来去无牵挂”，当时宝玉虽年轻，你可看作是游戏之作，但一颗被鲁智深启蒙的种子已然种下。这就为以后宝玉的出家埋下了伏笔。

鲁智深不避酒肉，南宋高僧道济和尚也是酒肉和尚，他先说“酒肉穿肠过，佛祖心中留”，但其后仍有两句“世人若学我，如同入魔道”。好像他吃酒吃肉可以，你们不要学。我觉得《水浒传》中鲁智深对于酒肉的渴望或是喜爱，则纯粹是出自作为人的天性，是人对于口腹之欲的满足感，是最基本的快感。《水浒传》写鲁智深下山偷酒，见着五台山下的镇子，第一反应却是“智深寻思道：‘干呆么！俺早知有这个去处，不夺他那桶酒吃，也自下来买些吃。这几日熬得清水流，且过去看有甚东西买些吃’”。其后更是问人索取狗肉，言“洒家的银子有在这里”！这种对酒肉的渴望，源于鲁智深对于其和尚身份的不适，鲁智深心中并没有和尚这一概念，他依旧是以一个世俗人的心态对待当前的处境。也是在第三回，鲁智深下山前，施耐庵对其的心理描述是：“干鸟么！俺往常好肉每日不离口；如今教洒家做了和尚，饿得干瘪了！赵员外这几日又不使人送些东西来与洒家吃，口中淡出鸟来！这早晚怎地得些酒来吃也好！”

我们可以这样认为，鲁智深就是一个身穿袈裟的红尘中人，有一颗世俗的可爱的热闹的心。

其实这种破戒，有时却是一种感人的悲悯，清人梁绍壬《两般秋雨庵随笔》记载：明末张献忠进四川以后，逢城便屠，杀了很多百姓，攻打渝城，也就是现在的成都时，在城外的庙里驻扎，见破山和尚，听说破山和尚执戒精严，便强迫破山和尚吃肉。破山和尚说，只要你攻城后不屠城，我就吃肉。结果张献忠答应了他。于是破山一边吃，一边说出偈曰："酒肉穿肠过，佛祖心头坐。""老衲为救苍生，又何惜如来一戒！"破山和尚为救苍生而吃肉，无疑是出自一种佛家的大无畏精神，即"我不入地狱，谁入地狱？"的精神。我们看鲁智深下山偷酒与破山和尚吃酒肉，即可发现鲁智深的佛性，毋宁说是一种人的天性，一种活泼的跃动的人间情怀。

二

有着异端思想的李贽在《李卓吾先生批评忠义水浒传》中，对鲁智深做的不吝评价是"仁人、智人、勇人、圣人、神人、菩萨、罗汉、佛"。在智深喝醉了酒，在五台山醉打山门时，李贽的评价最可玩味："此回文字分明是个成佛作祖图。若是那般闭眼合掌的和尚，绝无成佛之理。何也？外面模样尽好看，佛性反无一些，如鲁智深吃酒打人，无所不为，无所不做，佛性反是完全的，所以到底成了正果。"

李贽是思想家、禅师、文学家，是泰州学派的一代宗师。他的思想明显带有一抹"叛逆"的色彩，不过这种叛逆并非源自对于儒家的叛逆，而是源自对于明朝占统治地位程朱理学的叛逆，李贽对鲁智深的赞美，与其视之为因《水浒传》将其塑造成一个佛子，毋宁说是李贽对于鲁智深这般英雄豪杰的喜爱，而将其赞美为佛子。

李贽觉得鲁智深心地纯洁。心中所想，口中所言，手脚所为，皆为自然而然，不学而能，任性做去，便是真人，真佛，真义气汉子。还有就是鲁智深的胆、识、才过人。李贽说："二十分见识，便能成就得十分才。盖有此见识，则另只有五六分材料，便成十分矣。有二十分见识，便能使发得十分胆。盖识见既大，虽只有四五分胆，亦成十分去矣。是才与胆皆因识见而后充者也。空有其才而无其胆，则有所怯而不敢为；空有其胆而无其才，则不过冥于妄用之人耳。盖才胆实由识而济，故天下惟识为难。有其识，则虽四五分才与胆，皆可建立而成事也。"

一个人要想成就一份事业，才、胆、识非常重要。无才，就没有奇思妙想，只是死脑筋，没有胆，做人畏畏缩缩，没有识，就不会取舍，常常走错路，撞南墙。胆识，见识，敢于做自己认为对的事情，虽千万人我往矣。有胆无识，匹夫之勇；有识无胆，述而无功；有胆有识，方可成就一番事业。

有的人，有胆子，但鲁莽，脑瓜子固执，但没格局，只看到鼻子尖的一点；有的呢，有见识，纵论滔滔、口若悬河，但只是空谈而已，纸上谈兵。而我们看鲁智深，他是有胆识的汉子，鲁智深在其剃发为僧后，并不严守寺中的规矩，一直以一个世俗之人的身份来看待自己目前的处境。除不禁酒肉外，亦不学习参禅等出家人的日常功课。《水浒传》写他出家：

"话说鲁智深回到丛林选佛场中禅床上扑倒头便睡。上下肩两个禅和子推他起来，说道：'使不得，既要出家，如何不学坐禅？'智深道：'洒家自睡，干你甚事？'"

李贽在此连批了几个"佛"字。这几个"佛"字批注，历来被奉作鲁智深为禅宗佛子的铁证，因为这段故事的后面有一则非常著名的禅宗公案，这里面的义玄和尚，是我们老家菏泽，古称曹州，那里的人，是临济宗的开山祖师，当他在黄檗和尚那里学习时，他的举止，就是唐朝的鲁智深的模样。

《五灯会元》上记载：师（即义玄和尚）一日在僧堂里睡，檗（即黄檗和尚）入堂见，以拄杖打板头一下。师举首见是檗，却又睡。檗又打板头一下，却往上间。见首座坐禅，乃曰："下间后生却坐禅，汝在这里妄想作么？"座曰："这老汉作甚么？"檗又打板头一下，便出去。

李贽对于鲁智深在禅床上睡觉这一细节的"佛"字批注，纯粹是出自其对于真英雄、真豪杰的喜爱，而不惜赞颂其为佛。同样的批注也曾出现在李贽对于李逵的评论中，《水浒传》第四十回"宋江智取无为军　张顺活捉黄文炳"中写道："只见黑旋风李逵跳起身来，说道：'我与哥哥动手割这厮！我看他肥胖了，倒好烧！'"李贽在此的批注亦是一个"佛"字，而李逵杀人取人心肝食用的行为有何佛性可言？恐怕是李贽是对黄文炳厌恶到那厮就是一个畜生而已。

鲁智深，是李贽理论的具体的体现，是活生生的形象，最符合李贽的"童心说"，他认为"童心"即"真"。"夫童心者，真心也。若以童心为不可，是以真心为不可也。夫童心者，绝假纯真，最初一念之本心也。若失却童心，便失却真心；失却真心，便失却真人。人而非真，全不复有初矣。”李贽直言“童心”是人的自然之性，鲁智深在五台山上的那些不守戒律的率性之举，就成为成佛、成圣的表现。

鲁智深是佛，我觉得，表现在“众生渡尽，方证菩提；地狱未空，誓不成佛！”鲁智深对恶霸镇关西下手的时候，是佛，就如地藏王菩萨所说：“惩恶即是扬善！”遇到不平，一片热血直喷出来，这是佛；鲁智深出手救援卖唱还债的弱女子金翠莲的时候，是佛；鲁智深出手野猪林，在梁山问林冲嫂子的情况，是佛。他对女子的看重，不是一般的俗男子所能为的。鲁智深在桃花村狠揍了小霸王周通后，便劝周通不要坏了刘太公养老送终、承继香火的事，“教他老人家失所”，这是佛；而鲁智深在瓦官寺，看到那群褴褛而自私可厌的老和尚，虽然自己也饥肠如焚，但听说那些和尚们三天没有进食了，于是就即刻撇下一锅热粥，再不吃它，这是佛。

乐衡军评价鲁智深说：“这些琐细的动作，像是一阵和煦的微风熨帖地吹拂过受苦者的灼痛，这种幽微的用心，像毫光一样映照着鲁智深巨大身影，让我们看见他额上广慈的縠皱。这一种救世的怜悯，原本是缔造梁山泊的初始的动机，较之后来宋江大慈善家式的‘仗义疏财’，鲁智深这种隐而不显的举动，才更触动了人心。《水浒转》其实已经把最珍惜的笔单独保留给鲁智深了，每当他‘大踏步’而来时，就有一种大无畏的信心，人间保姆的呵护，笼罩着我们……”

说得多好啊，他向我们的人间大踏步走来时，是给人间送温暖来，是人间的保姆，是呵护人间来的，是呵护弱小来了。他有着救世的悲悯，他有着粗鲁外表下的细心，这种细心，如女性一般的温暖，这是多么奇异的画面啊，胖大的和尚，有绣花针一样的幽微的爱的情怀。

到了《水浒传》的最后，鲁智深追杀夏侯成，却迷路入深山；得一僧指点，从缘缠井中解脱，生擒方腊。宋江大喜，劝智深还俗为官，封妻荫子，光宗耀祖，智深说：“洒家心已成灰，不愿为官，只图寻个净了去处，安身立命足矣。”宋江又劝他住持名山，光显宗风，报答父母，智深说：“都不要！要多也无用。只得个囫囵尸首，便是强了。”对囫囵尸首的渴求，胜过世俗中的功名利禄，不为其他，正是因为鲁智深在多年战争后出于对世俗理想的幻灭，而第一次真心地开始向着佛家靠拢，而这一举动也深切契合了中国历代知识分子在现实不如意后对佛老的皈依。放下屠刀立地成佛。

三

鲁智深成佛的路，是由杀手到救人而铺就的，“救人一命胜造七级浮屠”，面对不义“金刚怒目”“雷霆手段”的杀心，也是成佛的必由之路。

鲁智深原本为渭州小种经略相公帐下的一名中下层军官。在鲁智深拳打镇关西中，他曾有这样自述：“鲁达再入一步，踏住胸脯，提着醋钵儿大小拳头，看着这郑屠道：‘洒家始投老种经略相公，做到关西五路廉访使，也不枉了叫作镇关西！’”

鲁智深是混市井的人物，混江湖的人物，他身上有很浓重的侠义的成分，更多的则是一种类似于江湖豪侠式的行为状态，那是风气所染。

北宋的开国皇帝赵匡胤当初即为一名职业军官，《水浒传》中说“自古帝王都不及这朝天子”“那天子扫清寰宇，荡静中原，国号大宋，建都汴梁”。并且，在历代的野史笔记中都曾记载这位皇帝在从军前任性负气，是位不折不扣的江湖中人。而且当时军队之中历来不乏市井之徒，《宋史·韩世忠传》中，“韩世忠，字良臣，延安人。风骨伟岸，目瞬如电。早年鸷勇绝人，能骑生马驹。家贫无产业，嗜酒尚气，不可绳检。日者言当作三公，世忠怒其侮己，殴之。年十八，以敢勇应募乡州，隶赤籍，挽强驰射，勇冠三军”。韩世忠在入伍前，亦是一名市井无赖之类的人物。这样的人杂陈军队之中，军队里所弥漫的风气，是可以猜度得到的，因而鲁智深在军队中必然会受到来自中国传统江湖之中的侠义影响。这样便形成了鲁智深性格中一种朴素的善恶是非观。

施耐庵写鲁智深得知镇关西郑屠强骗了金翠莲后，勃然大怒，回到自己住所“晚饭也不吃，气愤愤地睡了”。金圣叹在此批注：“写鲁达写出性情来，妙笔！”而且在此章节的回前总批上，金圣叹亦批注道：“写鲁达为人处，一篇热血直喷而出，令人读之，深愧虚生世上，不曾为人出力。”

金圣叹说：“只是写人粗鲁之处，便有许多写法。如鲁达粗鲁是性急。”“性急”正是鲁智深的特点，不拖泥带水，不娘们儿，能用拳头解决的，就不费口舌。在“花和尚倒拔垂杨柳　豹子头误入白虎堂”中写道：“只见智深提着铁禅杖，引着那二三十个破落户，大踏步抢入庙来……智深道：‘我来帮你厮打！’……智深道：‘你却怕他本管太尉，酒家怕他甚鸟！俺若撞见那撮鸟时，且教他吃洒家三百禅杖了去！’”

鲁智深的身上，有一股尚未磨灭的侠义的精神。司马迁在《史记》中还可以将扶危救困的游侠与替人出头的刺客分开。

游侠作为中国特有的一个社会阶层，并不同于西方的骑士，以及日本的武士。后两者是被依附在封建主的统治下所产生的一个社会阶层，游侠则恰恰相反，游侠是失去了这种依附关系后，在社会上相对来说拥有迁徙自由的一个群体。游侠并没有特定的行动目标与服务群体。相比起西方的骑士与日本的武士，游侠没有外在的附庸关系，亦没有内在的统一戒律或是道德要求。游侠并不像骑士拥有骑士道，武士拥有武士道精神一般，游侠更多的是服从于自己内心的道德要求与价值判断。

这种不问是非曲直、只讲恩情道义的游侠行为，其本身是不能够称为真正的“侠义”的。这种行为是来自于古时的刺客，而刺客这一行为本身就要带有一种功利性的色彩。《史记·刺客列传·荆轲条》中，“于是尊荆卿为上卿，舍上舍。太子日造门下，供太牢具，异物间进，车骑美女恣荆轲所欲，以顺适其意”。其行为本身都带有一种功利性的色彩，而后世多称其为侠者，则是源自后世掌握着话语权的士大夫阶层对于自身苦闷境遇不得志的一种排遣，希望自己也可以有这么一个快意恩仇的朋友，或者自身也成为这样快意恩仇的人。

但鲁智深身上，却没有功利，不像武松被施恩好酒好肉伺候，然后替他夺回快活林酒店。

我们如今再重新审视这些时，以现代的视角去看待，则喜爱鲁智深更多于武松矣。无他，只因鲁智深的行为本身，处处透露出一种无功利的色彩。如果说鲁智深搭救金翠莲，还有不忿郑屠自称“镇关西”的成分在其中，鲁智深搭救桃花庄刘太公的女儿则是一点功利之心都没有的举动。《水浒传》第四回“小霸王醉入销金帐　花和尚大闹桃花村”，鲁智深被逐出五台山，前去东京大相国寺挂单的时候，因贪恋景色，误了宿头。“一日，正行之间，贪看山明水秀，不觉天色已晚，赶不上宿头；路中又没人作伴，那里投宿是好；又赶了三二十里田地，过了一条板桥，远远地望见一簇红霞，树木丛中闪着一所庄院，庄后重重叠叠都是乱山。”而去借住桃花村，听说有强人意欲强娶刘太公的女儿，鲁智深愤然而起，为刘太公一家解厄。这种行为当中丝毫不掺杂着功利思维，受施者与施恩者并不存在利益关系。仔细考察《水浒传》，能做到这样仅鲁智深一人而已。

鲁智深的一颗佛心，是他在扶危救困之时，虽使用暴力，但并不嗜杀。打死郑屠并非鲁智深的本意，在拳打镇关西时，鲁达寻思道：“俺只指望打这厮一顿，不想三拳真个打死了他。洒家须吃官司，又没人送饭，不如及早撒开。”鲁智深原本只是想教训一下郑屠，不想出手过重将其打死。而在鲁智深落草二龙山前，所杀之人只有区区三人，且尽数为可杀之人。分别为郑屠，丘小乙，崔道成。反观李逵、武松，李逵单单是江州劫法场时，杀死的无辜百姓就不计其数，“当下去十字街口，不问军官百姓，杀得横遍地，血流成渠。推倒颠翻的，不计其数”；武松血溅鸳鸯楼中，除去首恶，其他不干事的仆从也被其尽数杀尽。像这种嗜杀，唯暴力是举的行为在鲁智深身上是看不到的。

也正是鲁智深侠义行为中不图利、不嗜杀的个性，在今天看来更加符合我们的审美需求，以及对后人侠义的理想的想象状态。

聂绀弩还有两首写鲁智深的诗，真是字字珠玑。每次读后都不忍割舍，先把它附在这里，作为结尾：

（一）

何处何人有祸灾，洒家未肯挺身来？
独撑一杖巡天下，只为三拳上五台。
匹妇匹夫仇不复，行云行雨泪谁揩。
桃花村自师经后，岁岁桃花烂漫开。

（二）

横身截挡人祸灾，截得人灾上己头。
打罢三拳游代北，飞来一杖到沧州。
佛灯狗肉几馋死，村夜桃花为嫁羞。
欲访吾师何处所，海潮声里衲衣秋。

鲁智深走来桃花处处，灿烂妩媚，鲁智深在重上五台山谒见智真长老曾问询前途。智真长老曰：“逢夏而擒，遇腊而执，听潮而圆，见信而寂。”后来，鲁智深果然擒得方腊大将夏侯成，并亲手抓获方腊。回京途中，在杭州恰逢钱塘江潮信大至，鲁智深想起长老之言，问明“圆寂”之意，沐浴更衣，焚香打坐，圆寂而逝。

把聂绀弩的诗歌呈上，我的文章也该结束了，最后一句就是鲁智深是拿着屠刀的佛，这个杀手不太冷。

敲一下世界的脑壳

一

我觉得，庄子“变形记”的蝴蝶，在视觉形象上，比卡夫卡的甲虫，予人更多美感，卡夫卡“变形记”揭示人性荒漠，而庄子蝴蝶，给人的是诗性迷思，甲虫给人情感上审美的疙瘩，而蝴蝶翩舞给人的情感以熨帖。庄周在梦中变成蝴蝶，还是蝴蝶在梦中变成了庄周？张潮《幽梦影》中说：“庄周梦为蝴蝶，庄周之幸也；蝴蝶梦为庄周，蝴蝶之不幸也。”

成为蝴蝶，庄子从喧嚣的世间走向逍遥，庄周之幸；蝴蝶成为庄周，从逍遥之境步入喧嚣的人世，恐怕非是蝴蝶所愿。庄子的梦，是一令人神往的青梦。卡夫卡，则向我们展示了一个可怖的但又真实的人类共同的噩梦。

庄周有时成为一只翩然的蝴蝶，有时是一尾鱼，甚或是一只泥龟。

有次，楚国的国君听说庄子的出尘才华，马上派出使者邀约庄子出山。

庄子彼时正在河边钓鱼，听到使者阐明来意之后，并不转身地问使者：“我听说楚国有一件宝物，是一个三千岁的乌龟壳?”

使者：“正是如此。这可是我们楚国的瑰宝啊。我们大王现在用锦缎把这个龟壳包住，放在匣子里，珍藏在太庙。平常大臣们都难得一见。”

庄子：“这样啊，唉，那我倒想请教一下，你说这个大乌龟它是想让人把它的龟壳供养在太庙，还是活着在烂泥地里拖着尾巴玩耍呢?”

使者：“先生您说笑了。好死不如赖活着，肯定是在烂泥地里玩啊!”

庄子长叹一声：“对啊! 你说得非常有道理! 你是个天才啊!”

使者赶忙摆手：“不敢当，不敢当。在下哪比得上先生大才啊。还请先生出山相助我楚。”

庄子：“你不是不让我去吗?”

使者一下就愣住了：“我啥时候不让你去了?”

庄子一摊手：“你说了嘛，好死不如赖活着。大乌龟宁愿在烂泥地里拖着尾巴玩，也不愿意让人把它的龟壳供养在太庙。我现在在烂泥地里玩得正高兴呢，何苦去当个让人供养的乌龟壳啊?”

使者听完庄子的话，哭笑不得：“您在这等着我呢!”

是的，庄子要的是泥龟在烂泥里的自由自在，庙堂的那些残羹冷炙，那些道貌岸然岂是他所求，《史记·老子韩非列传》也讲了楚威王重金“许以为相”，庄子宁愿“终身不仕，以快吾志”的事，只不过其中“神龟”变成祭祀的“牺牛”。

虽然生活是一堆烂泥，曳尾泥中，但“甘其食，美其服，安其居，乐其俗”，就如孔子说的：“贤哉，回也，一箪食，一瓢饮，在陋巷，人不堪其忧，回也不改其乐。贤哉，回也。”

我觉得，庄子在这里强调的是活，活泼泼地活着，而不是像个龟壳被朝堂供奉，要的是生得适意，而不是死得壮观，龟在泥中，是自然之性，人也一样，只有顺其自然，不以追求外在的名利来损伤自己的自然之性，才符合生存的大道。庄子在《马蹄》篇中就说：“马，蹄可以践霜雪，毛可以御风寒，龁草饮水，翘足而陆，此马之真性也。”践踏霜雪的马蹄，抵御风寒的马毛，吃草饮水，翘足跳跃，这些都是马的自然天性，是马生下来就会做的事。那龟在烂泥中，是龟的天性，也是龟的真性，是自然本性，而庙堂里的龟，是一种失去自然的畸形物，所以，到楚国去做那个出山的宰相，如泥龟走出泥巴，是龟的异化。

庄子还讲过一个事。惠子相梁，庄子往见之。或谓惠子曰：“庄子来，欲代子相。”于是惠子恐，搜于国中三日三夜。庄子往见之，曰：“南方有鸟，其名为鹓鶵，子知之乎？夫鹓鶵发于南海而飞于北海，非梧桐不止，非练实不食，非醴泉不饮。于是鸱得腐鼠，鹓鶵过之，仰而视之曰，‘吓！’今子欲以子之梁国而吓我邪？”

惠子做梁国的宰相，有谣言说庄子要来梁国，抢宰相之位。惠子惊恐，于是下令整个梁国上下搜捕庄子。庄子亲自前往见惠子。庄子说南方有凤凰鸟，遇到梧桐才会休息，只吃竹米（竹子开的花），只喝清泉。猫头鹰得到一只死老鼠，凤凰路过，猫头鹰发出“吓”的声音。你今天也想用区区梁国的相位来吓唬我吗？

在庄子时代，无论孟子、惠子，还是墨子，哪个不是奔竟在权贵之门，而只有庄子，用一双冷眼，打量着，惠子虽是庄周的朋友，其实他并不懂，竟然怕庄子抢了他的相位，李商隐的诗说得明白：不知腐鼠成滋味，猜意鹓雏竟未休。

鹓雏是不会计较那些死猫死狗死老鼠的，我就想起卡夫卡的《饥饿艺术家》里拒绝食物的艺术家，鹓雏即使饿死，也不会和猫头鹰去抢一只死老鼠。

《饥饿艺术家》是卡夫卡最满意的作品之一。卡夫卡在临终前，嘱咐自己的好友布洛德将自己的作品全部销毁，但卡夫卡自己却一边流着泪，一边修改和校对《饥饿艺术家》，直到生命的终了。

如果说“食物”代表物质欲望，那么“绝食”就代表理想的坚持，饥饿艺术家就是通过饥饿这种方式来对抗越来越物欲，同时也越来越冷漠的世界。

小说的结尾，饥饿艺术家说出了最重要的一句话就是：他之所以愿意从事这项职业，是因为自己找不到胃口合适的食物。

饥饿艺术家“穿黑色紧身服、脸色苍白、瘦骨嶙峋”，直到临终前，他仍然有着继续饿下去的坚定信念。“食物”不仅是物质上的，更是精神上的，它隐喻着这个世界的真理与精神支柱。

饥饿艺术家以自己的生命为代价，探寻人存在的意义，但却始终没有找到。对他来说，饥饿这不是职业，而是一种使命。因此，他注定是孤独的，不会被这个世间所理解。

就像鹓雏是不会计较那些死猫死狗死老鼠的，卡夫卡不也是一个在世间找不到食物的饥饿艺术家么？

卡夫卡之所以要在遗嘱中要求焚毁所有作品，不正像是找不到合适食物的饥饿艺术家与世间的隔绝么？

卡夫卡的一生，如同饥饿艺术家一样，都是一记打动人心的重锤，他们努力寻找着一种超越世间的精神上的归宿。卡夫卡以一种冷眼旁观者的态度来谈论死、孤独、恐惧、痛苦，展现这世界的荒诞与绝望，凸显人类生存之困。他似乎在提醒我们，如果人类拒绝反思，就会永远在堕落的世界里沉沦下去。

卡夫卡为这篇小说流下的眼泪，既是为饥饿艺术家哭泣，也是在为这个让人绝望的世界哭泣。

奥斯卡·包姆说：“卡夫卡比任何人都更强烈地感到对今天世界的绝望。他在恐惧的梦境的幻想中给世界以预言式的表达，他的作品不仅根植于他个人的命运，也根植于他这个时代的苦难之中。”

庄子对惠子说话，一定是冷眼，就像他对待楚国那两个邀请他出山的使者，庄子对使者的态度，我们可以通过看他的一个傲然的造型看出，面对着楚国的使者：庄子持竿不顾。

庄子不回头，露出的是后背，是屁股对着使者的热诚，我们想，假使庄子回头，那一定是一副别烦我的姿态。

二

庄子钓鱼的那片水，叫濮水，是济水的支流，这个支流两千年前曾流过我的家乡，沧海桑田，现在济水和濮水，在大地上早就消失了，但那些遗迹还在。比如那些地名，济源、济宁、济南、濮阳、濮州、临濮。不管人们如何说庄子是蒙人，这个蒙，有商丘说，曹县说，东明说，其实就是现在的山东河南交界处，我还是倾向东明说，因为东明漆园的遗址还在，东明紧邻我的老家鄄城，鄄城百年前叫濮州，就是庄子钓鱼的濮水所流经的地域，现在庄子的濮水钓台的遗址就在离我老家什集西面 20 多里地的临濮镇，也是城濮之战的遗址所在地。虽然，认古人做亲，是我不屑的，但历史在那，传说在那，我还是对庄子两千年前在我故乡一带的那些乡野的漫游和生活，感到亲近。

相比于纵横家热衷于权力，不择手段，相比于儒家在诸侯间积极贩卖自己的学说，富贵如可求，虽执鞭之士，吾亦为之，我觉得，庄子是一个活在民间的草根，是一个有着大格局和宇宙眼界的哲人，他冷笑冷眼地看着这一切。头悬于梁、股刺以锥的尽头是褡裢里的六国相印的叮当声，“妻不下纴，嫂不为炊，父母不与言”的尽头是“季子位尊而多金”后“父母闻之，清宫除道，张乐设饮，郊迎三十里；妻侧目而视，倾耳而听；嫂蛇行匍伏，四拜自跪而谢”。这样的场面，苏秦很受用，父母听说他来了，赶紧粉刷房子，把路面打扫干净，并准备了音乐、筵席，而且到三十里以外去迎接。他的妻子不敢正眼望他，只是低着头偷偷地瞧，苏秦讲话时，妻子侧耳倾听，生怕听错了。嫂子的表现更离谱，她在地上爬到苏秦跟前，不停地跪拜道歉。权力可以使人异化，即使是一家人。

看着纵横家的这些富贵可求的模板，儒家里面头脑清晰的人也是跃跃欲试，李斯年少时，为郡小吏，见吏舍厕中鼠，食不洁，近人犬，数惊恐之。斯入仓，观仓中鼠，食积粟，居大庑之下，不见人犬之忧。于是李斯叹曰：“人之贤不肖譬如鼠矣，在所自处耳！”厕所里的老鼠，因为生存环境差，长得瘦骨嶙峋，毛色灰暗，身上又脏又臭，很是令人讨厌。李斯在官家粮仓里又看见了老鼠，那是什么生存环境？阔大的粮仓，山一样的粮食，没有人去惊扰那些畜生，个个吃得肠肥脑满，毛色油光。李斯的感慨在所处耳：一个人能不能成就一番事业，取决于一个人所处的平台。

《论语·雍也篇》孔子说颜回，吃一碗粗饭，喝一瓢凉水，居住在简陋的屋子中。过这样的日子，谁也不能承受这份忧苦。也只有颜回，能够乐在其中，以苦为乐，忘却了物质的贫乏，丰满了精神的富裕。贤德啊，颜回！孔子赞美颜回。但我们看纵论滔滔的孟子，却是削尖脑袋往朝廷挤，他与庄子同时期，他不是居于乡野，而长期居住临淄别墅，享受着丰厚的俸禄，时不时在大王面前宣讲一番治国驭民之策，他们不是富贵与我如浮云，而是不沾我边的富贵如浮云。在与都市和富贵制衡的乡野与温饱的边缘，我们看到在濮水边的野花野草丛里的庄子，春天时候，与蝴蝶互换身份，在秋天时候，把河边的芦苇割下，编织草鞋。

在我童年的时候，曾回故乡，下雪的日子，奶奶怕我的鞋子弄湿弄脏，就给我穿上木头底子的芦苇编织的草鞋，我老家什集的村镇后有一条沙河，上游就是古濮水的所在，现在被黄河所覆盖，沙河那河道里的绵延数百里的芦苇，在秋风起的时日，芦苇的花絮，漫天飞舞，如雪如盐，十分壮观。

也是在这样的芦花飘絮的秋风里，庄子编织着草鞋，他要凭自己的手艺，拿到集市上去卖，换得度日的口粮。

庄子是看不起儒家和墨家的，认为他们就是蹲踞井底的眼界狭窄的蛙，头脑冬烘，自以为是，根本看不到大海的浩渺无边，波涛如山。

庄子在《秋水》篇中借井底之蛙和东海之鳖间的对话，来说井底之蛙有限世界和东海之鳖的无限大海，这有点像柏拉图的《理想国》中的洞穴隐喻，人们困在洞穴里，但柏拉图的洞穴昭示的是挣扎和挣脱，而井底之蛙却是安于舒适圈。

儒家以所谓救民于水火的责任感和担当精神，提出“仁政”主张，并坚信这是破解人世危难的唯一正道。而在庄子看来，儒家思想中的仁义礼法，一旦为恶人所盗用，往往成了谋取私利的工具。有些人暗地里做一些不法的勾当，还大言不惭地两面人模样说“尊崇仁义”。

庄子在《外物》篇中，讲了一个令儒家脸红的事。两个儒生去挖掘坟墓，小儒者说：“口中含有珠！”大儒者竟以《诗》中的诗句回应：“青青之麦，生于陵陂。生不布施，死何含珠为？”于是，这二人揪住墓中人的鬓发，按住他的胡须，以金椎敲他的下巴，慢慢分开他的两颊，唯恐损伤口中的珠子！

两个儒生正大光明地以《诗》《礼》作为挖坟墓的道德依据，这和历史上的那些窃国者、谋篡者，那些打着神圣旗号，却干着丑恶勾当的“正人君子”有什么区别？庄子说儒家明乎“仁义”，却陋知人心；“仁义”无法保全自我的生命，也只能算是理想主义，用在人的身上，只会带来伤害，历史上的那些乌托邦的鼓动学说和这多么眼熟啊。

如果说那些儒家、墨家、法家的理论和著作是社会学的，是鼓动天下进入一种框子、规范，是征战、杀伐，是人为；那么庄子的著作是自然，是动物世界，是植物的百科全书。有人统计，《庄子》一书中涉及的飞鸟有22种，水中生物15种，陆上生物32种，鸟类18种，植物37种，无生命物种32种。

跳的，蹦的，爬的，蠕动的，有足的，无足的，水中的，陆上的，草丛的，那里有呆萌鼹鼠，肚皮喝得如滚圆的瓠子，有志向高远向着太阳和温暖飞的大鹏鸟，更有勇武的，不计后果用鸡蛋撞城墙一样的蹚螂，虽然最后成为齑粉，有草丛间的小麻雀，还有马、野马、白驹、黄马、驳马、骐骥、骅骝……庄子是爱马的，《庄子》一书33篇，有15篇都提到了马。

“天地一指，万物一马！”这语言多奇诡。“人生天地之间，若白驹之过隙，忽然而已。”这多么令人沮丧，又向死而生啊。

也许庄子是痛苦的，人世的一切，很难契合他，只有荒野和自然才能容纳他。

荒野，只有荒野才能给庄子以安妥，荒野存在于人类诞生之前，是荒野提供了生命孕育和发展的场所，正是在荒野中，人类自身的进化和完善才得以实现。荒野不仅是人类物质上的故乡，更是人类精神和心灵的栖居之所，人们在荒野中获得丰富而多样的审美体验。庄子是在荒野中完成了他的哲学，实现了他的价值。

庄子的哲学，是一本荒野启示录。

三

庄子冷眼，血未凉，是深情之人。我最服膺胡文英对庄子的评价，感性却独到，深刻而诗意：

庄子眼极冷，心肠极热。眼冷，故是非不管；心肠热，故悲慨万端。虽知无用，而未能忘情，到底是热肠挂住；虽不能忘情，而终不下手，到底是冷眼看穿。

庄子不能忘情，惠施死后，“庄子送葬，过惠子之墓”，伤心不已，感慨“自夫子之死也，吾无以为质矣，吾无与言之矣”。庄子对跟随的人讲了一个故事：郢地有一个泥瓦匠，在干活时，有一点像苍蝇翅膀一样薄的白泥飞溅到他的鼻尖上，他让匠石用斧子砍削掉这一小白点。匠石挥动斧子呼呼作响，漫不经心地砍削白点，鼻尖上的白泥完全除去而鼻子却一点也没有受伤，郢地的人站在那里也若无其事不失常态。宋元君知道了这件事，召见匠石说，你为我也这么试试。匠石说，我确实曾经能够砍削掉鼻尖上的小白点。但是现在，我的对手已经死去很久了，我无法再完成这样的活了。

惠施死了，庄子多么寂寞啊，在惠施的坟前，他一定想起那些他与惠施的交往与辩论，《淮南子·修务》说："钟子期死而伯牙绝弦破琴，知世莫赏也。惠施死而庄子寝说，言世莫可为语者也。"惠施死了，庄子竟至于停止谈说而"深瞑不言"。

这是一种失去知己的悲伤，让庄子陷入了无法言说的语言和思想的困境。一个人的成长，就像庄稼生长，生态是十分重要的，生态是什么？是合适的阳光、水、肥料，还有风、雨，这些恰到的配合才使一棵庄稼茁壮地成长起来，人也是如此啊。惠施，就是庄子生态的一种养料，他们争辩，互相驳难，争吵，公离不开婆，秤离不开砣，甲乙是互为存在和依靠的。

多么深情的"深瞑不言"，这不是语言的孤独，这是语言到不了的边界，有时语言是表达不了内心的，惠施死了，庄子就沉默了，不再言语，"当我沉默的时候我觉得很充实，当我开口说话，就感到了空虚"，深瞑不言时，无数的想法充斥在脑海，对世间的感受纷至如潮，那么多的想法涌动冲撞，但真正说话的时候呢，语言的局限，怎能如实把自己的内心完整表达，也许，对惠施而言，他能从庄子的只字片言中领悟庄子内心的渊博宏肆，而今，知己已去，那只言片语也没有表达的需要，也没有表达的必要。语言只是人的一部分，深瞑不言的本质，就是悲伤无处可达。惠施是庄子唯一可以对谈的人，是朋友，是对手，一个人，既没朋友也没对手，那真是寂寞之极了。

其实，庄子的内心，在他得知惠施死的时候，他能忘掉自己与惠施的濠濮间从游的日子吗？虽然他强调“忘”。《世说新语·言语》说：“简文帝入华林园，顾谓左右曰：‘会心处不必在远，翳然林木，便自有濠、濮间想也，觉鸟兽禽鱼自来亲人。’”

与惠施那厮一起斗嘴，那是多么快乐的日子。一次，他们俩走在濠河边，此时正值盛夏，鱼虾丰盛，河里的鱼儿恣意地游来游去。庄子不禁感慨：“这鱼儿真好啊，你看它们游泳得多快乐啊！”

惠施一翻白眼：“你又不是鱼，怎么知道它们快乐？”

庄子瞥了一眼惠施：“你又不是我，怎么知道我不知道？”惠施：“嗨，说车轱辘话是不是？我不是你，当然不知道你知不知道鱼儿快乐。同理，你不是鱼，你也不会知道鱼快不快乐！”

庄子：“你等会儿！你刚开始怎么说的？你问我说，你怎么知道鱼快乐？这明摆着是你知道我知道鱼快乐。你后面说这么些个废话干吗？还我怎么知道！我在河边走的时候就知道了！”

惠施一听，只怪自己刚开始没把话说明白，让庄子钻了空子，只好笑着说：“好好好，你有理，你有理。”

在庄子面前，惠施好像一个受气包，庄子的敏捷，庄子的活泛，庄子的天外来客般的思维，常使重实证、讲现实的惠施陷入不利的局面，但惠施死了，庄子也就陷入了寂寞与孤独了。和庄子差不多同时代的柏拉图在两千多年前也曾写下这样的寓言：每一个人都是被劈开成两半的一个不完整个体，终其一生在寻找另一半，却不一定能找到，因为被劈开的人太多了。柏拉图在《飨宴》的这个寓言，可说明庄子和惠施，也可说明，没有另一半，或者失去另一半，找不到另一半，被命运抛在无边的旷野中的人，是多么的寂寞。

当一个哲学家碰到一个对抗的声音，一种对立的声音，一种怀疑的声音时，这是另一半的自己啊，庄子珍惜这个声音。所谓的庄子的哲学，那些瑰奇的对话和故事，都是这两个智慧的大脑的碰撞啊，如今一半没有了，那就意味着庄子是残疾了的身体，也是残疾了的灵魂。

虽然，惠施和庄子，一庙堂，一乡野。没有乡野的庙堂，那不能算庙堂，没有庙堂映衬下的乡野，那少了一个纵深和背景。

四

庄子是何种人呢？

他是个穷人，也是个神人。说他是穷人，他曾向监河侯借粮，他靠着编草鞋来维持着最低的生计，半饥半饱，这和大哲学家斯宾诺莎（Spinoza）靠磨镜片过活，有着何其相似的情景：他们都是把物质的欲望降到最低，而孜孜于精神的活动。

庄子不是没有富贵的机会，也不是没有富贵的能力，庄子对城市的生活转头，对俗世的华衣美食转头，他最亲近的还是乡野，他把自己的肉体和精神安置在荒野，离自然近，离热闹远，离灵性近，离愚昧远。

庄子不屑于所谓的世俗的功成名就，而对所谓的现世的失败不记挂于心上，那些名头和身份，最高的，和最低的，庄子看来，都是虚妄，于是我们看到庄子对待社会、对待世界的幽默，或者不正经，这个不正经不是贬义的，是一种幽默的戏谑，他用这种态度来消解社会的僵化，那些所谓的标准，那些世俗的评判，在庄子看来，就是一种笑话，就是一套社会的剧本的要求。

庄子呢，他是忠于自我，而不是满足所谓的公众期待，庄子批判那种根据社会模范塑造个人自我的不可能实现的绝对真诚，庄子的武器很有意思，不是面对面地硬怼，而是把那种所谓的"真诚"，用恶搞、幽默来消解和解构。让大家看穿所谓的"真诚"里的缺陷和虚伪，看到华美袍子下的虱子。

有些人是太执着于自己的社会角色了，太符合所谓的大众期待，按照大众期待塑造自己，但庄子看穿了这一切的把戏，就如庄子所写的《混沌》，混沌本来好好地生活着，但按照大众期待来塑造，那就直接导致了混沌之死。

倏和忽去看望混沌，混沌善待他们，倏忽想要报答他，就说人有七窍用来看见、听见、吃东西、呼吸，混沌却没有。我们愿意给你凿出来，于是每天凿一个，七窍成时，混沌死。

倏忽不知道混沌无七窍是自然，他们按照他们理解的社会的一般期待来塑造混沌，你看，我们用眼睛看山花烂漫，这多好啊，我们用耳朵听管弦丝竹，这多惬意啊。但倏忽为混沌凿七窍，因为眼睛，有了色欲，因为耳朵，有了靡靡之音，因为嘴巴，有了口腹之欲……倏忽塑造的混沌是违反混沌的自然本真的，这也就是庄子为何不愿意到楚国的庙堂去做那个乌龟壳，而宁远在泥里做一个曳尾之龟了。

这就如《心经》里所说：无眼耳鼻舌身意，无色身香味触法，无眼界，乃至无意识界。无无明，亦无无明尽，乃至无老死，亦无老死尽。无苦集香灭道，无智亦无得……

用大众的一般的社会期待尺度加于混沌之身，于是混沌身死，陷入万劫不复。

我们也可从庄子塑造的壶子看庄子追求的本真与自由，壶子与面相大师季咸对阵，一连四次，壶子向季咸展现了自己四种不同的面相。前三次，让季咸的断言一次次落空。到了第四次，知趣的季咸终于觉出自己的狂妄，只好落荒而逃。

这就如川剧里的变脸，壶子虽然只有一副面孔，但他可以随心所欲地变脸。因他抗拒一切可能的定义和分类，那么就没有什么人可以规范他、框架他。

庄子通过壶子给我们的启示就是你不能被别人定义和规范的时候，你就获得了人生的大自由、大自在。

不是吗，我们能打破别人的期待越多，我们才越自由，期待是一种绑架，让你越来越离开本真。

在庄子妻子死的时候，就是朋友惠施也是期待庄子应该是一副哀戚的模样，但庄子妻子死后，庄子“方箕踞鼓盆而歌”，盆，就是瓦缶，惠施看到庄子正伸着两腿坐在地上敲着瓦缶唱歌。

惠子吊唁，看到这样就不免责问：“与人居，长子老身，死不哭亦足矣，又鼓盆而歌，不亦甚乎！”认为庄子妻子与庄子共同相处这么多年，生儿育女，操持家务，现在她死了，庄子不哭也就算了，还鼓盆而歌，太过分了。然而果真是这样吗？

庄子在《知北游》里对生死早有辨别：“生也死之徒，死也生之始，孰知其纪！人之生，气之聚也。聚则为生，散则为死。若死生为徒，吾又何患！故万物一也。”在庄子看来，生与死就和世间万物的消长一样，万物有消有长，人有生有死，天地万物都是相同的，都是气的聚合离散。《养生主》中写老子去世，秦失来吊唁，三号而出，老子弟子追问这是为何，他说：“适来，夫子时也；适去，夫子顺也。”即老子来是应时而来，去是顺时而去。来去得失，皆如生死，皆如草木荣枯，均是自然规律。庄子远离了惠施的期待，这只能说惠施拿一般的夫妻伦理来看待、绑架庄子，就是夏虫不足语冰。

庄子箕踞鼓盆，不是不悲伤，而是看透了生死，平静看待生死。“鼓盆而歌”既表示丧妻的悲哀，也表示对生死的达观，后世就用“鼓盆歌”“漆园歌”“庄缶”“鼓盆之戚”来形容丧妻及丧妻之痛，王夫之有“他日凭收柴市骨，此生已厌漆园歌”的诗句。

虽然生命只有一次，是不可逆的，对每个人来说，生命都是可贵的，但生命有限度。人终究难免一死，死亡是终究要到来的，你无法抗拒，你也无法回避。

徐复观说“庄子以人的乐生而恶死，实为精神的桎梏”。世人都看重自己物理生命的存在，希望延长自然生命，恐惧死亡，逃避死亡。这在庄子看来，乐生恶死不过是世人给自己套上的一道枷锁而已。但如果用理性态度去思考死，认识死，也许能够使人从死亡的精神枷锁中解脱出来。

所以在妻子死这件事上，庄子说死与生都是一种自然，人的生命始于气，死后又回到气，归于自然，回到生命最本真的自然状态，是生命的一种回归。妻子之死不过是返回到生命的本真，是生命的另一种存在方式，故能够化伤心于欣喜。当然这不是说庄子鼓励人去死，而是站在死的立场去看待死亡，消解人们对死亡的恐惧。所以刘绍瑾有这样的观点："只有死亡来临时，人们才能完全摆脱现实生活的一切烦恼和忧患，而进入存在主义所说的'真正的存在'——自由的境界。"

生亦自然，死亦自然，生死一体，庄子打破生与死之间的界限，消解人对死亡的恐惧和对生的眷念。

我们说庄子是哲人，这没错，他用语言、重言、卮言，那种"无端崖之辞""荒唐之言""谬悠之说"来给世人言说，但我觉得，他在《逍遥游》里描写的神人，最有庄子的气质，"藐姑射之山，有神人居焉。肌肤若冰雪，绰约若处子。不食五谷，吸风饮露。乘云气，御飞龙，而游乎四海之外……之人也，将磅礴万物以为一……之人也，物莫之伤，大浸稽天而不溺；大旱金石流、土山焦而不热"。

其实，庄子所居住的漆园、濮水，是没有山的，多的是平原、草莽与荒野，多的是水泽、河流与渚潭。可以说，庄子是一位在中原地带漫游的乡野哲人，一个乡土的诗人。

他的“寓言十九，重言十七，卮言日出，和以天倪”都是诗性的，那些故事，那些文字在孔子、孟子、墨子中间，是那么独异。他是冷的，正如鲁迅在《墓碣文》中写道：“于浩歌狂热之际中寒；于天上看见深渊。于一切眼中看见无所有……”他的目光犀利，他对那些钻营者的批判，是那么无情，而充满了戏谑。他不官不僚，也不钻营溜须，只靠编草鞋为生，在陋巷住草屋，食野菜，也常常挨饿，但保持一颗自由的心，当他的同乡曹商“一悟万乘之主而益车百乘”，发迹后的他，带着秦王赏赐的一百辆车“马蹄隐耳声隆隆，入门下马气如虹”，开始向庄子炫耀时，这时的庄子因为穷困，“槁项黄馘”——因为没营养，脖子像一截干枯的秋后的树枝，枯皴而面皮菜色，腮上没肉。但这改不了庄子的豁达幽默，看到曹商一副小人得志的样子，他不是儒家的温柔敦厚，而是说曹商不过是为秦王舔屁股沟里化脓的痔疮，“所治愈下，得车愈多”，你有什么可夸耀的？

但我还想说，庄子是一个演奏者，他不是加入的韶乐的演奏，也不是三百人的吹竽者队伍的合唱，他不是敲磬与编钟那种贵族的礼器，在庙堂之上，他是乡间的一个吹埙者，编完草鞋，坐在屋檐下，或是濮水岸边，对着月亮，孤独地吹着。

我们不知庄子最后的结局，但我们可以设想，惠施死后，庄子一天比一天沉默，有一天，庄子睡觉的时候做了一个梦，梦到他变成了一只蝴蝶。庄子醒来以后，看着镜子里的自己，满脸的疑惑。庄子说：“到底是蝴蝶做梦变成了庄周？还是庄周做梦变成了蝴蝶呢？我到底是庄周还是蝴蝶呢？我生活的这个世界究竟是现实还是梦境呢？”

我是谁，我从哪里来，要到哪里去。人生在世是孤独的，是有所待的，人之所以不能自在逍遥，向往逍遥，是因为人有很多牵挂羁绊，这是人之所以为人的根本，也是人烦恼的由来。

不过庄子绝对不鼓励人们抛弃这些牵挂，在庄子看来，人作为自然的一分子，与其被牵挂困扰，不如与自然合而为一，成为自然的一部分，每个人按照自己的能力做事，凡事顺其自然，不以物喜，不以己悲，这样，人才可以超脱物外，忘却烦恼，接近于逍遥。

时间一点点流逝，庄子的生命也走到尽头。庄子死前告诉弟子：“我死以后，就把我往荒原里一扔就够了。”

弟子大惊：“这样岂不是让老师曝尸在外，任由老鹰吞噬？弟子不敢。”

庄子听到弟子的话，强挣扎着伸出手敲了弟子脑壳一下：“蠢！你把我埋于地下，不也是给蝼蚁吃掉？你为何如此偏心蝼蚁，而不顾念老鹰一下呢？”

庄子说完，哈哈大笑。

这笑声是庄子留给人间最后的遗产。人生天地间，何必厚此薄彼，任由自己被牵绊纠缠呢？

烛影志

一

有烛影的日子，别具一番古意，一种氤氲，那种况味，就是一种历史感，既千年又前卫现代。但我的窗，不是西窗。

我期待窗内和窗外世界重回的一种暗，重回一种浓黑如太古的暗，重回如棉絮灯芯的烛影戳开一个橘红或荧黄的不规则洞的暗。

不管那样的家，有西窗，还是东床，却是一种素朴，而非寒碜，是一种温暖，而非暴殄天物。

在现代白炽灯、荧光灯、卤素灯、卤钨灯、LED 灯浸润太久的人，他们对夜，对暗是否还有一种感觉？

在那个三月最后的周六，地球一小时，当晚上 8 点 30 分，到 9 点 30 分，大家都齐齐熄灭掉各种发光的电器。真好，大家如重回黑暗夜的子宫。

这样的夜，是古人的夜，如果，我们做个试验，再延长一小时，一夜，一月，一年？重回地球的夜未央如何？来个与自然的谐和，在这样的夜，只有自然微光，萤火的，星辰的，最多，加上篝火，渔火，最多加上烛影。

我知道这样的想法癫狂不可能，但我却想，就像梭罗，他没忘却自己的时代，但更没忘却对人类价值体系的反省和批判，他却在1845年3月底，借了一把斧头，来到瓦尔登湖，在森林里，搭建一座木屋，暂避都市的喧嚣，但他不是隐者，他有金刚怒目，他有公民的不服从。

地球一小时。那个三月最后的周六，那么好，大家重回夜，也重回对光明的期待。我像重回童年时跟着爸爸到很远的马颊河畔一个平原深处的叫张鲁的镇子，大人们在镇边的一家牛肉铺吃牛肉、啃牛骨，突然断电了。

那时，我只有六岁，我第一次陷入了黑里，大家嚷着，点蜡，点蜡，我突然想家，就大哭起来。

爸爸怕搅了大家，就把我带到外面的打麦场上，我们坐在石磙上，石磙尚热，我见到了真的夜，那是第一次刻在记忆中的真实的夜，就如地球一小时，齐齐关掉电器看到的夜。

这夜让我看到了世界的另一面，更新了我的人生设置。这是亘古的长夜，被我们弄掉的夜。

我六岁头顶的夜空，一定是《诗经》里的夜，地球一小时的夜，一定是魏晋时的夜，唐宋时的夜。

夜如何其，夜未央。

夜海这个词好，茫茫无边，宽无际涯。我喜欢这样的夜，这是现代按下暂停键，才能到达的夜，充塞天地的黑，没有水分，不含杂质的黑。

这时的月亮才是月亮，这时的星辰才是星辰。而这时的烛影，才和它是原配啊。我想到在张鲁镇吃牛肉汤锅断电的夜里，人们急促地说：点蜡，点蜡……

二

“烛影”，解词：

1. 灯烛的光亮。

2. 灯烛之光映出的人、物的影子。

出处：

①（唐）杜甫《夜》诗：“绝岸风威动，寒房烛影微。”

②（唐）卢纶《送黎兵曹往陕府结亲》诗：“步帐歌声转，妆台烛影重。”

盈豆灯火，摇曳红烛，这夜的原配，成了我们民族诗赋歌舞音乐里的审美之像，成了我们基因图谱的一部分，提到烛光，我想到了这样的画面，这是文字记载的第一束烛光。这光在大地上。

夜如何其？夜未央，庭燎之光。君子至止，鸾声将将。

颜师古曰：火在地曰燎，执之曰烛。

我们的先人，那时，历史的记载刚刚开始，国家还是农业文明的早期，一切都是探索，一切都是新鲜，每天天还没亮，夜还未尽，这时天上有星寥落，那些勤于国事的楚楚君子，开始驾车上朝，这应该是最早一幅诗里的早朝图，夜色的庭院里燃起了地烛，还有一个专属的词：燎。那些上朝的车马，正在路上，铃声锵锵远远传来，像告诉世界，我们不是吃白饭的。

夜未艾，庭燎晣晣

夜乡晨，庭燎有辉

夜色在变，黑的浓度在稀释，地烛在迎接黎明。这烛影，这上朝的夜色里的烛影，好像燃了数十个世纪，在唐代，在宋代，在明清。我们在电视剧里，看到那些早朝的官员们，向着朝廷，但总觉得少了诗经时代的烛影里的初心。

在王禹偁的《待漏院记》中，我们可以看到北宋初的那些臣子们，依然是诗经里早朝的模样，那些宰相大臣"至若北阙向曙，东方未明，相君启行，煌煌火城；相君至止，哕哕銮声"，这些早朝的臣子，是分三六九等的，有正有邪，在摇曳的烛影里，贤臣"忧心忡忡"，奸臣"私心慆慆"，庸臣"无毁无誉"。贤臣想的是安黎民、抚四夷、息兵革、辟荒田，如何荐贤才、斥佞臣。奸臣则满心盘算着怎么复私仇、报旧恩、敛财富，党同伐异、取悦君王。庸臣则随波逐流，滥竽充数，尸位素餐，苟且偷安，明哲保身，得过且过，碌碌无为。

烛影下的百官图，代代复制，代代繁衍。其实，在大宋朝，最有名的是烛影斧声了，烛影是那一夜的见证者，也是那一夜的讲述人，只是烛影不能发出声响，任由后人肆意描绘着窗棂上由烛影映照的身影。

那一夜，有风雪，有二人，有烛影，也有停在那夜再未流传后世的故事。

文莹《续湘山野录》记载了那夜烛影斧声的故事，解说了赵匡胤和赵光义兄弟二人权力的位移：

上谓生曰："我久欲见汝，决克一事，无他，我寿还得几多?"生曰："但今年十月二十日夜晴，则可延一纪，不尔，则当速措置。"上酷留之，俾宿后苑。苑吏或见宿于木末鸟巢中，或数日不见。上常切切记其语，至所期之夕，御太清阁以望气。是夕果晴，星斗明灿，上心方喜。俄而阴霾四起，天地陡变，雪雹骤降，移仗下阁。急传宫钥开门，召开封尹，即太宗也。延入大寝，酌酒对饮。宦官宫妾悉屏之，但遥见烛影下，太宗时或避席，有不可胜之状。饮讫，禁漏三鼓，殿下雪已数寸。太祖引柱斧戳雪，顾太宗曰："好做，好做。"遂解带就寝，鼻息如雷。是夕，太宗留宿禁内，将五鼓，伺庐者寂无所闻，太祖已崩矣。太宗受遗诏，于柩前即位。

我们还原一下现场：十月二十的夜，风雪交加，弟弟来了，赵匡胤屏退了所有人，哥俩开怀畅饮。喝得差不多了，在烛影下，赵匡胤对赵光义讲话，赵光义惶恐不已，只得屡屡避席谢罪；赵匡胤起身拿起柱斧（即拂尘，宋时称柱拂子，《宋会要》：况柱斧之制，率以水晶、银、铜为饰，即未尝有以斧形者），随手戳着地下积雪，回头对赵光义说，好好干，好好干。

当晚，赵光义留宿禁宫，赵匡胤亦回宫就寝，不久便鼾声如雷。一直到五更时分，守夜的太监听不到皇帝的呼噜了，这才蹑手蹑脚上前察看——太祖已然驾崩了！

这夜到底发生了什么？烛影上映照的身影是平静如常，还是狰狞恐怖？烛影只是轻轻摇曳，从不回答。抑或是它见得多了，它见过江东孙家的兄终弟及，也见过天策府里荷戟执戈；抑或是还有它没有照亮过的地方，也曾发生过什么？

三

在写这文字的时候，我还记得童年在张鲁镇的夜，没电的时候，大家在蜡烛下，依然兴奋地喝酒划拳。

烛影下的夜色，是生锈般的古铜色，半透明，那肆意地笑，张狂而本真，这是乡村的酒徒，在镇子的边缘，那些循着香味儿来的狗，都眼睛灼灼，随时盯紧如流星一样抛出的牛骨。

远处的狗叫，这里的狗不叫。

烛光照在人的脸上，也如生了锈，那冒着热气的牛肉汤锅，灶膛里的劈柴还在噼啪作响，时有火星溅出灶膛。

“五魁首啊，六六六啊。”

“八匹马啊，你输了，喝。”

“喝。喝。不许喝一半，你不喝，我倒你脖子里。”

这是乡间的娱乐场，大了后，我才理解，也理解了李白的《春夜宴桃李园序》，烛光延伸了白日，也延长了生命，如是沉入黑甜的梦乡，你就无法感知这大地、植物、河流。乡间的这些父老，在夜里找乐子，在烛光下，他们在村头，在打麦场，在牛屋，在破庙，他们听豫剧、高调、梆子，听说书，看皮影。即使没有烛光，也借着星光，借着月亮，没有星月，他们就在暗黑的世界里，侃大山拉呱喷空，也能把夜弄得灿烂。只是这些父老们不会记录，这些欢愉却是他们日子不可缺少的。

按时髦的话语，这些父老正是活在当下的人。但老家的人对这些人的看法是负面地叫：吃今不说明。

李白可是最喜欢这种方式，人生苦短，秉烛夜游。

这是中国文学史上最知名的烛影 party。明四家之一的仇英的《春夜宴桃李园图》还原了李白 33 岁那年，在一个春风沉醉的晚上和几个堂兄诗酒欢歌的场景。

那是开元二十一年，大唐如日中天，“夫天地者，万物之逆旅也；光阴者，百代之过客也。而浮生若梦，为欢几何？古人秉烛夜游，良有以也。况阳春召我以烟景，大块假我以文章。会桃花之芳园，序天伦之乐事”。

看那画里透明的春夜中，桃李园中最突出的是案桌旁高耸的红烛纱灯，李白弟兄四个围桌而坐，我好奇的是李白弟兄才三十左右，都有漂亮的须髯，如果红烛是夜的标配，那须髯就是飘逸的符号。案上佳肴，几上诗卷，举杯挥箸，将进酒，杯莫停。有兄弟似在观赏夜幕里的桃花，有的似在构思佳句。大家都沉浸在春夜里，烛影下。有诗酒的怀抱，“开琼筵以坐花，飞羽觞而醉月”。这些李家子弟，不输谢家，逞才使气，酒入豪肠月色入豪肠，烛影也入豪肠，随着酒嗝，那词句，就有了大唐的气象。

周围的男女童仆九人，都是伺候文学史的，斟酒的，捧盘的，服侍的，取酒的，还有打着灯笼，提着酒坛，从石板桥上急急赶来的，这才是喧腾的夜。

这是我们民族的娱乐场。在《韩熙载夜宴图》我们见过，是文学的烛影月光的专场，“酒，酒，酒，我们要喝”。

要喝到沉醉，不喝不是弟兄，不是君子，没有诗歌，成何开元年间，盛世不知粟米满仓，诗歌也满腹，不吐那成？不吐，那我的怀抱，如何抒泄？写不成吟诵不出，没关系，罚酒三斗，按石崇的规矩。煮酒论英雄，我们吟诵论输赢。哪管谪仙，何论酒神酒仙诗神诗鬼，从兄从弟你来我往；倾杯壮饮觥筹交错；豁然而醒兀然再醉；醉里烛影灯下寻酒；杯中日月，酒里乾坤；好了，醉了，我们举起烛，在桃花下做一个醉眠。拥桃花而卧。

满天的疏星。

去吧。

童年张鲁镇的烛影下的牛肉汤锅，是乡土版的春夜宴桃李，父老没那么多的风雅，但快乐是一致的，他们饮酒，是大碗，爆的是粗口。

回想在烛影的夜里，有多少的故事啊？烛影下，有人用锥子刺向自己的腿骨，尔后改变自己的命运、人生的版图和帝国的版图。也是烛影的窗下，给爱的人讲起了巴山的夜雨，那滚烫的情怀，像巴山的雨一样汹涌。

历史上多少次的记载，在暗夜的烛影下，有的雄心膨胀，有的望峰息心归于平淡，在烛泪里，思妇看到了无定河的白骨；在军帐里，烛影下的虎符放下了；在乡村茅店，在酒肆，烛影里的呼吸和鼾声，有的是滚雷，有的是梦呓，有的是失眠。

雪夜闭门读禁书的雅士，那种烛影下的窃喜，无人打搅的宁定；洞房花烛里的羞怯；在古代的夜里，是这些烛影，陪伴着人的思索，酒气，狂欢；也见证了刺客的夜行，私奔的慌张。

是烛影，迷离了夜色，也恍惚了历史；脚步在烛影里放慢，也有的在烛影里加速。对漂泊者，烛影，或者光，那是心灵疲惫和焦渴的获救，那是家，是温慰。

特拉克在《冬日的黄昏》里这样写道：

漂泊者默默地迈进房门，
痛苦已将门槛变成石头，
在澄明辉耀的光芒之中，
桌上陈放着面包和美酒。

不同的人的感觉是殊异的，海德格尔认为这是一首以静言静的诗，我却认为，这里的光芒，给了冷却的漂泊者的血以沸腾，因为这里有面包和酒的召唤。我想到了一句古诗：

黄昏投古寺，深院一灯明。

这是诗人戴叔伦因为王事在身，天色已晚而投宿，天亮要出发。那天竺寺的灯珠，是他的补给，他也像特拉克一样，迈进天竺寺，是光的招引，那禅房可以歇脚，虽然没有美酒和面包，但僧舍斋食，也是行旅中迷人的供奉。

四

哲学何谓？其实每个单位大门口的保安最清楚，他们每天都把几个最核心的哲学问题挂在嘴边！

“你是谁？”

“你从哪来？”

“要到哪里去？”

在我读《苏菲的世界》的时候，我觉得哲学就在肉身，在植物，在云朵，道不远人，哲学与我们的个体息息相关。

《苏菲的世界》里有这么一段，苏菲和乔安到了湖边废弃的少校的木屋，那时天已黑了，苏菲注意到炉子上有一座锻铁做的烛台，上面有半截蜡烛。她用第三根火柴把蜡烛点亮。

“这样一根小小的蜡烛却可以照亮如此的黑暗，这不是很奇怪吗？”苏菲说。

乔安点点头。

“不过你看，在某个地方光芒就消失了。”她继续说。

“事实上黑暗本身是不存在的。它只是缺少光线的照射罢了。”

烛光，我觉得，人的智慧，就是哲学象征具体的演示。是光是智慧刺破照亮了人的愚昧与蒙昧，《潜夫论》中有：“道之于心也，犹火之于人目也。中阱深室，幽黑无见，及设盛烛，则百物彰矣。此则火之耀也，非目之光也，而目假之，则为明矣。”

我们非常明了地看出，道就是火，就是烛，我曾有过一次荒野的经历，我和朋友走进一个废弃的古代的藏兵洞，就像柏拉图所说的洞穴。

我们分辨不出年代，青砖斑驳，有的地方已塌陷，那里面有烤火的痕迹，也有人的涂画，走着走着，那洞陷入了黑暗，分叉多，大家也退不回去。

在洞中，不知谁摸到了一支半截的蜡烛，竟然还有火柴，我记得赫尔岑在回忆录中谈到一个令人感动的风俗：在寒冷的西伯利亚的乡村，居民夜间在大门口或者窗台上放一个筐子，里面放一些面包、牛奶或清凉饮料“克瓦斯”，如果有流放者夜间逃走路过这里，或者穷人走投无路，饥寒交迫，又不敢敲门进屋，就可以随手取食，以渡难关。

我们在洞中摸到的蜡烛和火柴，就是一种良善的蜡烛，在人性的深处的燃烧，靠着这半截蜡烛，我们走出了古代的藏兵洞。

但我们那些人十分迷恋那种氛围，大家说，我们出去，要买更多的蜡烛和火柴，再送到这个藏兵洞，在每个岔道和转角，放上。

以后再到这个藏兵洞迷路的人，他们的恐惧不见了，那种狼狈变成了一种蜡烛照见的插曲，那是一种逆反，从紧张到轻松，从苦涩的行旅变成了诗意的回味，从黑中的慌不择路、走投无路到光明的烛火的降临，那种惊喜，是一种美学的启示录。

人类的进程，多少蒙昧的时光，无疑都是一种暗夜，那种自身的无知，那种对自然、对自身的不明，时时让人类陷入深渊，有多少先知，他们触摸，探索，给人类找出了烛光和火炬，那种智慧使大家走出荒蛮。

想到一句话：天不生仲尼，万古如长夜。按我的理解，这是把孔子比成了灯盏烛光，大家可以想见，在流血漂杵的春秋，杀人盈野，杀人盈城，面对着无义无序的时代，面对着那些苍生百姓，他呼号，奔波，惶惶不可终日，但他不避，不退，要用自己的悲悯，来拯救人性，拯救人心。

他不做隐士，不做避世之人，做民族的自了汉，他不像庄子眼极冷，而是眼里满含泪水，心肠沸腾。他不能放下是非不管；他心肠热，故悲慨万端，不忘情，天下苍生用热肠挂住，为这个乱世找药方，开药方，曾子的话最恰切，“士不可以不弘毅，任重而道远”。

与那些消遥的隐士相比，孔子选择的是一条拯救的路，天下人应该想着天下，有人说孔子是我们民族的寻路者，我以为是至评。这是民族的烛影，他让我们看到了光。他才是我们民族的大先生。

历史上，人们对这个老人误解很深，但他还是一豆的烛影，跃闪在历史的深处，不怕蒙尘，即使在远处，也给我们透出一丝抚慰。

历史上，是一些如孔子一样的智者，启蒙了我们，他们是烛影，是灯盏，是火把，照亮了我们，有了光，“人见其人，物见其物”，我们的民族是趋光的，今道友信在《东方的美学》里，称庄子的哲学为“光的形而上学”，他在解释《庄子·逍遥游》里，也仿佛为我们开启了一道光：“北冥有鱼，其名为鲲。鲲之大，不知其几千里也，化而为鸟，其名为鹏。鹏之背，不知其几千里也。怒而飞，其翼若垂天之云。是鸟也，海运则将徙于南冥。南冥者，天池也。”

在今道友信眼里，那大鹏的南飞就是由暗及明。北冥是暗，南冥是明是光。今道友信说：“……在光的这种陶醉即恍惚浮游，庄周名之为逍遥游。”

这大鹏鸟，就是我们民族浴光的鸟。我们的植物是趋光的，我们的河流是趋光的，我们是光的子民，树木欣荣，雨水丰沛。

五

我读到珠海一位散文家的一首诗，我曾询问过他，这是写的你吗？他答曰：写的闻一多先生，是对先生红烛的回应。散文家的诗曰：

我不允许这夜的/暗淹没我的眼睛/用火柴点燃一根手指/像是怀着深仇大恨/没有火把，再没有蜡烛/怎能渡过去这浓重的夜？/我把我的十根手指/烧没了/然后又点燃十根脚趾/最后把自己点着/在火焰中/我听到了骨骼成为碳的绝望

我十分喜欢这首诗，这首诗现代，张力和质感，好像我们听

到了闻一多先生说我不允许这夜的黑暗，湮没了我的眼睛，他要燃烧自己，是谁制的蜡——给你躯体？是谁点的火——点着灵魂？这是闻一多制的蜡，用自己的手指，脚趾，血，还有心，那火，是一点就着的灵魂，不被黑暗湮没的灵魂。

他要做一支红烛。

我曾见过闻立鹏的油画《红烛颂》，那是儿子对父亲，对一个民族象征的红烛，用油画的质感写实加上东方的写意，表现了闻一多“我的世界还有更辽阔的边境”，那油画有无数的红烛，一多先生那标志性的嘴角的烟斗和那一头长长的不修边幅蓬乱浓密的头发，镜片后的目光如炬。这是诗人，这是学者，这是斗士。这截47岁流尽烛泪的蜡烛，这三个角色的维度，一般的人具有一个就可彪炳千秋，但先生一人独具。

这是以血书着的红烛。这个五四之子，我记得，五四时期，他在清华，在致父母的家书中报告自己当时参加五四的内在的情怀，那是蜡烛开始燃烧的初期：“国家至此地步，神人交怨，有强权，无公理，全国懵然如梦，或则敢怒而不敢言。卖国贼罪大恶极、横行无忌，国人明知其恶，而视若无睹，独一般学生敢冒不韪，起而抗之。虽于事无大济，然而其心可悲，其志可嘉，其勇可佩！”

我还记得在1921年因声援“六三惨案”坚持罢课，宁愿接受取消学籍的处分也不肯低头屈服，被退学返回浠水老家，他还是那么地坚持；即使埋头于古籍，他“是要戳破他的疮疤，揭穿他的黑暗，而不是取捧他”。他是想做一个点亮黑暗的红烛，他在致学生臧克家的信中说："你想不到我比任何人还恨那故纸堆，正因恨它，更不能不弄个明白。你诬枉了我，当我是一个蠹鱼，不晓得我是杀蠹的芸香。虽然二者都藏在书里，他们作用并不一样。这是我要抗辩的第一点。"这才是五四之子。

但这支红烛，为何更须烧蜡成灰？烧尽自己，连骨头和血的脂膏。他要燃破那专制的黑，要燃沸那世人的血，"莫问收获，但问耕耘"。

这是一支必死的红烛，我们可证之先生的言说："古今丰功伟烈，当其发端之始，莫不有至艰至险横于其中，稍一迟回立归失败。惟有此千古不朽之希望，以策其后，故常冒万难而不辞，务达其鹄，以为归宿。古来豪杰之士，恒牺牲其身现存之幸福，数濒于危而不悔者，职此故耳。"

我想还原这支激动的红烛，最后的时光，在李公朴先生死难的报告会上，原先并没有闻一多发言的安排，当台上李夫人张曼筠泣不成声时，那场面任是铁石也会动容，这是独自坐在讲台后沿的闻一多拍案而起，我们都知道的那最后一次讲演从血管里，从肺腑，从五四之子的躯体，奔涌而出。

那些特务宵小，虽然迫于压力，在会场没有表现，但先生直斥特务们的那些如荆棘的刺，已深深扎入他们的肉里。但大家还是为先生担心，多位同学自动护送先生，因先生说说自己还要去民主周刊社，大家后来就只送到了云大南门。时任云南民盟秘书长的赵沨最后回忆先生那嵌入历史记忆里的镜头："一群特务在云大大门外向他怒目而视，护送他的高先生向他望了望，他若无其事地提着手杖向前去着。他看着高，便问：‘怕么?’高摇头，他却仰着头哈哈大声笑起来了。”

大笑，大笑，还大笑！刀砍东风，于我何有哉?

也许与阉党斗争的杨涟，咬破手指，写下的血书里的这几句，就是先生最好的精神的写照，先生是学者，他是知道杨涟的，那杨涟痛斥阉党紊乱朝纲，魏忠贤指使手下做掉杨涟。但在土囊压身，铁钉贯耳等酷刑过后，杨涟仍未身亡。天启五年农历七月二十四日，刽子手许显纯以一枚大铁钉钉入杨涟头部，临终前，杨涟咬破手指，留下血书一封，“大笑，大笑，还大笑！刀砍东风，于我何有哉?”就是最后的结语。

一多先生死了，拼死一搏，用滚烫的血，为民族做一只不灭的烛影。还是以他的弟子的话评他：“有的人活着，他已经死了；有的人死了，他还活着。”

六

烛影的摇曳，无论是秋夜，秋雨的时辰；无论她艰难驱走了暗夜、愚昧。它的牺牲、奉献，总是燃烧完自己的骸骨，流尽了泪，是英雄的杀身成仁的气概，有一种人格的美。

有的说，烛影有一种悲剧的气质，那么漫长的夜，那么微弱的光，虽然孤影一身，虽然寒微，她还是在坚持在挑战在完成自己的使命。

她有泪，是为离人流的，为思妇流的，为敏感的心流的。她有替人垂泪的悲悯和一颗慈悲的佛心。

我记得，我大学毕业的时候，天明，大家各奔前程，在广场上，夜半的钟声刚过，一片漆黑的广场，一只，十只，百只，千只的蜡烛，被点起。在烛影迷离里，我像又回到那个张鲁镇的夜色里，我和父亲坐在夏夜的天幕下。

我们向南望着故乡的方向，父亲也谈起了他小时候，夜里点燃蜡烛的往事，父亲的童年的农村生活窘迫，哪有蜡烛，家里是自制的煤油灯，只有到了春节，爷爷才从集市买几支用乡间的土制作的蜡烛，那是用破棉絮缠绕，用猪油加点红颜色制成，在祭拜祖先，在大年夜，在门口或香案上，点燃。

父亲说他用猪蹄甲和猪油做蜡烛，那是临近腊月，村子里总有人家要杀猪，那些小朋友就挤到杀猪锅的跟前，跟大人要猪的蹄甲，然后再找那些猪的碎猪油。

把猪油放进猪蹄甲里，然后再放上一个棉布或棉花的捻子，一个猪蹄甲蜡烛就做好了，那可是乡村孩子的欢乐。

这真是就地取材，其实古人也是用动物油脂做灯烛的，《史记·秦始皇本纪》里有记载：以人鱼膏为烛，度不灭者久之。

真是贫穷限制了想象，帝王家以人鱼脂肪制作的蜡烛，这样的蜡烛可以燃烧很久而不熄。所谓的人鱼就是大鲵，娃娃鱼，还有用鲸鱼或鲨鱼脂肪的。

但乡村的孩子，一猪蹄甲的烛光，就可以换来黑漆漆夜里的欢乐，那些孩子们在夜里，串来串去，他们举着猪蹄甲蜡烛，到学校去，到空旷的场院去，到村头的牛屋去。

有时他们会碰到夜里赶路的人，那些人会说：

“喂，对个火！”

黑漆漆的夜里，有个声音传来，曾把童年的父亲吓了一跳，是个大人，从更黑的深处冒出来。

父亲很害怕地把猪蹄甲蜡烛举起来，那火苗照见一张沧桑的脸，皱纹里都是黑夜的样子，他背着一个褡裢，好像要到远处的村子去。

他把一截麦草结成的一截草绳凑到猪蹄甲蜡烛上。

“谢谢你！”

说完就背着褡裢转身隐到黑暗里，脚步声啪嗒啪嗒地走了。

那个如逗号的从父亲的猪蹄甲上对着的草绳的火头，一闪一闪，走了。

父亲说他看不到那人，他只看到那点火光，在夜里，那点微火会到什么地方？

他是哪里的人？是平原那边的人？那微火会陪他走到哪里？走多远？一截草绳的微火。

我和父亲坐在张鲁镇的夏夜里，父亲说他的童年，在漆黑如锅底的夜里很久，只有茫茫的夜色，只有他身边猪蹄甲的烛火，不足一个拳头大的火的范围，还有远处，一截草绳的微火，如萤火。

在那个父亲的童年的冬夜，在黑的夜里，这个持微火的人，会碰到同样赶路的人吗？他会把微火传给别的人吗？

我和父亲在张鲁镇的夏夜里，我听到，那吃牛肉汤锅喝酒的人喊，点蜡，点蜡。这时有萤火虫飞过，我要父亲看，那也是微火。

我童年夏夜里的微火，这移动的蜡烛，我说，萤火虫，就是蜡烛的前世或者今生，夜在，烛影就在。

毕竟，在无边的夜色里，有了火，就有了希望，有了依靠。

乌台诗案背后

宋代元丰二年的乌台诗案可以说是中国文学史上的一件大事，乌台诗案在各类史书上的定性都是三个字——文字狱，大文豪苏轼差点在这次文字狱中掉了脑袋。陈寅恪先生在评价宋代时有这么一句话：“华夏民族之文化，历数千载之演进，造极于天水一朝。”天水是百家姓中赵姓的郡望，在这么一个文质彬彬的朝代，发生了这么一次文字狱，很多人都将这次文字狱解释为党争迫害，宋神宗上台后，起用王安石进行变法，朝中迅速分成新旧两党，互相攻讦，苏轼作为旧党中颇有影响力的人物，自然就成为新党攻击的核心目标。

从宋代至今近一千年的时间里，无数文史学家对于苏轼被文字狱迫害的解释都是如此。此次文字狱的始作俑者李定、舒亶、何正臣更是成为大家口诛笔伐的对象。然而翻开历史，我们却发现在这场文字狱中，苏轼的形象并非那么光辉，李定也并非如此邪恶，元丰二年的文字狱似乎更像是苏轼的自作自受。为什么这么说呢，我们还要从李定说起，根据宋史记载：“李定，字资深，扬州人。少受学于王安石。”李定年少时就是王安石的门生，正在进行变法改革的王安石对于自己的学生当然要重点培养、大力提拔，为自己更好地变法广积人脉。而且新法在改革之初，遇到的阻力我们也是可以想象的。为了维护一些既得利益，总会有人反对，当时朝廷中谏官大多都是旧党的人，对于王安石的攻击也最为强烈。为了减少来自谏官们的攻击，王安石就安排自己的亲学生李定做了谏官，这一人事安排可不得了，动了谏官们的奶酪，阻挠的声音一浪高过一浪，王安石为此还罢了两个人的官。这样一来，新旧两党的梁子就结得更深了。旧党自然要还击的，恰巧在这个时候，李定的庶母死了。旧党一口咬定李定是这位庶母生的，搞得李定都疑惑了，怎么他自己是谁生的旧党知道的比他都清楚。按照古代的礼法，亲生父母死了，子女要服丧三年。庶母死了三个月，李定拿不准，就准备先以服侍自己老迈的父亲为由先回家跟他爹确认好自己到底是哪个妈生的，然后再向朝廷报备自己丁忧多久。可是旧党逮着这个事儿就不撒手了。非逼着李定辞官，王安石、曾公亮这些新党大佬一看这事儿不能简单平息，也就妥协了，跟李定说你先闪，避避风头。李定自己当然是同意的，就挂了几个闲差从御史台走了。

但是这事儿到此并没有结束，不然苏轼又怎么能和李定结怨呢?!李定这个母丧门还没消停，他的一个同僚朱寿昌成了当时的道德典范，大孝子一枚。这是怎么回事儿呢?话说朱寿昌打小儿跟他老娘分开了，念母之情是与日俱增，不曾停歇，找了他娘五十年，又是求神拜佛，又是刺血写经，最后干脆弃官不做去找他妈妈。皇天不负有心人，朱寿昌同学终于找到了自己的母亲，这件事一出来立马轰动全国，用现在的话来说朱寿昌同学立马成了国民好儿子，其实在历史上也是朱寿昌同学荣登二十四孝子排行榜成为其中辞官寻母的主角。这样一件主旋律的事件，当时一定会大书特书，于是文坛的大佬们都写诗来歌颂。别人都是简单地写这件事，苏轼却在写这件事时捎带手地骂了李定，诗里有这几句话："西河郡守谁复讥，颍谷封人羞自荐。"这个西河郡守就是战国时期的吴起，吴起在他妈妈死了的时候没有回去奔丧，而颍谷封人即颍考叔，也是大孝子一枚，这么一结合，借古喻今的效果就出来了。李定没有奔丧，朱寿昌却是找了他妈妈五十年，诗里更有"此事今无古或闻"的句子。这么一来李定的脸是彻底挂不住了，而苏轼是当时的文坛领袖之一，他的诗传唱程度之高以致后来都有"不读苏诗，自觉气索"的风景。苏轼这样编排李定，彻底地毁掉了李定的名声。而一个士人最宝贵的就是自己的名声，苏轼这样毁李定，李定能不恨苏轼吗？这样就为李定日后疯狂报复苏轼埋下了种子。所以说乌台诗案虽然是党争迫害，但其中很大的原因在于当时苏轼与李定之间的恩怨。

然而到今天，我们为什么不去深究这些呢？就是因为苏轼的名声远超李定，保持了历史的话语权，苏轼的才气，苏轼的诗词散文，以及苏轼遍及天下的门人，这些都让苏轼在后世牢牢地掌控了历史的话语权。于是今时今日人们记得的是那个豪情纵横的苏大胡子，记得的是苏轼带给我们的美好，遮蔽掉了苏轼的一些缺陷。古人常说的"成王败寇"即是如此。

烛影斧声的那一夜

一

“就是这样，王继恩一向都知道太祖的传位意图，所以他并没有理会皇后的要求。”历史深处有一张嘴巴，这样叙述着，如宫内檐角下，发白如雪的宫女在絮叨有体温的事实。“公公王继恩果断地在太祖驾崩的夜里来到晋王府邸，向晋王通报了宫内的情况。这才有了后来太宗的登基。这炷香烧得好，高风亮节啊，一等一的投名状!”

这当然是在下千年后的想象，不过以千年前宋代当时的情形来看，在下的这些想象并非天马行空不合情理。在宋代，太祖赵匡胤传位给太宗赵光义并非后世添油加醋、叠床架屋想的那般龌龊，反而是作为当时的朝廷主旋律正能量题材展现在大众面前的。在后世的一般印象中，赵光义帝位的来路一向不清不楚。宋人的一些记载更是平添了后世的想象，现引宋代僧人文莹的记录如下：

祖宗潜躍日，尝与一道士游于关河，无定姓名，自曰混沌，或又曰真无。每有乏则探囊，金愈探愈出。三人者每剧饮烂醉。生喜歌步虚为戏，能引其喉于杳冥间作清徵之声。时或一二句，随天风飘下，惟祖宗闻之，曰："金猴虎头四，真龙得真位。"至醒诘之，则曰："醉梦间语，岂足凭耶？"至膺图受禅之日，乃庚申正月初四也。自御极不再见，下诏草泽遍访之。人或见于轩辕道中，或嵩、洛间，乃开宝乙亥岁也。上已祓禊，驾幸西沼，生醉坐于岸木阴下，笑揖太祖曰："别来喜安。"上大喜，亟遣中人密引至后掖，恐其遁去，急回跸见之，一如平时，抵掌浩饮。上谓生曰："我久欲见汝，决剋一事，无他，我寿还得几多？"生曰："但今年十月二十日夜晴，则可延一纪，不尔，则当速措置。"上酷留之，俾宿后苑。苑吏或见宿于木末鸟巢中，或数日不见。上常切切记其语，至所期之夕，御太清阁以望气。是夕果晴，星斗明璨，上心方喜。俄而阴霾四起，天地陡变，雪雹骤降，移仗下阁。急传宫钥开门，召开封尹，即太宗也。延入大寝，酌酒对饮。宦官宫妾悉屏之，但遥见烛影下，太宗时或避席，有不可胜之状。饮讫，禁漏三鼓，殿下雪已数寸。太祖引柱斧戳雪，顾太宗曰："好做，好做。"遂解带就寝，鼻息如雷。是夕，太宗留宿禁内，将五鼓，伺庐者寂无所闻，太祖已崩矣。

这则文字是后人附会起始的 DNA 种子，后人关于那一夜的猜测大抵都是从这个故事来的，人们总是奇怪于一个身体康健的人怎么会在一夜之间突然暴毙？如果这个人又恰巧是个帝王的话，那必定是一段波谲云诡的传说。中国的历史上黑暗的面实在是太多了，夺嫡宫变的记录不绝于目。唐太宗会杀掉自己的兄弟，明英宗会发动夺门再次登基，吴王阖闾会收买刺客专诸等。过多的黑暗让很多平常变得污浊，当然这其中也不乏潜藏在民众心间的嫉妒。小时曾见家乡的一位老人，每逢酒后除却风流自诩，睥睨天下，亦会大声镗嗒嘲笑他人，有一种世无英雄遂使竖子成名的不屑，接着最喜念白东塘孔尚任《桃花扇》中的词句："眼见他起高楼，眼见他宴宾客，眼见他楼塌了。"对于帝王家这样一个天下一家，民众在心间更多的会有"他若安好，怎么得了"的心态。若是他们也会劫难重重，旁人的心态方不会过于失衡，才会觉得自己拿一亩三分地过得亦是舒服。宋人眼中的主旋律与后人眼中的波谲云诡，出这么大差异，这种心态是免不了的，更何况本来在中国的历史中就又有如此之多的污秽。于是赵光义手中那把拿来敲核桃都怕碎了的用来把玩的小之又小的玉斧，成了一柄开人头颅如砍瓜切菜般容易的利器。

然则，当时的情形呢？

关于吴僧文莹的记录，李焘这位南宋的司马光在撰写《续资治通鉴长编》时，全数引用，并无避忌。大抵在宋人看来，文莹的记录无非是类似于传统帝王生来满室红光，遍体异香，是赵光义承天受命的一个佐证。后世的猜测当然也绝非空穴来风，有些传统束缚着我们的思想。父亲在和我谈论家乡往事的时候，也会感慨昔年家族的兴旺，常会说家中一位爷爷年幼的时候，便能骑着大马纵横乡里，后来我才知那位爷爷虽是本家但并非我们这一房，我们这一房贫衰已久，爷爷早年间便晨起练摊，当街叫卖丸子凉粉等物，餬食集头仅能免于冻馁。在中国的传统里，家业父死子继是天经地义的，绝少会出现其他兄弟继承家业的情况。更何况兄弟继承，亦有吴王阖闾这般血淋淋的例子。在后来的人看起来，赵光义继承赵匡胤的帝位，尤其是在赵匡胤还有成年孩子的情况下，就更加地不可思议。在人的潜意识中始终都会有一种思维惯性，尤其是在经年累月的经验面前。不巧的是，北宋初年根本不是一个可以谈经验的年代。北宋初年面临的是五代留下的烂摊子，在五代十国的年月里，武夫当国，割据称雄，拳头大就是老大。兵马强健者可为天子，也就是说当时的天下，匹夫匹妇是无缘置喙的，权力的最高拥有者都是由武人决定的，这当然不是中国的特殊国情，古罗马在相当长的一段时期内，禁军做大，也是肆意地诛杀罗马的皇帝，更换其他可以带给他们财富的君王。这种情况也不少见，埃及，泰国都是如此，军人可以凭借手中的枪决定政治。在这种乱世中，往昔的经验根本不能作为惯例去执行。帝王的后人比不上那些在军中有人脉，有战功的将领。

尤其是在乱世，这种朝不保夕的年月，古人的寿数偏短，若是自己死后，孩子年幼，如何去压制这些骄兵悍将？因此在五代十国，帝王死后由家中有资历的人继位是天经地义的，这家里人甚至已经宽泛到了没有血缘关系亦可，名义上的父子兄弟都可以。后周太祖郭威传位给周世宗柴荣就是一个例子。郭威与柴荣并没有血缘上的关系，只是名义上的父子。因此，赵匡胤传位赵光义在当时属于情理之中。并且，赵光义在继位之前已拥有了合法的储君身份。储君，一个国家的基石，王权的备胎，明代的大臣数次争国本就是为了一个储君地位。通常情况下，按照儒家的标准，储君应该立嫡，明代的朱允炆可以登基，根源还是因为他的父亲是朱元璋的大儿子，大儿子死后接班的只能是他的孙子，而不能从其他儿子中选择。而在五代，储君的形式一般是以京兆尹与封王为基准的，并无太子衔。赵光义在当时两样俱全，依照五代的习惯，这已经是赵匡胤的合法继承人。甚至在赵匡胤的儿子长大后，赵匡胤都没有及时地给他儿子封王。宋初，父死子继的传统模式没有建立起来，根源在于赵匡胤而非赵光义，这种源于五代时期的惯性，在北宋初年是无法抹消的。而且，宋太宗继位的时候，手中也有赵匡胤的遗诏，这种东西对于帝王是否合法有着决定性的作用。清代的雍正，被后人诟病，最主要的传说还是因为所谓康熙的遗诏上本来是传位十四子，被雍正改为了传位于四子。反观雍正继位后对于诸位兄弟的不友善举动，更是增添了传说的可信度，至于遗诏上是否是汉满并写，“于”字的繁简写法都不重要。但从遗诏入手，就能狠狠打击到雍正，逼得雍正后来亲自撰写《大义觉迷录》，自已为自己申辩，昏招迭出，这种朝廷八卦不加理会就是，越描越黑，越辩解就会显得越有其事。但这侧面反映了诏书的重要性，赵光义继位前能有一封赵匡胤的遗诏在手，不论诏书是否伪造，赵光义已在法理上站稳了脚跟。

二

赵光义在后世被诸多质疑，一则是大家见惯了历史上的污浊，已经惯性地不再相信帝王政治中还有什么好人。再有一点，恐怕也和国人的某种奇怪的历史观念作祟有关。国人看待历史，举凡中国国内的历史，总会有同情内战失败者而鄙夷内战成功者的情愫，尤其是当内战成功者面对外敌不能很好地做出反击时，这种情愫就会急速升温。且看项羽与刘邦，项羽在很多时候的评价是在刘邦之上的，对于他们两个人的印象一般都会认为项羽是个贵族，而刘邦不过是个亭长，说难听点就是个流氓痞子。两人放在一起比较，大家津津乐道的是刘邦当年有多么的无耻流氓，为了逃命连自己的儿女都不顾，不断地把自己的儿子女儿从逃命的马车上踹下去。面对项羽对自己的威胁，甚至说："项羽，咱俩当年也是拜过把子，过了命的交情，俺爹就是你爹，你现在要是把俺爹给炖了，劳神回头给我送碗肉汤。"末路的英雄总会引起大家的无限同情，尤其是这个末路英雄身边还有美人的时候，项羽的千古名声，一半是自己造就的，破釜沉舟纵横天下，另一半只怕是要靠虞姬那纵身一剑完成的，好一个末路悲凉，在戏台上总能引得无数眼泪。而刘邦呢，身边只有吕雉这种黄脸婆，还不能知心懂情。虞姬不过是个随军妾侍，与项羽之间哪有什么爱情，可人们不管不顾还是要相信。他们想要的就是这个，想见到的就是这种男儿醉卧美人膝、醒掌天下权的气势。近年来，穿越剧，穿越小说横行，多少人都以为以现代的见识穿越回古代必能一鸣惊人，家财万贯，美人无数。直接把自己从现实中的不如意，解脱为古时的统治阶层。可万一穿越成平头百姓呢？项羽这头猛虎可是吃人的，史书中项羽屠城，杀降的记载不绝于目，刘邦却一样没有。鲁迅点评李逵时说："我却又憎恶张翼德型的不问青红皂白，抡板斧'排头砍去'的李逵，我因此喜欢张顺的将他诱进水里去，淹得他两眼翻白。"先生因为李逵的举动，背脊发凉。说穿了，人们喜爱项羽更多的是人们对于力量的纯粹迷信。尤其是在刘邦不具备这种力量的时候当了皇帝，登之围逼得西汉与匈奴和亲，拿自己的青春女儿换取和平。这样窝囊的形象在这人们心中如何容忍？

国人的历史观念有时候就是这么奇怪，关起门来打谁赢都无所谓，但当赢了的那个人对外输了，则不论情由地同情起昔日的失败者。刘邦是这样，赵光义也是这样。赵光义登基后，数次发动对辽国的攻势，其间互有胜负。但人们不管，人们只关心结果，而结果就是赵光义没有灭掉辽国。甚至，赵光义在北伐时被打得中箭后乘坐驴车逃了出来。对于这种输得连裤子都没有的结果，大众自然无限怀念起赵光义英明神武的大哥赵匡胤来，认为那位一条齐眉棍打出大宋四百军州的好汉，如果还在人世一定能够分分钟踏平契丹，立马燕山第一峰，就如拿破仑在阿尔卑斯山口那样。

春末农闲时节，乡间麦场锣鼓喧天。乡间的汉子不爱看那些文绉绉的戏码，于是戏台上多是武戏，台上翻腾，眼花缭乱，台下也乐得看一热闹。侯宝林先生的相声《关公战秦琼》里，老生开始要青衣螺帽的打扮，立马被管事的给制止了，说不能打扮成秦琼落魄的样子，得扎大靠，戴帅字盔。秦琼大扮起来，戏显得热闹。乡间尤其喜欢这个，一路武戏从三国演到宋，宋代能上得了台面的武戏少，除了岳飞就剩下孤儿寡母的杨家将。台下的人一边瞧着穆桂英的身段品头论足，一边拍着大腿："这皇帝真窝囊，靠着娘们保家卫国。"这皇帝正是赵光义。且不说杨家将历史上是否存在，单就赵光义对外的作战失败而言，民间对于这个皇帝的观感立马成就了"弱宋"的大半个名声。而对于当时的真实情况，谁还愿意理会。

中国历史上有名的帝王，名声都是马上得来的，汉武唐宗之所以名垂千古，与他们任用名将纵横漠北有很大的关系。卫霍，英卫遁敌千里，提起来总是让后人脸上觉得甚有光彩，大有阿 Q"祖上也阔过"的感觉。而宋初面对的契丹，形式远比汉代与唐代的复杂。契丹当时已经从匈奴、突厥那种松散的部落蜕变成了有组织有纪律的封建国家。国家的战争形势也早就从汉唐那种先进文明国家吊打落后蛮夷部落，变成了正儿八经的国家级别战争。国家间的战争的复杂与持久程度远非先进文明与落后文明之间的战争可以比拟。贾谊说秦始皇"奋六世之余烈"不是没有道理，战国七雄彼此都在同一个文明层面，短时间内想吞并其他国家几乎没有可能，秦国这种强国统一中国尚且花费了数百年，宋初的赵光义又如何能够做到？即便是赵匡胤也不行，赵匡胤活着时也曾趁契丹国丧时期北伐，但并未建功。同样的是罗马与迦太基，罗马最终将迦太基吞并，但人们不会记得，他们只会记得当初汉尼拔是怎么样率领迦太基军队兵临罗马城下的，是如何将罗马帝国一次次打入险境，似乎只有看到这些强盛文明窘迫的一面才可以满足自身的意愿。人们诟病赵括、马谡，自己又何尝不是在扮演赵括、马谡这样只能“纸上谈兵”的角色？何况，赵光义身上最大的黑点从来不是北伐兵败，而是李煜。在后世的野史秘闻中，撰写者们信誓旦旦地说自己曾经见过一副画像，上面画着赵光义是如何欺凌李煜的妻子小周后的。野史所云：每从诸夫人入禁中，辄留数日不出，其出时必詈辱后主，后主宛转避之。原本笔者就不翻译了，以免教坏小朋友。大意就是赵光义对小周后意图不轨且得手，后来又三不五时地召见小周后，小周后出宫后就骂李煜不是个男人。在封建时期，战胜者是有决定战利品归属的权力的，比如唐太宗就在玄门之变后，将李元吉的妻子——自己的弟妹纳入后宫；李隆基把自己的儿媳妇娶了，封为贵妃；这些行为在现在看来，要么不提，要么已经变成了郎情妾意，李隆基与杨玉环的爱情感动了多少人，而全然不顾李隆基当年以胜利者的姿态夺去了自己儿子的女人。但赵光义在这事儿上却栽了跟头，且不论这件事本来就子虚乌有，赵光义输给李煜，归根结底还是因为赵光义在后世已然输给了李煜。没办法，李煜的词写得好，后世写词的人都是他的徒子徒孙，对于词坛的祖师爷当然要诸多维护。赵光义虽然在宋代的文治上立下大功，为宋代开创了三百年太平，但在文人心中太平日子跟谁过不是过，李煜可是千百年来只有一个。与刘邦和项羽类似，在后世的舆论中，赵光义与李煜的力量对比已经发生了本质的变化。

人们不会记住李煜杀潘佑这些忠臣良将，自毁长城的举措，也不会记得李煜骄奢淫逸的一面。后主前期的诗词与陈叔宝无异，但后期那种悲凉真切的词作，着实打动了无数文青的心田。这种末路才子与末路英雄一样，自来招人疼爱。所谓英雄要有一个壮烈的结局，才子也要如此，人们不会相信李煜的正常死亡，就如李白病逝一样不会被人相信，人们宁愿相信李白是大醉之后，想去水中捞月不慎坠船，这样一种罗曼蒂克的死法才符合李白的身份。同样李煜的死亡也不能平静，文人将自身的困苦与不如意安置在了李煜身上，他们不敢将自己的困苦说出来，也不敢把自己的不安与焦虑展现出来，他们宁可相信自己永远遭人排挤，而非其他。对于李煜的死，他们看来是一个不解风情的帝王杀掉了一个才华横溢的文人，理由呢？从开始的“故国不堪回首月明中”触动帝王心术变成了因为女人引发的血案，宋代崇文抑武，鲜少有以文罪人的事例，单纯的诛心可能不足以美化李煜，如果是因为女人就方便多了。

自王实甫的《西厢记》开始，美人与落难书生就成为中国传统爱情戏剧的标配。李煜一个落难的才子，与自己心爱的女人被恶霸赵光义拆散了，赵光义心狠手辣，为了彻底得到小周后，把李煜给杀了，标准的《三言二拍》剧情。这样才能够彻底打动人心。而赵光义又能如何？对外作战失利，又赶上李煜死在自己当皇帝的年月中。因缘际会，历史就是如此纠结，让赵光义百口莫辩。

最终，再让我们回到那个风雪交加的晚上，纵然赵光义当时有太祖的遗诏确保大义名分，又有宋人无限创作的主旋律野史记闻，但在后世的话语权中没有半分力量的赵光义，只能任由后人将这些对自己有利的记载变成自己杀兄的证据，那夜的烛光，那夜的斧影，就在鹅毛般的雪下的开封，上演了一场血色残酷的兄弟反噬。常说历史任由人打扮，这人是当事人还是后人？还是说那些把持着话语体系的人？

萧伯纳说“历史充满谎言”。历史往往只相信记录下的东西，无论是谎言还是别的什么，很少有人有辨别的能力，我们拥有解释历史的权利，有一百种方法让你光辉不下去，而你赵光义又能奈我何？

原因的原因

公元 976 年，一个雪天，赵匡胤死了。

家里有本唐德刚先生的《袁氏当国》，我向来对北洋时期的事物不感冒，一锅粥似的乱世。林立丛生的军阀，背后投靠着东洋西洋的帝国，北平城头今日姓段，明日大王旗就可能姓曹，后日又或许姓张。天气晴朗的时候，军阀们放着炮，北平城的老百姓倘有胆儿大的也可以跑去围观打仗。只是老总们输了，心情极差之下，也会在茶馆里拿起桌布对人没完没了地说着粗话。

我喜欢历史，但我不喜欢这个时候。

只是生活中总免不了遇到墨菲定律的时候，又或者是我们"90 后"人说的"王境泽真香定律"。我不喜欢北洋军阀时期，也不打算在这上面投入什么精力，但我最近迷上的宋史却不能不去面对又一个军阀林立的年代——五代十国。

宋朝与五代并不仅仅是军阀割据与王朝一统，宋朝，起码北宋的中前期一直活在五代的阴影下，亦或者说五代的残魂在宋朝犄角旮旯的阴影中潜伏着，时不时地就要出来抖抖威风，咬人一口。

说起五代，总免不得要把安史之乱拿出来。就像说北洋军阀就不能不说太平天国，没有湘军淮军的起家，北洋军阀也未见得可以在晚清雄踞一方。历史上，所有的因本质上都是另一件事的果。就像五代是宋的因，但五代也是安史之乱的果。公元 755 年的渔阳鼙鼓震动了李家的天下，还有中国的中世纪历史。李唐王朝为了剿灭叛乱，将原先的祸乱根源节度使再次一个个送了出去。与历史传统印象稍稍有些不同的是，这些割据天下的节度使大多并不跋扈，戏台小说中心怀异志，敢夜宿龙床的大白脸少之又少。相反他们过得很苦，毫不夸张地说唐代大多数军阀的终极梦想就是退休，退休以后他们就可以去长安做人质，享受荣华富贵。他们在位的时候，时时刻刻都要提防着下面的大头兵，或者具体分管大头兵的人。神策军在长安换皇帝，某镇藩军换个军头似乎也并不是什么太难的问题，人事公文总是可以补办的。

古罗马时期禁卫军公开贩卖皇帝职位，谁给的钱多，那地方就是谁的。允许上台前打白条，上台后却不能拖欠，敢拖欠也好说，刚刚还有一个想买这位置的人走远了没有？没有的话就把那人喊回来，皇帝又归天了。罗马与华夏虽说远隔万水千山，东湖西海，其心一也，他们的心却黑得相似，离得很近，近到怀疑他们其实是一个地方，一样的 DNA，一样的配方。

后唐时期，后唐末帝李从珂起兵前为了让手下的将士支持他造反，许诺等他当了皇帝每人赏钱百缗。末帝也是皇帝，在他的传记里并没有直白地写李从珂就是在拿钱买皇帝。而是说：“帝素轻财好施，自岐下为诸军推戴，告军士曰：‘候入洛，人赏百千’。”自从我读了这段之后，开始对于“轻财好施”“仗义疏财”等词语充满了警惕，曹操在他的《让县自明本志令》中说自己可以把封邑与赏钱推掉，自己并不需要这些，看起来也是轻财得很，只是他身后是数十万的军队在盯着汉献帝，或许曹家也希望汉献帝能仗义疏财一把。这当然是主动的，像李从珂这样被动地仗义疏财，依照史书上这一直一曲的笔墨，很多时候还真有些看不出来。我这么说倒也不是同情李从珂，史书中记载洛阳城破后，“丙子，诏河南府率京城居民之财以助赏军。丁丑，又诏预借居民五个月房课，不问士庶，一概施行。”“至是，以府藏空匮，于是有配率之令，京城庶士自绝者相继。”“癸未，太后、太妃出宫中衣服器用，以助赏军。”李从珂下令洛阳城内不论这房子是不是你的，也不管这房子你是租的还是买的，一律交五个月房租，因为地是国家的。一时之间，国库空虚，民间的财富也被劫掠一空，洛阳城内无论是平民还是士人被逼自杀的络绎不绝。可就算做到这份上，后唐禁军的饷钱还是没有给够。最后，太后，太妃等后宫的衣服器用也被拿出来分发给禁军，依然不能与李从珂当初的许愿相适应，于是军中怨望四起，时有歌谣“除去菩萨，扶立生铁”，皇帝干到这份上，说不得也是让人掬一捧泪。

当然，我并不同情他。在家里偶尔闲聊，历史上李从珂造反的那位李从厚却因为有钱送不出而丢掉了皇位。“乙亥，宣谕西面行营将士，俟平凤翔日，人赏二百千，府库不足，以宫闱服玩增给。”只是李从珂的百缗都不能发出，李从厚这二百缗又能变出来吗？李从厚说府库不够，就把后宫的珍宝拿出来卖了也会给将士补齐，好像李从厚也卖了这些东西。这些东西卖之前，李从珂还收了五个月的国有土地使用税，这还是百缗。再来百缗，这国有土地使用税应该也要再加五个月吧。也不知当时洛阳城中有没有茶馆，想来即便是有，他们也不需要给自己喊喊，那年月出了门躺地上跟着别家的喊喊死过去就是了，穷年月还要穷讲究吗？

从罗马的禁卫军之祸到中国的五代十国差不多一千年，从五代十国到北洋军阀差不多也是一千年，两个千年过去人类又发生了多少变化？罗马的皇帝在禁卫军的环伺下战战兢兢，五代十国的皇帝在禁军的山呼万岁中夜不能寐，赵匡胤就回忆起当年周世宗柴荣看见方面大耳的人就杀，但赵匡胤这般模样就没被杀，虽然这件事很可能是赵匡胤为了神话自己故意编造的，但也不难看出当时这些军阀虽然雄踞一方，但心底却是惶恐不安。到了北洋时期，虽然我对北洋这段历史很厌恶，大体还是听过曹锟、吴佩孚、张宗昌等人的事情。很奇怪的是，他们即便在那里战战兢兢、如履薄冰，但他们依旧不会放弃自己手中的权力。如我上面提到的，唐中后期，那些藩镇的将领宁肯进京委身做人质，也要保证家里的权力存续。现在大家想到唐中后期似乎这个伟大的王朝就已经步入了黑暗，但这个时期还是出现武宗、宣宗这样的皇帝，宣宗更是被人称为小太宗，面对这样的雄主，委身做质的藩镇将领似乎随时可能丢掉性命，但他们还是义无反顾。对此，我一直无法理解。民国时期的几位军阀，有不少人听起来似乎还异常清廉，例如段祺瑞，一日三餐几乎不吃肉，周身服饰大抵布衣，较之其前任、同期以及拿东陵珍珠做装饰的蒋家，可以说是清廉非常。但若讲其有风骨，除拒绝伪职，段祺瑞可谓政治的投机分子，因此观其行事又并不能特别证实其人风骨卓然。

李敖评价蒋介石父子，称其二人以国为家。非不置产业，而是国家为其私库，不需别置。这些军阀或者也是如此？倘使他们一心为公，唐为何不能中兴？罗马又何须大乱数十年？这是我一不解。

我想这应该也不是我个人的疑惑，如果可以穿越，与那个时代的人对话，他们估计也会很疑惑，甚至还会觉得很无辜。最近有一句西方的名言正在被修订，原来我们说“雪崩的时候，没有一片雪花是无辜的”是错译，正确的翻译是“雪崩的时候，没有一片雪花觉得自己有责任”。那些人应该也是这么想，所谓吃粮当兵，唐代府兵制崩溃后，军人开始职业化，他们又无别的手艺，只有打仗。讨要封赏似乎并没有什么过错。如果像现在这样指责他们祸乱天下，他们可能也是一肚子苦水，每日把头悬在腰带上为长官、皇帝拼命，都是苦哈哈出身，为老婆孩子赚点钱，置办布料做件衣服，买个首饰，改善下伙食，若富裕还能喝点小酒，他们又有什么错？如果兵没有错，那将领应该更没有错，小兵的将领又或许更委屈，他们为士卒讨要赏钱，不正是爱兵如子吗？我老家的吴起，在魏国训练武卒的时候，与士兵吃一样的食物，睡一样的帐篷，士卒长疮，吴起就亲自为人把脓血吸出来，以至于士卒的母亲痛哭说，以前孩子的父亲因为吴起为他吸吮脓血而战死沙场，如今儿子也被如此对待，只怕也要以死报恩。这样看来，那些集合了士卒愿望的将领也没有错。至于更上一层的藩镇，他们有错吗？或许，他们才更委屈。在他们看来，他们并不觊觎朝廷，只是想在自己的一亩三分地里好好生活，难道这也错了？当然，这些军阀中也有安禄山，朱温等人。但更多的军阀似乎并无太大野心。赵匡胤杯酒释兵权的时候，石守信等人更是惶恐，一个个心甘情愿地交出兵权，回到家中歌儿舞女，做一个富家翁，与国休戚。

如果说，他们这些人没有错，那有错的究竟是谁？汉初刘邦分封异姓诸王，其后又将异姓诸王一一剪除，本质上是春秋战国大分裂的馀续。秦扫平六国一统天下，灭亡后，项羽又恢复山东六国贵族的身份割裂天下，汉初的异姓诸王应该被看作刘邦无力在短期内扭转这一趋势，或是背叛自己的出身，毕竟刘邦正是异姓王的既得利益者。如果简单视为刘邦为了权力诛杀功臣，就不可以解释刘邦又将权力分享给刘氏宗族。刘邦虽然无法看到身后的七国之乱，甚至四五百年后的八王之乱，但春秋战国乃至秦国的事情还是有的。胡亥为了皇位阴谋除掉了扶苏，可以说是秦末流传最广的宫闱秘史，殷鉴不远。为什么刘邦会犯这样的错误？

西晋统一三国，亲王外出督镇，朝内又留下外戚重臣，不讨论其结果，单从司马炎的权力设置上，可以说他留下的这笔政治遗产相当地不错，各个势力之间基本维持平衡。汉末以来，世家大族次第兴起，他们以姻亲、交游、征辟、察举等等方式在政治上形成了巨大的政治利益集团，在庙堂与地方上鳞次栉比、盘踞一方、休戚与共。更可怕的是他们又利用了嵇康等人的玄学，形成清谈，在文化上形成共同的喜好。皇位是司马家的，天下却是世家大族的。东晋之时“王与马共天下”并非虚言。世家大族，尤其是其后的五姓七宗，在唐代大臣宁愿得罪皇帝，也希望与这些高门大户成为姻亲。因此，司马炎会不知道前代的故事吗？同姓诸王外出督镇，并非他主观的意愿，但形势已经不允许他用别的手段来维持他们家的江山。五代十国时期，各地军阀虽然将高门大户屠戮一空，但在内又不得不依靠本家替他看护江山，这时的本家已经不局限于血亲，大量的干亲也出现在历史舞台上。他们都是军阀出身，难道也不知道藩镇的危害吗？魏晋时期，世家大族的子弟认马为虎，不事公务的人似乎更多。1%的道德可以掩盖99%的丑恶吗？这又是我的一大不解。

近世以来，“唐宋变革论”由日本学者内藤湖南提出后，百年来一直为学界的一大显学，邓小南先生就说“唐宋变革是个筐，一切变化往里装”，我在这无意对“唐宋变革论”做出反对或是支持。但既然说到五代十国，唐与宋的亲密纽带无疑都是来自这一时期。五代十国留给赵宋的巨大政治遗产，无论好坏都深刻改变了中国历史的走向。

我举一个例子，终宋之世，民族问题始终突出。北宋时期，契丹、党项、女真等外族环伺。有不喜欢宋朝的人特别喜欢讽刺宋朝，称没有石敬瑭背不了的黑锅。石敬瑭向契丹割让燕云十六州，致使北宋外无屏障，内无养马之地，也导致了其与北方异族对战时，在机动性上特别吃亏。但宋之前，柴荣，甚至石崇贵等人对辽都取得过胜利，偏巧北宋二任皇帝赵光义两次伐辽失败，更有高粱河惨败，屁股中箭，坐驴车逃回的黑历史。这一比较，柴荣、石崇贵等人的先胜后败就无关紧要了。赵光义时期对辽的胜利也无足轻重了。军队的差异，地形地势的差异以及政策变化更无关大局，总之是宋没打赢，到处甩锅。进而对宋朝各项制度品头论足。我们则戏言，宋朝没有赵光义、王安石背不了的黑锅。

赵光义的民间形象着实不好，在民间的故事与文人的野史中，赵光义弑兄杀弟，奸淫小周后，任用奸臣使得杨家将星陨落。但是究其根源，这些事迹大多穿凿附会，与历史相距甚远。然而，大多数人对于历史的概念应当说是在于自我的满足。他们热衷于听一段故事，故事的真假似乎并不需要细究，而且极端喜好宫闱秘闻。以烛影斧声一事为例。传闻赵光义在雪夜将赵匡胤谋杀。宋代以后，赵光义弑君杀兄的声音就不绝于耳，似乎赵匡胤这位一代雄主，就在一个雪夜莫名其妙地死在弟弟赵光义的斧子之下，赵光义夺取革命政权，摘了桃子。毕竟在中国人的传统观念中，弟弟是不能代替儿子继承皇位的。春秋时，吴国就因为弟弟代替儿子继位，一口气为司马迁贡献出专诸、要离两位刺客，占刺客列传的五分之二。然而，赵匡胤、赵光义却生活在五代，这个与中国传统最为背离的年代。

五代纷纷扰扰五十三年，实际上只有这样一句话可以说明："天子宁有种耶？兵强马壮者为之尔！"后唐、后晋、后周等等莫不如此。不过有意思的是，如果说皇帝是谁的兵马强壮谁可以做，就像我前面举李从珂的例子一样，李从珂现实许愿登基后军队每人资钱百缗，结果当了皇帝不能实现诺言，军队不乐，几至哗变，整个洛阳也陪着这些不乐的士卒陷入屡屡有人自杀的境地。也就是说在五代时期，这批皇帝大部分只是强兵壮马的利益代言人，地位相当不稳固。甚至在赵光义时期，这种现象依旧存在。高粱河之战，宋军大败，乱军之中赵光义不知所踪，一时间赵光义战死的谣言甚嚣尘上，军中大将马上商议要拥戴赵匡胤之子赵德昭为帝。其时距离赵匡胤杯酒释兵权已经过去快二十年。千年后的中原大战，蒋介石与冯玉祥展开中原大战，蒋介石利用银圆攻势使得石友三等冯玉祥麾下将领叛变，从这一刻开始，冯玉祥就被拉下军阀利益代言人的位置，最终输掉战争。

由此可以看出，当五代皇帝成为部下的利益代言人后，如果代言人不能服众，其后果就是被部下背叛。因此五代诸帝在面对继承人选择时，亲情就成为最不需要的条件，如何满足部下的需要才是五代诸帝首要考虑的条件。据统计五代时期接班人与上一任的关系几乎都不是父父子子。

后晋高祖立成年之侄而不立幼子为继位人；

吴两世皆兄终弟及；

楚马殷“遗命诸子兄弟相继”，故此后二十年间传立和争国者悉为第二代同辈兄弟，而第三代众多成年宗室，竟无一人按“父死子继”的原则被立为或挺身争夺继位人；

吴越国主钱元环以子年幼（14 岁）而欲择宗室长者为储君；

吴越国主钱佐以子年幼“而以其弟倧袭位”；

南平保融三子均成年而立其弟保勖为继位人，保勖袭位后又传立保融之子；

南汉刘隐传弟而不传子；

后汉太后立叔立侄而不立子。

成年的弟弟、侄子，这些在军队中深孚人望的人才是国家的柱石、储君的选择。但是还有一个问题是五代军阀必须面对的，如何处理一把手与二把手的关系。五代时期由于叛乱是家常便饭，如何保证储君不会因为“天下岂有四十年之太子”的问题造反。

日本战国时期，军阀织田信长眼看要统一天下，夜宿京都本能寺，手下大将明智光秀造反，率军包围本能寺，织田信长惊醒后第一反应却是自己的长子织田信忠造反。因此如何处理国君与储君的问题，也是这些军阀必须面对的现实难题。储君不能无权，否则将来继位就会因为无法弹压诸将而身死国灭。但储君一旦有权，谋划提前接班，自己又会被诛杀。所以就出现了这样的局面，皇帝一听说要立太子，“若建太子，则朕遂为闲人！”有了太子，就会在权力中心出现第二个权力中心，皇帝自然不干。而储君更是不干，所谓“执政欲以吾为太子，是欲夺我兵柄，幽之东宫耳”，让我做太子就是要夺我的兵权，一旦与军队脱离联系，将来登基，在军中无人望就是死路一条。但又不能没有储君，五代时期战争频仍，皇帝时常要御驾亲征，万一路上有什么不测，没有储君就等于直接宣告政权灭亡。于是一种特别奇怪的建储制度就此出台——隐皇储制。也就是说，我不宣布我中意的人是太子，但大家也都知道这是皇储。具体做起来就是，将太子之位变成亲王加上京兆尹。这样做有几个好处，第一，皇储没有正式名分，名义上还是君臣，仓促弑君夺位的话，皇储没有大义名分很容易引起在外宿将的反弹；第二，虽然名分上没说明皇储，但封亲王，地位就凌驾于群臣之上，京兆尹，则相当于把首都地区的行政工作交给你，皇储自己也安心，一旦有突发事情政权交接起来也不会慌乱；第三，这种职位随时可以变动，既不会像变动太子一样引起天下震动，也是皇帝对储君的敲打，在政治中心也不会出现第二个权力中心。因此这种隐皇储制度一经推出便大受欢迎，各路军阀都觉得这是一个异常科学的接班办法，于是都学习起来。宋代的人对这一套看得非常明白，陆游就说："后唐秦王从荣以长子为河南尹，又为天下兵马大元帅，故当时遂以尹京为储贰之位。至晋天福中郑王重贵、周广顺中晋王荣，皆尹开封，用秦王故事也。"

宋初，赵光义的地位即京兆尹与晋王。在五代这种制度下，赵光义已经是皇储的不二人选。更何况在赵匡胤生前一直不让自己的儿子封王，尤其是按规制皇子成年就封王的情况下，其中的政治意味也就不言自明了。因此，在赵匡胤暴卒后，赵光义继位，放置在五代的大背景下，丝毫不令人奇怪。

经过赵光义的努力，五代的这种非正常性政治制度逐步被扭转，重新回归到封建王朝父死子继的家族式政治传统后，五代的非正常性政治制度就显得格外不合常理。也就是说，对赵光义的继位不合理的质疑是传统历史惯性与五代政治现实惯性冲突下诞生的问题。在此，我又有一个不解——我们如何去看待历史？中国从来都有“以史为鉴”的传统，那么这个“史”究竟是什么？是历史的真实还是对历史的臆测？传统历史的巨大惯性是否可以取代具体历史时期的分析？在晚清遭遇千年未有的大变局的时候，很多人将文人轻言兵事作为国家衰颓的一大罪证，并将这种传统追溯到宋代。宋代继承五代的政治遗产，在国家建构的时候努力地去扭转这些不良的政治现实，呈现出右文（宋朝用语：崇文）的特质。这一现象又是否可以为晚清文人轻言兵事背书呢？我不否认“一切历史都是当代史”的推论，那么过去的历史又应该如何去解读？

一个饥寒交迫的农民为了一口饱饭加入藩镇的军队，藩镇如果不能满足他的需求，他就造反，合情合理吗？如果再扩展一下，这个农民在造反时，家中老母病重就等着他的赏钱救命，妻子刚刚生产，产后虚弱也需要他的赏钱买点米活下来，襁褓中的婴儿也需要母亲身体强健后有奶水活命，那么这些人去造反，去对一个站在更高角度来看可以稳定局势政权的反，他的造反是正义吗？历史又是正义的吗？我们又应该如何去评价这段历史？

有人说：原因的原因不再是原因，但总有蝴蝶翅膀最初的煽动才酝酿出最后的风暴，但这只历史的蝴蝶在何处？

这种感觉谁懂？

温柔的感觉是什么？是细细地吹拂过面庞的二月春风？是母亲慈爱地抚摸着孩子的手？抑或是离别与重逢时浅浅的吻？

温柔是柔软的，是月光照在松林间的宁谧，是山泉流过岩石的静缓。自殷商有了文字始，数千年中国人对温柔的描述充盈在我们生活的每一个角落，就像那首传唱千年的歌谣——《子衿》。

一

什么是“衿”？《颜氏家训·书证》上说：“古者，斜领下连於衿，故谓领为衿。”衣服的领子就是衿，它为何柔软温柔？是因为脖子是人身体最柔软的部位，粗粝的材质会让它受伤，需要特别的看护吗？

还是让我们看下那首歌谣吧。“青青子衿，悠悠我心。纵我不往，子宁不嗣音？”青青的是你的衣领，想到它我心中充满思念的焦虑。即便我不去找你，你就不能给我传递一点点信息？

他们是分开很久的恋人吗？不是，他们仅仅一日没有相见。“挑兮达兮，在城阙兮。一日不见，如三月兮。”那青青的衣领已经一日没有见到她了，而见到她时，青青的子衿会看到什么？是愁绪泪水，还是欢快的笑语？她的面庞贴在他的衣领上，温柔的笑靥，轻柔的衣领互相温暖着两个人的心房。

自此，衿成为中国人心中最柔软的一个地方。时光流转，服饰不断变化，先秦时的衿也慢慢退出历史舞台。但衿代表的美好没有消失，它依附在所有可以表达感情的物体上，这是中国式的特有的温柔，口头的表达总是让人羞涩难以启齿，我们总会用适当的物品表达出自己的情感，以物寄意，用物来象征内心。

二

如今已经很少看到有人使用手绢了。在我小时候以及父亲小时候，手绢还有很多人在用。在鲁西南的方言中手绢被叫作手巾。小时候，学校组织出游，大人总会叮嘱一句：带块手巾，路上擦汗。我也不记得是什么时候第一次接触手绢的，它的材质也五花八门，丝绸、棉布、亚麻布都可以做成手绢，只要它轻便、吸水性好就足够了。

奶奶一直随身带着一块手绢，只是那时我还小，已经记不得手绢的材质。奶奶会用这块手绢当钱包，手绢里放着一张张毛票，方便她出去和人一起玩叶子牌。奶奶虽然不识字，但记性却好，老家什集东街里的老太太很少可以让奶奶从手绢里掏出钱来。此外，奶奶还会用手绢包住各种吃的，像水果、糖块、瓜子花生……见到我的时候手绢里会掉出来足够把我的嘴巴塞得满满当当的东西。老家是平原，沙尘是那里的常客，出去玩只要一流汗，沙尘便会黏在脸上并随着汗水留下一道道黑印。爸妈那会也都是青年人，手劲儿大，他们会把毛巾蘸水一拧，在我的脸上使劲揉搓，特别不舒服。奶奶的手绢却不然，奶奶会用手绢包住两根手指，顺着脸上汗水留下的黑道轻轻揩拭，像极了初春复苏的青草扎在身上，又酥又痒，每次我都被这酥痒弄得咯咯地笑着跑开，只留下身后奶奶的呼唤：别跑，没擦完呢。

之后父亲再给我擦脸的时候，我拿奶奶给我擦脸的事情当挡箭牌，父亲听后沉默了很久。后来，我才知道父亲小时候身体不好，爷爷用粮食请东街的一个奶奶来给父亲扎针挤血。这是农村传下来的土法子，那个奶奶用油灯给一个筷子粗细的针简单炙烤一下，刺向父亲肚脐下方，黑红的血液缓慢流出去。夜晚的鲁西南平原安静得可怕，父亲的喊叫穿过我家屋顶，惊起无数雀鸟，乡间的灯火不断亮起。爷爷奶奶红着眼死死地按着父亲，汗水布满父亲的额头，也布满爷爷奶奶的双手，奶奶就拿着她的手绢一遍遍地给父亲擦汗，直到父亲睡去。

三

再后来，爷爷和奶奶都走了。我没学会奶奶擦脸的方法，而是像父亲一样，在需要擦脸的时候，拿着毛巾在脸上使劲搓揉。

只是搓疼的时候，会看着毛巾，怔怔地想着曾经有一块手绢的温柔。

而现在手绢也不多见了。出汗的时候，更多的是用纸巾擦汗。这些年用过不少牌子的纸巾，有香味的、没香味的、长的、宽的、薄的、厚的……不一而足。纸巾擦过脸颊，或是混着汗水变成糨糊，或是吸水性好，纸张粗糙一如我自己用毛巾擦脸的时候。直到我们自己的产品出现，轻柔舒适得像上好丝绸做成的手绢。

它也叫"青青子衿"。关于《郑风·子衿》历来都有师友之间互相勉励说和男女之间爱情说的解释。古代学子因其服饰被称为"青衿"，父亲自从考上大学后，就离开了什集东街，在城市生活，我自然也在那里读书。有时，爷爷会骑着自行车，一个上午来到我的家里，略略坐坐吃过饭便回去了。爷爷当时年纪大了，不能带着奶奶一起来。他走时，会看着依旧在啃羊头的我说：好好读书，多回家，奶奶想你。

不过，那时我还太小，还不懂。如今，青青子衿滑过脸颊，眼前仿佛又看到平原东街上站着的爷爷奶奶，他们在等着一个小男孩回家。

狄青之死

嘉祐二年，狄青死于陈州。史书上的寥寥数语判定了一个人的生死。

狄青死的时候应该不会想到他会成为后世批评宋朝“重文轻武”的第二大例证（另一个是岳飞，但不在本文叙事之中，故按下不表）。各路人马从稗文野史的故纸堆中，或者道听途说中抨击着宋代君臣，似乎如果宋代君臣不像防贼一样防范武将，第二日宋朝便可以饮马幽燕，让国家的版图不再止步于中原与江南。

小时候，我在厌倦读书的时候很羡慕大人的生活，那时的我不用操心柴米油盐，家里的厨房就是粮食产出的地方，我羡慕大人不用上课，羡慕大人自由支配时间，尤其羡慕我妈，每天把店门一开，往那一坐，客人就自动上门掏钱。小时候的我不知道的是，在我看不到的地方，我妈为了进货生生用两条腿逛遍北京的大小书市，在每个书籍批发摊位上与人斗智斗勇地讲价钱，只为让本就利润微薄的图书能够从自己手里出手时多赚个三毛两块。

如今我也开始奔波谋生，穿行在漆黑的夜里，走在烈日的午后，混在忙碌的人群，不知他们曾经是否也像我一样羡慕过大人的生活？看人挑担不吃力，自己挑担压断脊，江湖与庙堂的逻辑大抵如是。

一

规则，是所有人行为的最大公约数，要让所有人都按规则办事，自然需要不断妥协，概括起来便是三个字——不得已。

宋朝自然也有它的不得已。宋朝诞生于唐帝国崩塌后的五代十国，七十二年的时间里中原有五个政权逐鹿，南方有十个国家争雄。谁可以是这天下的主宰？安重荣说："天子，兵强马壮者当为之，宁有种耶！"所以翻开五代十国的历史一看，基本都是一个政权刚刚建立，只要稍微不顺地方诸侯的意思，兵强马壮的武将就开始造反，或者割据政权互相攻伐。

于是：

自是罕之日以兵寇钞怀、孟、晋、绛，数百里内，郡邑无长吏，闾里无居民……自是数州之民，屠啖殆尽，荆棘蔽野，烟火断绝，凡十余年。（《旧五代史·梁书·列传五》）

守文将吏孙鹤、吕兖等，立守文子延祚以距守光，守光围之百馀日，城中食尽，米斛直钱三万，人相杀而食，或食墐土，马相食其骏尾，兖等率城中饥民食以麴，号"宰务"，日杀以饷军。（《新五代史·列传·杂传二十七》）

居数月，思绾城中食尽，杀人而食，每犒宴，杀人数百，庖

宰一如羊豕。思绾取其胆以酒吞之，语其下曰："食胆至千，则勇无敌矣!"（《新五代史·列传·杂传四十一》）

争地以战，杀人盈野；争城以战，杀人盈城。我老家曹濮平原作为中原的一部分，它的历史也是一部战争史。春秋时晋楚两国在鄄城争霸，秦末汉初刘邦在这里称帝，三国时曹操在这里凭着鄄城最后的本钱完成兖州逆转。奶奶告诉我，她年轻的时候还在老家东街见过骑马的毛子，金发碧眼甚是可怕。还有日寇的炮楼，炮楼里的大狼狗眼都是红的，看着人不停地流口水，奶奶说只有吃过人的狗才会红眼。一代代帝王将相在这里升起陨落，一批批人像稗子一般倒下又起来。鲁迅在狂人日记里写中国史书中充盈着"吃人"二字，在封建王朝所谓的盛世时或可商榷，但在五代时着实如此。赵宋作为封建王朝的一员，自不必想着它有解民倒悬的伟大使命感，不过想要自己的王朝长久地活下去，赵宋是认可一个逻辑的，那就是他统治的地方需要有人，要如何有人？减少战争，与民休息。那就必然要对各个手握重兵的武将下手。

历史给予这个过程一个风雅的名字"杯酒释兵权"。《宋史·列传九》如此记录：

乾德初，帝因晚朝与守信等饮酒，酒酣，帝曰："我非尔曹不及此，然吾为天子，殊不若为节度使之乐，吾终夕未尝安枕而卧。"守信等顿首曰："今天命已定，谁复敢有异心，陛下何为出此言耶?"帝曰："人孰不欲富贵，一旦有以黄袍加汝之身，虽欲不为，其可得乎。"守信等谢曰："臣愚不及此，惟陛下哀矜之。"

帝曰："人生驹过隙尔，不如多积金帛、田宅以遗子孙，歌儿舞女以终天年。君臣之间无所猜嫌，不亦善乎。"守信谢曰："陛下念及此，所谓生死而肉骨也。"明日，皆称病，乞解兵权，帝从之，皆以散官就第，赏赉甚厚。

自古功臣兵权难解，否则韩信的血不会溅在长乐宫的石墙上，蓝玉等人的血也不会染红秦淮河。五代时，兵权之于武将诸侯更为重要，后唐李从厚要削李从珂的兵权，李从珂叛乱；李从珂要削石敬瑭兵权，石敬瑭叛乱。宋初的这场政治风波能够如此和平解决，在五代十国的背景下更显得如此的不可思议，因此脱脱等人在修《宋史》时对"杯酒释兵权"高度评价："一日以黄袍之喻，使自解其兵柄，以保其富贵，以遗其子孙。汉光武之于功臣，岂过是哉。"甚至还称"及其发号施令，名藩大将，俯首听命，四方列国，次第削平，此非人力所易致也"。

只是历史果真如此吗？一旦圣君明主在位，四海当即升平？李焘在《续资治通鉴长编》中记录的一个故事值得玩味：

美（即张美）至沧州，久之，民有上书告美强取其女为妾，又略民钱四千余缗者，上召告者谕之曰："汝沧州，昔张美未来时，民间安否？"对曰："不安。""既来，则何如？"对曰："既来，无复兵寇。"上曰："然则张美存汝沧州百姓之命，其赐大矣。虽取汝女，汝安得怨！今汝欲贬黜此人，吾何爱焉？但爱汝沧州百姓耳。吾今诫敕美，美宜不复敢。汝女直钱几何？"对曰："直钱五百缗。"上即命官给其直，遣之。乃诏美母诘以美所为，母叩头谢罪曰："妾在阙下，不知也。"复赐其母钱万缗，令遗美，使还所略民家。谓之曰：“语汝儿，乏钱欲钱，当从我求，无为取于民也。”

张美在沧州防守辽国，期间强抢民女，并掠夺民财四千贯，让杨志倒了大霉的家传宝刀也不过三千贯。如此恶劣行为，赵匡胤居然以张美可抵御辽国入侵，轻轻放过。杯酒释兵权真的让宋朝从此步入武夫不再当国的局面了吗？

历史是有其巨大惯性的，在传统史学观念中一直认为秦朝亡于农民起义，但现代越来越多的学者提出不同的论点，秦朝亡于关东六国的反扑，从历史发展的角度来看，陈胜吴广起义旋起旋灭，并未对秦朝造成太大冲击，灭秦的重任反而是由刘邦、项羽这两个魏国、楚国的遗民完成的。到了汉初关于刘邦不断领军对各反叛诸侯进行镇压，甚至汉景帝时的七国之乱，也在被解读为秦统一天下，加强中央集权的馀续。因此，五代十国的影响怎么可能被“杯酒释兵权”轻轻消除。赵匡胤解除兵权的行动，更像是与武将媾和，达成一种君权与军权的平衡。换言之，赵宋在成立之初与李逵梦想中的梁山颇为相似，同样是大块吃肉，大碗喝酒，大秤分金银，至于江州的百姓，扈家庄的农户、十字坡的行人，谁在乎！

但必须承认的是，当历史车轮开始改变方向后，必然会形成新的惯性，君权与军权的平衡注定要被打破，历史在此刻给赵宋开了一个巨大的玩笑，率先打破平衡的不是皇帝而是武将。太平兴国四年（979 年），赵光义伐辽失败，一片混乱中，诸将以为赵光义战死，纷纷开始预谋拥立赵匡胤的儿子赵德昭，史载：“四年，从征幽州。军中尝夜惊，不知上所在，有谋立德昭者，上闻不悦。”此刻赵光义的不悦只怕并非只针对他的侄儿，那些谋立赵德昭的武臣更令赵光义心惊。武将是谁，李焘与脱脱等人并未明说，但从此次军事行动的参与人员构成上看，只怕石守信等人皆有可能参与其中。

老兄弟们，看来是信不得了。

赵光义开始将潜邸武将，比如王超这些自己信得过的武将推上前台，无奈的是老兄弟们靠不住，潜邸的自己人也靠不住，所谓“太宗所命将帅，率多攀附旧臣亲姻贵胄”。宋真宗景德元年（1004年）辽国率先挑起战争，攻入宋朝境内。在寇准与宋真宗的计划中，以定州军以及魏能等人完全可以在前线阻敌。史载：“契丹主与其母举国入寇，其统军顺国王挞贤引兵掠威虏、顺安军，魏能、石普等帅兵御之，能败其前锋，斩偏将，获印及旗鼓、辎重。又攻北平寨，田敏等击走之。”

战争刚刚开始的时候，也确实如寇准所料，魏能、石普、田敏等人屡挫辽军，但王超这个手握雄兵的潜邸武将却在战争一开始表现出了可怕的沉默，坐拥大军据守唐河，既不出兵击辽，也不出兵救援。逼得宋真宗在寇准的连哄带骗下去了澶渊与辽国僵持。而就在景德元年的五十年前，后晋大将杜重威亦是如此，手握重兵坐观辽国与后晋的成败。五十年，恰好一代人的时间。五代十国的阴影再度涌现在赵宋君臣的心头。

老兄弟信不过，自己人也信不过。宋天子此刻应该是头痛的，或许在汴梁深宫的夜里，宋天子还会一遍遍问自己，我还能信谁？

赵桓（即宋真宗）一号：我爹的老兄弟信不过，潜邸旧臣也信不过，我该信谁？新生的一批军二代吗？

赵桓二号：王德用？一个只会献阵图，甩锅给我的人？

赵桓一号：更靠不住。

赵桓二号：景德元年，他爹逗留唐河，居然碰瓷说我干预的多？犯了错你会推卸责任吗？

赵桓一号：正经人谁甩锅啊！

赵桓一二号（和声）：下贱！

（以上对话均为历史想象，正史无载，野史大概也无载）

自此，赵宋君臣对武人的防范心理彻底形成。选拔武将先问忠心与否，再看能力大小。大宋的士大夫同样如此，他们熟读历史，对于刚刚过去的武夫当国的五代时期自然心有余悸。这种情况下很难去说赵宋对于武将的防范一定是错的，如果再给赵宋君臣一次选择的机会，只怕他们依旧会选择防范武将，毕竟没有人想要再去过一遍武将互相攻伐，践踏社会基本道德的日子。

因此，狄青步入庙堂后注定要经受比他人更多的磨砺，如果狄青换成如曹玮、王德用、种世衡等这样的世家子，他依旧有机会选择避开悲剧的命运，可惜狄青只是汾州的农家子，正所谓有人出生在罗马，有人出生就是骡马，狄青农户的出身也注定了他无法获取更多的知识，打开眼界，最终在仁宗朝的权力游戏中输得一败涂地。

二

后世对狄青的同情多源于两件事：“东华门”事件与枢密院升迁事件。“东华门”事件中的东华门并非实际上的东华门，而是出自韩琦骂狄青的一句话。宋人王铚的《默记》中记录了整场事件的始末：

青旧部曲焦用押兵过定州，青留用饮酒，而卒徒因诉请给不整，魏公命擒焦用，欲诛之。青闻而趋就客次救之。魏公不召，青出立于阶之下，恳魏公曰：“焦用有军功，好儿。”魏公曰：“东华门外以状元唱出者乃好儿，此岂得为好儿耶！”立青而面诛之。青甚战灼，久之，或曰：“总管立久。”青乃敢退，盖惧并诛也。

庆历八年（1048 年）左右，狄青的旧部焦用带兵路过定州，趁着狄青请焦用喝酒的工夫，焦用属下跑到韩琦那告状，诉说被焦用克扣军饷的事情，韩琦马上派人把焦用抓起来，准备杀掉。狄青作为焦用的老上级，赶来为焦用求情。

封建时期一个人犯罪是否要付出代价，对于平民而言，自然是应罚尽罚，但对于统治集团内部，尤其是高级统治者，是否要付出代价就有很多门路了，从汉武帝时期便有“纳铜赎罪”的制度，司马迁便是因为交不起钱，而选择的宫刑，到了两千年后的清朝，银子成为交易本位后，“纳铜赎罪”就又变成了“议罪银”。除此以外，处罚统治集团内部的人还有“八议”，如“议亲”“议贵”“议功”等花样繁多的方法。此法不独在封建时期的中国屡试不爽，在西方也是司空见惯，在好莱坞电影中，主人公“犯错”或者坏人“犯错”，倘使他们有门路，便有议员、富商或太平绅士等其他有社会地位的人为其作保，乃至背书其人家清白，人品高贵等，促使法庭减轻处罚，或免于惩处。

千年过去，有些事何曾变过？

狄青保焦用亦是如此，翻出焦用有军功的过往，希望韩琦刀下留人，若是以前，说不定韩琦真会同意狄青的请求，但定州刚刚发生军变，《续资治通鉴长编卷一百七十一》记录：初，明镐引诸州兵平恩州，独定兵邀赏赉，出怨语，几欲噪城下。琦素闻其事，以为定兵不治将为乱。及至，即用兵律裁之，察其横军中尤不可教者，捽首斩军门外。士死攻围，赙赏其家，抚其孤儿，使继衣廪。

有功者赏，是治军的基本原则，但“独定兵邀赏赉”基本可以判断，定州军是在正常赏赐外，又额外向朝廷索要赏赐。五代十国时期，除了王公贵胄之间的权力游戏，发生动乱的另一个原因是朝廷没有大量封赏禁军，比如后唐李从珂起事的时候许诺部下以及后唐其他地方的军队“候入洛，人赏百千”。但洛阳几经战乱，哪还有多余的钱封赏，于是逼得“太后、太妃出宫中衣服器用，以助赏军”。但禁军依旧不满意，甚至传出“去却生菩萨，扶起一条铁”的歌谣，表达自己的不满，李从珂失去军心又治国失败，两年后石敬瑭叛乱，李从珂自杀。

宋朝脱胎于五代，五代恩赏军队的传统自然也留了下来，再加上宋初赵匡胤为了平衡君权与军权，对武将和军队更加优容。而定州地处河北，是防备契丹的重要据点，多年优容下来，骄纵不法也就成了常态。这一点即使隔了数百年，脱脱等人修《宋史》时，也看得非常明白，《宋史列传七十一》记载此事为：初，定州兵狃平贝州功，需赏赉。“狃”，因袭者也。即便贝州的王则起义是文彦博、明镐等率领各地军队平定的，但定州军依旧认为自己要拿到更大的恩赏，朝廷不给，便纠合党羽跑到定州城下闹赏。

所以在韩琦雷霆治理定州军队的时期，出现有人贪墨被军中高层求情就放掉的政治丑闻，刚刚平息的定州兵变立刻就会变成笑话，韩琦自己的政治生命也就会迎来终结。但狄青抬出的“议功”制度，韩琦也必须予以反击，不给此次事件留下任何可以被攻击的把柄和口实。韩琦作为相三帝，扶二主的北宋权力游戏顶级玩家，当即选择否定焦用有功对狄青进行批驳。流传千古，被无数梦想科举成功的读书人传诵，被无数期望用军功改变命运以及后世不明所以斥责宋朝“重文轻武”的名言就此出炉：

东华门外以状元唱出者乃好儿，此岂得为好儿耶！

如果狄青可以多读一些书，他应该能从中听出韩琦的弦外之音，韩琦在警告狄青不要蹚这趟浑水。职场上经常有这样一种情况，属下犯错，尤其是心腹下属犯错，分管领导往往是骂得最凶的，这是因为领导主动批评就可以掌握整个事件的性质，把握事态走向，最终大事化小小事化了，自罚三杯了事。可惜狄青并没有领会韩琦的意思，反而惊惧异常，害怕韩琦将其一起治罪。

狄青的这一反应值得探究，他为什么害怕韩琦会将他一并治罪？只是因为他给焦用求情？老上级维护老部下，这在何处都是平常之事，尤其是狄青自水洛城事件后与韩琦深度绑定。

宋朝的边境一直很不安稳，宋仁宗时期西北的党项人终于积攒起足够的力量彻底反叛，割据一方，史称西夏。赵宋自然不会容忍，不断将军事力量投入对西夏的作战中，庆历名臣范仲淹、韩琦也被派往西北。在定川寨失败后，秦渭交通的重要据点水洛城被暴露在西夏的攻击范围之内，范仲淹提出重修扩建水洛城，以此为据点震慑并打击西夏，韩琦则认为水洛城位置突出，在外孤立，西夏肯定会全力攻打，建造水洛城只会白白浪费朝廷钱粮，建议收缩兵力，就在范韩两人打嘴仗的时候，两边各自的人马却都开始了行动。支持范仲淹的陕西四路都部署郑戬派刘沪、董士廉前去修城，韩琦的直属下属尹洙坚决反对，在郑戬调任后，派狄青前去擒拿刘沪、董士廉。狄青在这件事中再次暴露出他对于庙堂权力游戏的运行一窍不通的本质，擒拿的方式方法有很多，秘密带走与公然抓走有着截然不同的政治意义，更何况范仲淹对狄青有知遇之恩。《画墁录》记载：种世衡知城，范文正帅鄜延，科阅军书，至夜分，从者皆休，唯狄不懈，呼之即至，每供事，两手如玉，种以此异之，授以兵法，然又延之于范公，遂成名。范仲淹对狄青的赏识是狄青在西军中脱颖而出的重要助力，中国一直有“不看僧面看佛面”的俗语，刘沪、董士廉作为范仲淹的支持者，狄青即便要抓也应念范仲淹的一点香火情，狄青日后为焦用求情，也说明狄青并非铁面无私之人，但此刻狄青却不顾情面，不仅抓而且抓捕手段异常苛刻，枷辱刘沪。

小时候很多书也看不懂，只能去挑一些有图的去看，不看字只看图片。当时在父亲的书房中最爱看《老照片》，上面记录着晚清社会的百态，里面就有大量被枷锁铐住的人，照片中的人面容呆滞，神色痛苦。长大后能看的书多一点，才更看明白了枷锁的恐怖，数十斤的枷锁把人的双手蜷曲束缚住，让人无从借力，只能凭借肩膀硬扛，如果枷锁分量过重，犯人则会因为身体无法承受而死，《新唐书酷吏传》就记载：乃作巨枷，号“翾尾榆”，囚人多死。然而这还只是物理层面，在精神层面，枷锁意味着犯人不能坐囚车，必须徒步行走向全世界宣告，这人是个囚犯，精神压力可想而知。刘沪身为朝廷命官，没有被定罪之前，就被施以枷刑。现在的我们已经无法得知当时狄青内心最真实的想法，或许狄青也觉得自己冤枉，在狄青自己看来他就是在忠实地执行军令，何错之有？他不明白的是，从他枷辱刘沪开始，游戏的规则已经变了，不再是军队的规矩，牌桌上的对手换人了！

三

自唐中期藩镇林立后，混乱世界的酷烈之风渗入军中，唐中期之前，军队中的名将是曹操、李世民这样的画风，上马治军，下马治民，谈笑风月，军事与贵族游戏直接画等号。而乱世酷烈之风又是哪一种画风？弱肉强食，拳头就是硬道理。《水浒传》中鲁达身为关西五路廉访使，又深受老种经略赏识，要治郑屠这个屠户有的是方法，但他偏偏选择用拳头说话，这就是乱世对拳头权力最深的迷信，有事先比谁的拳头硬。

只有强壮的人才能多往自己的碗里争取一些口粮，弱势的人在乱世是失语的。抱团取暖和互相仇视是乱世的一体两面，都说仗义每逢屠狗辈，乱世只有靠道德才会凝聚在一起，凝聚在一起的团体大多都会侵凌个体或者另外的团体，当然乱世的道德并非一成不变的，他们有着非常灵活的道德底线，毕竟活下去才是最大的道德，谁可以让他们活下去他们便忠于谁，并保持极大的忠诚，《红楼梦》中的袭人，曹公说她亦有些痴处：服侍贾母时，心中眼中只有一个贾母，如今服侍宝玉，心中眼中又只有一个宝玉。奴婢对于肉食者已经奉献了一切，毫无保留，如果肉食者还要求奴婢奉献什么，奴婢只能奉献忠诚，换言之。

除了我的生命，我已别无他物。

狄青枷辱刘沪最大的行为逻辑或许就是如此，他要在尹洙手下活下去，他没有别的资源可以提供给尹洙，他只能豁出命去干，即便刘沪的背后是自己曾经的恩主范仲淹，即便董士廉的背后是整个关陇游侠集团，这些利益的纠葛，狄青看不到，甚至是想不到的，这就是底层世界的逻辑，谁给我活路，我就忠于谁。而肉食者或者上位者，他们拥有更多的资源，他们的凝聚，道德已经不是第一考虑，能够广泛的代表更多方面的利益，才是他们的硬要求。在代表更广泛的利益同时可以为国家考虑的，是一代名臣，可以为百姓考虑的，则是一代贤臣，倘使还能限制自身代表利益的，两千年封建王朝历史只有诸葛亮等寥寥数人。而反过来，则如李林甫、蔡京、秦桧等一样，代不乏人。

底层世界的逻辑与上位者世界的逻辑注定是冲突的，底层可以奉献的是上位者最不稀罕的，他们有大把的资源可以换取忠诚。范仲淹与韩琦他们可以又合作又斗争，下面却已剑拔弩张，流血漂杵了。狄青不能理解这样的现实与游戏规则，在他看来，他是韩琦的人，韩琦就要给他庇佑，让他有面子。而当韩琦没有让狄青感觉有面子，即便韩琦在隐性的保护他，狄青依旧恨上了韩琦，等狄青富贵以后，提起韩琦狄青就会对别人说：韩枢密功业官职与我一般，我少一进士及第耳。

父亲从老家东街考入城市后，每年都会与很多人来家里请他办事，可父亲只是一个老师又能帮衬多少，但如果不帮就是扫了老家人的面子，我亲眼看到父亲像做错了事的孩子一样在房间中躲避老家来的人，甚至让我穿两层衣服，来一场变装秀去欺骗老家来人，说他不在家。有些事帮不到是会种下仇恨的，老家的人会在老家骂你，甚至会报复老家的亲戚。

庆历八年的狄青还不敢对韩琦出怨语。只是历史永远是最会作弄人的，它不喜欢人们保持过分的安静，这一年历史开始给狄青增加砝码，广西地区侬智高叛因为与交趾的仇恨，选择起义，在多次请求内附宋朝不许后，皇祐四年（1052 年）侬智高选择与宋开战，战事开始时，宋军作战不利，连战连败，西夏的阴影涌上宋仁宗的心头，宋仁宗此刻在想些什么？赵宋政权的稳固？还是历史的名声，抑或是两者兼有？在宋仁宗忐忑惊惧的时候，狄青上书请求平乱，再加上庞籍等人的推荐，宋仁宗命狄青领军赶赴广西。一年后侬智高被狄青重创，不知所终，三年后至和二年（1055 年）侬智高之乱被彻底平息。

宋仁宗心中的阴霾被狄青驱散，对狄青的感激达到无以复加地步，在狄青出征初见成效时，宋仁宗便加封狄青为枢密副使，等到狄青功成返回汴梁，宋仁宗更是要提拔狄青为枢密使，此时狄青四十七岁。

朝野震动。

封建王朝治理国家一个很有意思的现象是，对国家的治理在封建王朝在迈过初期阶段后会越来越依赖一种祖宗家法的东西，祖宗家法类似于如今英美法系中的判例法，一类案件原来怎么判，现在还怎么判。祖宗家法也就成为庙堂权力游戏的说明书，可以用来保护自己，也可以用来攻击政敌。

不巧的是，狄青此次的封赏恰好就有祖宗家法。当年赵匡胤派曹彬平定南唐，曹彬凯旋后，赵匡胤以北汉、契丹等地未灭为理由，没有授予曹彬枢密使的职务，仅赐给曹彬钱二十万了事。钱二十万看起来很多，但结合一贯一千钱，赵匡胤不过赏了曹彬两百贯，折合白银二百两，还不够宋江从郓城到江州赏人用的。

率先反对此项人事任命的是庞籍，虽然在现代庞籍声名不显，但在戏文中庞籍却化身为鼎鼎大名的大宋头号奸臣庞太师，从宋太宗到宋仁宗，但凡主角需要对手，总可以看到庞太师的身影。历史上的庞籍绝非奸臣，相反却是一代名臣，从总揽西夏战事逼李元昊去帝号，到发掘司马光等新一代人才等，宋仁宗一朝很多大事的背后总可以看到庞籍的身影。庞籍此前推荐狄青，这时又反对仁宗的提拔，是庞籍看到狄青的功劳开始忌惮狄青吗？当然不是，作为狄青的推荐人，狄青成功等于庞籍的成功，而且庞籍作为文臣，可以随时横跨东西二府，狄青作为武臣顶天也就是西府使相（享宰相待遇，不能干预政事的称使相）因此两人并没有前途上的冲突。庞籍此时反对他提拔的狄青，只有一个原因，保护狄青。

在庞籍看来，狄青太过年轻，在宋朝混到宰执的人大多都是五十开外，资历老，有根基，并且上升的道路基本就剩下恩赏，狄青如今四十七岁，朝廷难保再有战事，倘若狄青再度立功，如何封赏？狄青身为武臣，既非潜邸旧臣，也非姻亲，如何保证他可以突破赵宋对武将的防范，持久获得君主的信赖？其次，当时的枢密使高若讷并无过错，如果因为要提拔狄青就无端贬斥高若讷，无异于把狄青架在火上烤。

庞籍还有一层意思没有说出来，那就是狄青此前一直在地方上负责军事，在庙堂毫无根基，也没有行政经验，对庙堂的游戏规则一窍不通，骤然登上高位，一定会被人嫉恨，到时候朝堂上的明枪暗箭可比战场上更为凶险。

在庞籍的劝说下，宋仁宗一度打消了提拔狄青为枢密使的念头，如果历史就此打住，狄青或许可以逃过最终的命运，但历史没有如果，一个人希望狄青成为他的垫脚石出现了。天下事，不怕没好事只怕没好人。有时候对人好的人并不一定是好人，对人坏的人也不一定就是坏人。此时在狄青身边大肆鼓动狄青的人叫梁适，职位参知政事，距离宰执顶端就差一步之遥，这一步就是枢密使高若讷。

《续资治通鉴长编》记载：是时，适意以若讷为枢密使，位在己上，宰相有缺，若讷当次补；青武臣，虽为枢密使，不妨己途撤。

如果宰相空缺，高若讷在位则高若讷先成为宰相，如果是狄青在位，狄青一个武臣按赵宋的政治规则是不可能成为宰相的，并不会妨碍梁适登顶。所以梁适才上蹿下跳希望宋仁宗可以破例提拔狄青。

狄青此时懵懂无知，成为梁适手中争权上位的刀。或许狄青也知道这一点，但枢密使的光芒已经迷住了他的眼睛，让他甘愿成为扑火的飞蛾。

在梁适的策动下，宋仁宗罕见地强硬起来，将宰执们锁了起来，强行通过狄青升任枢密使的任命。至此，庞籍预料的所有最坏的情况都将在狄青身上应验。

出来混，迟早要还的。

四

《默记》记录：青位枢密使，避水般家于相国寺殿。一日，衩衣衣浅黄袄子，坐殿上指挥士卒，盛传都下。及其家遗火，魏公（韩琦）谓救火人曰："尔见狄枢密出来救火时，着黄袄子否？"……其后彗星出，言者皆指青跋扈可虑，出青知陈州。同日，以魏公代之。是夕，彗灭。

《野老纪闻》记载：狄青为枢密使，自恃有功，骄蹇不恭，怙惜士卒。每得衣粮，皆负之曰："此狄家爷爷所赐。"朝廷患之。

《宋会要辑稿》记载：嘉祐元年八月十四日，枢密使、护国军节度使狄青罢为护国军节度使、同中书门下平章事、判陈州。时言者以青家犬生角，又夜有火光，中外以为疑，故罢之。

后周恭帝时，京师传言契丹入侵，都检点赵匡胤领军出征，到陈桥时，石守信等人拿出一件黄袍披在赵匡胤身上，山呼万岁，宋朝建立。再往前数十年，后梁太祖朱温称帝前，命人在家里烧火，营造红光冲天的"神迹"。更为致命的是，在狄青与赵匡胤撞衫，与朱温行为雷同的时候，宋仁宗病了，无子嗣。

文彦博提出让狄青离开京师，狄青不服提出自己并无过错，不应当出京。但此时狄青有没有过错都不重要了，赵宋朝廷并不敢冒再来一次"黄袍加身"的风险，因此文彦博对试图为狄青说好话的宋仁宗说，当年赵匡胤还是柴荣的忠臣呢。至于狄青，文彦博更是说出了诛心一般的话语：无他，朝廷疑尔。

现在很难说《默记》跟其他宋人笔记典籍中关于狄青的记录是否真实，以及当时的真实情况究竟如何，但不论真假，都指向一件事，狄青在不断升迁的过程中，彻底将文官得罪光了，包括梁适，梁适在利用完狄青踢走高若讷后，也绝不肯冒着得罪全部同僚的风险支持狄青。如庞籍所想，狄青在汴梁毫无根基，骤登高位后最大的依仗就是宋仁宗，当宋仁宗圣眷不再后，狄青的结局只有黯然离开庙堂。离开汴梁的狄青，身体健康迅速恶化。

史载：明年二月，疽发髭，卒。帝发哀，赠中书令，谥武襄。

狄青死了，但狄青的故事才刚刚开始。苏轼曾经记录过一件非常有意思的事情：

狄武襄公者，本农家子。年十六时，其兄素，与里人失其姓名号铁罗汉者，斗于水滨，至溺杀之。保伍方缚素，公适饷田，见之，曰："杀罗汉者，我也。"人皆释素而缚公。公曰："我不逃死。然待我救罗汉，庶几复活。若决死者，缚我未晚也。"众从之。公默祝曰："我若贵，罗汉当苏。"乃举其尸，出水数斗而活。其后人无知者。公薨，其子谘、咏护丧归葬西河，父老为言此。元祐元年十二月五日，与咏同馆北客，夜话及之。眉山苏轼记。

狄青少年时，其兄狄素与村里一个叫铁罗汉的人争执，狄素把人打落水中，溺死，村里的人要把狄素抓走，狄青站出来给他哥哥顶罪，但狄青也提出一个要求，让他去捞铁罗汉，如果铁罗汉真死了，他偿命。铁罗汉没死，这事就揭过去。狄青于是在心里默念如果他朝能富贵，铁罗汉就该活过来。狄青下水把人救上来以后，铁罗汉果然活了。但这件事狄青从来没跟他的孩子说过，直到去世以后，狄青的两个儿子送狄青回乡安葬，他家乡的父老才把这件事讲给狄青的儿子。

如果仔细探究，这件有些神话色彩的故事，多半不是真的，原因在于狄青脸上有金印。"金印"是中国一个古老的刑法，正规的名字叫"黥"，意思是在犯人囚徒脸上刺字，虽然肉体伤害不大，但面带金印者，大家一看都知道这人曾经是犯人。就像雨果《悲惨世界》里拿着黄色证明的冉阿让，大多数的旅店与人家是不收留他的。因此，“黥面”对人精神的伤害极大。狄青在定州的时候，虽然贵为总管，但一个妓女都拿狄青脸上的金印找乐子，《默记》上写：妓有名白牡丹者，因酒酣劝青酒曰：“劝斑儿一盏。”另外，狄青富贵后，宋仁宗也多次劝狄青洗掉金印，但狄青却说：我之所以留着金印，是想让天下跟狄青有相同际遇的人都知道，国家是可以不计前嫌重用他们的。

这些事都可从侧面说明，狄青早年曾犯国法，因此脸上被刺字，《宋史》中关于狄青早年的记录很少，或许正是那次狄素误伤人命，狄青顶罪才让他脸上留下了金印。但在狄青身后，狄青如何被刺金印的记录却在民间的记录中被抹除了，只是单纯地把这一行为解释为狄青的家乡父老为狄青遮盖早年丑闻，并不能完全解释其他地方为什么也一致选择为狄青遮掩脸带金印的事情，在戏文评书中，狄青为武曲星降世临凡，只因在下凡时与文曲星嬉闹，互相换头玩，狄青这个武曲星顶着文曲星白皙俊美的模样出生了，而文曲星包拯因为长了武曲星的脸，出生后差点没让家人给弄死。其后，狄青征讨西北，一十八国看狄青貌美，争相招赘。在这些故事中，甚至还将兰陵王的故事移植到了狄青身上，说狄青因为长得太好看，每回上阵都戴着狰狞的鬼状面具。

民间为何如此忌讳谈论狄青脸带金印的过往？历史留下的记录中没有给出答案，不过从历史记录的文字外，或许还是可以找到一些答案。

历史上有一个人的处境与狄青颇有类似的地方，那人叫安禄山。历史课本中的安禄山是安史之乱的始作俑者，也是导致唐帝国由盛转衰的罪魁祸首，但在当时河朔百姓的眼中，安禄山、史思明却是圣人。《新唐书列传五十二》记载：俗谓禄山、思明为“二圣”，弘靖惩始乱，欲变其俗，乃发墓毁棺，众滋不悦。《资治通鉴》记载：魏博节度使田承嗣为安、史父子立祠堂，谓之四圣。

张弘靖到了幽州听到当地百姓称安禄山、史思明为“二圣”，于是把安禄山的墓给刨了，导致百姓心中不悦。魏博节度使田承嗣更为拉拢人心，把安禄山、史思明的儿子们也算了进来，建了四圣祠堂。

为什么会这样？在后世中被称为贼的人，在当时却被称为圣人？底层世界就这样黑白善恶不分吗？当然不是，底层如此的选择，归根究底还是被唐帝国逼成的不得已。李唐王朝建立后，主要依靠关陇贵族集团与关东世家门阀治理天下，在当时出现了“五姓七望”的说法，即陇西李氏、赵郡李氏、博陵崔氏、清河崔氏、范阳卢氏、荥阳郑氏、太原王氏。这五姓七望可比《红楼梦》中所谓的贾史王薛“四大家族”厉害得多，贾史王薛不过是保官儿平安，五姓七望直接主宰谁可以当官。在唐初战乱消弭以后，社会阶层流动直接固化，大量底层知识分子与底层百姓失去了晋升道路。唐诗中的边塞诗，固然是中华文化中无可替代的诗歌类比与高峰，但这边塞诗的背后却是高适、岑参等无数将士的血泪。他们就不想去长安当官吗？比如李白，李白作为一只骄傲的大鹏，就因为商贾家庭出身，多少次低下自己的头颅，写出“生不用封万户侯，但愿一识韩荆州”之类肉麻的话语。

唐帝国不能给底层上升通道，底层便用脚投票，前往边塞，最终酝酿出变革唐帝国的安史之乱，安史之乱后根据《唐会要》记载，唐代宗时期宰相十二人，除了最终当了皇帝的李适，其中出身世家门阀的有 4 人，出身庶族寒门的 2 人，进士出身的 6 人。底层世界用血换来了世家门阀的影响力大幅降低，而到了唐末底层世界的私盐贩子黄巢彻底将世家门阀送入历史尘烟。

千年后，人们越来越醉心于唐帝国的强盛，当时人们的苦况逐渐就被遮蔽了，杜甫“三吏三别”中的唐帝国与人们津津乐道的唐帝国成了平行世界，安禄山作为唐帝国的头号反贼，名声自然一落千丈。狄青是幸运的，他不是赵宋王朝的反贼，他从基层的贼配军一路走上赵宋权力核心圈外围，充满正能量的故事让他躲过了后世的非议与争论，化身为底层世界望向远方的一抹亮光，即便这亮光与历史上的狄青毫无关系。

底层怀念狄青，与狄青有什么关系？

底层的世界固然是酷烈的，却也是极端单纯的，他们真的相信付出就应该有收获。他们有错吗？而韩琦、文彦博他们又有错吗？作为接受儒家正统教育的士大夫，他们入世的使命就是致天下太平。

若是都没有错，那是谁错了？

又或许他们都有错。底层世界看不到这个世界的逻辑与规则是不断变化的，士大夫们也看不到底层世界的酷烈。

那又是谁让他们都错了呢？

爷爷的身后是蛙声

1

石岱一直觉得爸爸这话是对的，童年有了爷爷的存在，就有了辽阔，也有了厚度。

爷爷从来就是爷爷的样子，从古及今，都是一个样，他是所有童年的爷爷，衣着朴素，一定是黑的装束，衬着额顶渐已稀疏的白发，这样反差出来的慈祥，就像一个呼兰河作家写的爷爷，眼睛总是笑盈盈的，爷爷的笑，常常像孩子的童真似的。

这爷爷是为一个民族定制的，无论哪个朝代，这爷爷都从历史的街道上走出来，走进巷口的随意一家。

爷爷也常走进石岱城里的家，那是一栋专科学校筒子楼最里面的一间房子，长长的过道，即使白天，也如幽深的隧道，黑乎乎的，使石岱从小就知道了这像羊肠子一样的隧道真的是要像真理一样艰难蜗行、摸索。

爷爷常是在早晨，石岱还未睡醒，梦中飞满星星的时候，就从老家骑着脚踏车，五十里的路程，一路摇摇摆摆地来了，就如车子也喝了二两酒。

爷爷老了，在乡下就睡不着，他梦见了三岁的孙子石岱，光着屁股哭。天不明，就推起了脚踏车，黑皮革的提包挂在脚踏车的车把上，偏腿上车，就到了村外的庄稼地里。

爷爷到城里去，是从不空手的。这就如仪式，要有内容，要庄重。爷爷觉得手不空，心也就安妥不空，爷爷的慈祥是有内容的，慈祥也不空。

在乡下的晚上，爷爷在油灯下跟奶奶说，明天去城里，那时候奶奶被油灯投射到墙壁的剪影就扭动了一下，好像膨胀了，炸开了，剪影的眼睛一下也亮了，明了。

奶奶问："拿点啥？"

"拿点啥？城里稀罕啥？"

爷爷一到庄稼地，爷爷觉得这都是城里稀罕的，恨不得将平原都打包，节气快到小满了，楝子紫色的花开了，晨明时候，太阳未出，星星半隐，空气就清冽干净。爷爷到了麦田，那些麦穗饱鼓鼓的，像隆起怀的怀孕女人，一脸福气，一脸内容，虽有些许的倦怠，但整个麦地有了气势、有了阵仗。

爷爷把脚踏车放在水渠边，他要掐些麦穗头，看哪个麦穗头骄傲，挺着胸脯，爷爷就手不容情地掐，只有骄傲的麦穗才配去城里，才有资格。

爷爷掐了十几穗麦穗头，手就绿了，然后用长长青青的麦秸秆往麦穗的脖子一捆一扎，他准备给石岱烤燎麦。爷爷说，小孩要土养。

这燎麦，城里的童年哪见过？就是将麦穗头掐下，整整齐齐地捆成把，在地头找些柴草、柴棒燃火，将麦穗来回在火上燎，有了熟后的香气，就将烤糊的黑黑麦壳搓去，就是“燎麦”了。

这“燎麦”有一种特别的味道，有点糊，有点焦，还有点面筋，香甜里伴着丝丝的烟熏火燎味，要的就是这个味，手把麦粒往嘴里一赶，满腮帮子的芬芳，鼻子尖都溢出香来。

吃燎麦看时机，楝子开花吃燎麦，吃蒜薹，早几日晚几日都不行。楝子就是黄壤平原里的苦楝子树，是温度计，开紫花，甜津津的，楝子开花时的麦粒是青色的，麦仁刚成型，才浑圆才饱满，虽青涩，但还没有变硬，吃起来劲劲的软软的，入口，是清纯的香，麦子在火燎过之后那口感会别样，而且经过火烧之后，没有了麦芒，搓麦子的时候不用担心扎手了。用手揉燎麦时，两只手来回倒替，上上下下，或顺时针或逆时针，正三下反五下，那些手心里的麦穗是圆心，稍稍使劲，几下子就把麦壳搓掉，边搓边鼓起嘴“噗、噗”地吹气，那些麦糠走了，瘪的麦粒走了，留下的是黑黑肥肥青青的麦粒儿了。燎燎麦，爷爷的火候拿捏得准，麦穗头或近或远，离火近了，火太热情，离火远了，火就少了情分，关键是适中。

爸爸小时候，经过一个冬天的枯黄，到了春天的青翠才能吃燎麦，那时真是解馋，有时在麦地边，爷爷还未搓完麦壳，爸爸就迫不及待地把麦粒捂进嘴里。有时麦秆的烟灰弄得一张小脸是黑一块白一块，如戏台的花脸獠牙。爷爷说烤燎麦时，爸爸一直不移不舍地蹲在火旁边，火光照在爸爸的小脸上，眼睛是亮的，馋虫就爬在嗓子眼儿上。

爷爷带给石岱的燎麦，是童年第一次感受到的泥土味，他吃得津津有味，细碎的小牙嚼着，满腮都是舌头动，满腮都听见肠子蠕动的响，最后手心是黑的，鼻头是黑的，嘴巴也是黑的，就连牙齿也成黑的了。

他问爷爷，爸爸小时候是到地里去吃燎麦吗？

爷爷说，是。有时爸爸走在地里的田埂上，就像一条鱼。

石岱跟爸爸回过老家，但很模糊，石岱在城里曾问乡下爷爷，老家远么？能坐汽车么？

爷爷说，坐汽车可以到，骑脚踏车也可以到。爷爷说田野很大，人在田野里就像蚂蚁，这样的话，石岱感到很沮丧，石岱在楼下看过雨前的蚂蚁，一个砖块对蚂蚁就是喜马拉雅山脉，那一个蚂蚁看麦穗还不就是原始森林？

爷爷说，他也是一棵庄稼，也长在地里。爷爷说庄稼人庄稼人，庄稼是人，人也是庄稼，老家的那些人谁不是庄稼，各式各样的，有麦子，有棒子，有豆角，有花生。爷爷一谈起田野，就很有劲，小时候，石岱觉得爷爷木讷，就是喝酒成了表达，爷爷来的时候，口袋里揣个锡制的咂壶，咂壶里灌着酒，他看着石岱，就不知不觉喝一口，爷爷半下午走的时候，也是不知不觉地喝着走了。

爷爷走的时候，石岱从二楼看下去，爷爷的影子很小，石岱觉得爷爷是一个麦粒，走到了天地间的田野里了。

2

爷爷到城里来，不是置办东西，村里的人，有时也到城里找爸爸，借钱买化肥，或者是上学的事，他们一见到石岱，就问回老家不？

石岱觉得在那些人的人眼里，好像有一块灰蒙蒙的土地。但石岱感觉爷爷眼里的土地慈祥宽博，爷爷每次来城里，都会有一些新奇的，石岱不知道的土地的秘密。爷爷说村北的沙河，到了麦子快熟的时候，那些老鳖就爬上河岸，在麦垄里把蛋下在一个个的土坑里，然后用沙土埋上。

这天，爷爷给石岱带了一个罐头瓶，那罐头瓶里有几只蝌蚪，爷爷说，水是沙河里的，真清澈。这使石岱感到新奇，那些蝌蚪，在罐头瓶里，就像是蓝天的鸟，自在飘逸，小尾巴就像翅膀扫来扫去，蝌蚪是透明的，如绸缎的尾巴更是透明，石岱把罐头瓶放在窗台上，这水有着河流的气息，就像截断了一段故乡的河流。

石岱有时捧着罐头瓶看，他问妈妈，蝌蚪是否是一家人？是否是一个班的？

石岱想到了幼儿园，这就是透明的幼儿园。他给妈妈说他要把罐头瓶带到幼儿园去，他用手摸摸小蝌蚪的尾巴，滑滑的。

他问妈妈，人的尾巴呢，可以借蝌蚪的尾巴吗？他在幼儿园要演大灰狼，老师说要石岱在家里做一个大灰狼的尾巴。

石岱把罐头瓶里的蝌蚪带到幼儿园，那些小孩都很兴奋，崇敬地看着石岱，经过石岱的允许，才可以把手指伸到罐头瓶里，用手指肚轻轻触摸蝌蚪，有的小朋友心急，一下子把罐头瓶弄翻了，蝌蚪随着水跑到地板上，尾巴蠕动，争先恐后地爬。大家小心地把蝌蚪弄到罐头瓶里，然后跑到水管那里，再用水把罐头瓶灌满，但石岱觉得水管里的水，比家乡的河水少了些灵气。

老师进来了，笑着把罐头瓶和蝌蚪端到讲台上，老师讲起小蝌蚪找妈妈的故事，放学的时候，老师唱起歌，小朋友们唱起歌，那些蝌蚪也如音符一样在水里唱。

老师也是农村的来的，从平原里来，老师说，这是一群来自远方的蝌蚪，是从乡下到城里走亲戚。大家就把他们当成农村来的小朋友。

老师说，不可思议的事在后头，这些小蝌蚪尾巴没有了，就会从罐头瓶里跳出来，那时，就会有蛙声。老师说了句：听取蛙声一片。

石岱知道，这蝌蚪和爷爷联系着，有一天早晨，石岱醒来，看窗台的罐头瓶，那里的蝌蚪全跳走了。那是一个个的小青蛙，走了，在石岱的梦里，一声招呼都没打，走了。

秋天了，爷爷又来了，这次爷爷鼓囊囊的皮革包里，用报纸包着一大堆茅根。

石岱小时，有一件可怕的事，就是爸爸鼻子常出血。爸爸在学校的讲台上为学生上课，声若洪钟，震得窗玻璃嗡嗡响，一激动，那热血就从鼻子喷涌而出，就如家乡的河流。那些年，生活重负，前程渺茫，爸爸就很压抑，那些头发根根直竖着反抗，如铁丝，倔强，也如乱草。

爸爸一流血，石岱就拿纸给爸爸塞鼻子，有时爸爸用脸盆盛冷水，水击额头，那鼻子的血就止了。

爷爷说，这是家族的遗传，家族男性年轻时候，都有一段鼻子出血的毛病。中医说这样的家族血热，好冲动，一遇到事，怒发冲冠是小事，而是血冲于顶，很多的事不计后果，也可能惹出祸端。

流血的次数多了，爸爸的身子骨就像一张剪影那么薄那么细，一有风，好像能吹折叠过来。于是爸爸就求医问药，看西医看中医，化验血，忌口。折折腾腾，反反复复。

爸爸夜里就失眠，说胡话，一天夜里，爸爸说他回到了田野里，搂着麦子，睡得真甜。爸爸好想像个动物一样能冬眠，睡在树洞里或者土层里。

爸爸应该算半个农民，从平原考学到城里，就如一棵草种子，落在水泥地里的缝隙间，长得病病恹恹。暑假，爸爸领着石岱在操场玩，放假后，没人来往的操场，野草疯长，爸爸隐身里面躲猫猫。

爸爸说，在草丛里比在讲台上舒服。

爸爸说他梦里时常回老家，从一个房檐飞到另一个房檐，在草地里和羊一起吃草，那快活是真快活，有时骑着一棵草也可以飞翔。

一天爸爸从医院回来，拿了一些中药，爸爸说这都是草，都是乡下泥土里长的，爸爸拿起一味中药塞到石岱嘴里，那药甜丝丝的。

第二天，石岱偷偷在中药包里抓了一小把带到学校，都是一些一截一截的草，他神秘地分给小朋友。一会儿，老师发现了，从石岱手里没收，老师走到讲台上，把那些白白的一节一节的草拿在掌心，对着阳光看。

老师问石岱：这是什么？

石岱摇摇头。

老师问：从哪里来的？

石岱说，爸爸吃的。

这是白茅根，爸爸还在药店傻傻地买，没过几天，爷爷来了，带来了一提包的白茅根。

爷爷在平原里打听到一个偏方，用鲜茅根治鼻子出血，比药店的干茅根好百倍。爸爸在图书馆找到一本《本草》，那书上画着茅根，下面有文字：

白茅根味甘性凉，中空有节，最善透发脏腑郁热，托痘疹之毒外出；又善利小便淋涩作疼、因热小便短少、腹胀身肿；又能入肺清热以宁嗽定喘；为其味甘，且鲜者嚼之多液，故能入胃滋阴以生津止渴，并治肺胃有热、咳血、吐血、衄血、小便下血，然必用鲜者其效方着。春前秋后剖用之味甘，至生苗盛茂时，味即不甘，用之亦有效验，远胜干者。

就是那天天刚半晌，爷爷来了，这次爷爷没有骑脚踏车，爷爷的手被纱布包扎着，爷爷是坐乡下通往城里的汽车来的，五块钱的车票。

天凉了，爷爷用白纱布包扎着右手，戴着褐色的农村老头常戴的羊毛制成的棉帽，摇摇晃晃地走来，七十岁的爷爷来了，石岱觉得爷爷好像随时就能倒下。

偏巧，爸爸出去应酬了，爷爷就在家里的沙发上躺着，爷爷更木讷了，就如一穗秋后的庄稼。但爷爷最后还是说一句，要石岱春节回老家，爷爷说春节老家有龙灯。

爷爷嘴里的龙灯很壮观，那龙有十几节长，十多个壮男人舞着呼啸着，在平原的夜里，龙灯的眼睛是用红蜡装饰的，每一节龙的身子里，也装有红蜡，在春节的夜里，天是瓦蓝的辽阔，那龙灯就是星星，在瓦蓝的布上上下左右地滑动。

爷爷说舞龙灯的时候，十里八乡的小孩跟着大人来，男人女人、老人孩子，兴奋地嗷嗷叫，那人潮就是庄稼地，起起伏伏的水流，禁锢了一个冬天，各种欲望在龙的旗号下涌动。

爷爷说的龙，是黄色的，是白棉布染色做成的，白棉布，是平原的人种的棉花，经过纺线织布，染坊染色，用竹节捆绑就成了龙。

爷爷说七月十五也舞龙，那时要秋收了，人们在河边舞龙，那些成群的萤火虫，就扎到龙的身子里，跟着飞。天黑了，龙灯引诱着萤火虫，那萤火虫就飞到舞龙人的胳膊上、肩膀上、头发里。

石岱没见过萤火虫，他求爷爷下次带一个，爷爷说，这要讲节气，这时要冬天了，一切的蠓虫都会蛰伏，要到来年的夏天，萤火虫才来。

爷爷曾给石岱带来过蝈蝈，那是装在秫秸编制的笼子里的蝈蝈，石岱把这蝈蝈挂在窗户上，这蝈蝈嗓门大而长，叫起来，一刻也不歇息，一气能叫二十分钟，蝈蝈叫的时候，石岱说是铁在敲，他的词汇里没有金石这个词汇。

爷爷的蝈蝈不是从集市上买的，是爷爷在正午时候，蹲在大豆地里，屏住呼吸，小心翼翼亲手捉的。

爷爷也说非正午不可，太阳越毒，蝈蝈叫得越起劲，哪个蝈蝈叫得嘹亮，那是比试出来的。爷爷说，蝈蝈的耳朵灵，你一走近它，它马上就噤声闭口，逮蝈蝈，不能怕热，在蒸笼一样的大豆地里，还得把鞋子脱了，悄悄地，不能把豆棵趟响，腿悄悄抬，悄悄落，凭声音估摸蝈蝈的距离，然后蹲在豆地里，看准了蝈蝈，或者用鞋子，或者用双手合十，要捂住蝈蝈，又不可太紧，伤了蝈蝈的肚子、大腿。爷爷说，旧时有大户人家养蝈蝈，能养到下雪。

一只蝈蝈能换一头牛。大户人家听的就是那个天籁之音，在秋夜，在冬夜，一片静寂的平原，特别是下雪，一声蝈蝈叫，就是心头的一派绿意。

爷爷也喜欢听蝈蝈，爷爷说晌午头儿，在门楼下的躺椅上一躺，把蝈蝈笼子挂在梁上，听蝈蝈像村里的娘们吵架，高一声低一声。

石岱的蝈蝈在家里没叫几天，他天天喂他们金瓜花，在校园的野地里找，谁知夜里蝈蝈咬开了笼子，蝈蝈投奔自由去了。

爸爸从外面应酬回来，爷爷要回老家了，当时的石岱一家只住一间房子，爷爷到城里来，因住处的狭小，爷爷总是匆匆来去，从不在城里住，这次爷爷送白茅根，也就等着儿子，要儿子送他去车站，见石岱爸爸回来，鼻子冒血还去应酬喝酒，爷爷就嘟囔了一句，要命不？

爷爷走了。爸爸用脚踏车送爷爷，爷爷坐在后边的车椅上，石岱坐在前面脚踏车的横梁上，祖孙三代，血脉流转。

在路上，爷爷还是那句话叮嘱爸爸，鼻子出血，以后少喝点酒，要照顾好石岱……

爷爷坐汽车走了，石岱听爸爸说，乡间小站在村头，下汽车后，爷爷还要步行二三里的路程才能到家。爸爸问石岱，你能看见爷爷下车走路吗？

石岱一脸茫然。

爸爸说他能看得见，在初冬的寒冷薄暮中，爷爷摇摇晃晃地走着。空旷无垠的荒野上，黄土的道路蜿蜒曲折，一位头戴黑羊绒帽子，用纱布包着手的孤独老人，渐渐融进平原那片暮霭中……

爸爸在送爷爷去车站的路上，才详细知道前些日子，爷爷因雨天路滑跌了一跤，手指红肿疼痛，可爷爷还是坚持着在沙河的河坡上，用刨地瓜的抓钩，刨了茅根送到城里。

爸爸说他能看到爷爷在河坡上，就是一幅木刻，霜天里，70岁的爷爷，为了治愈家族的遗传病——鼻出血，在沙河的河波里找出白茅根茂盛的地段，一件棉袄，一顶帽子，爷爷一下一下甩着抓钩为儿子刨着煎药的茅根，露出松软的黄壤上，茅草一片金黄……

晚上，爸爸用水管把白茅根反复冲洗干净，用砂锅煎，爸爸嘴里嚼着茅根，像一只羊，也随手塞在石岱这只羊羔嘴里。

3

石岱四岁那年秋天，爸爸到北京大学进修，爸爸在未名湖边给石岱写信，问爷爷去城里看没看石岱。

爸爸在信里写了北京大学校园里也有卖烤地瓜的，爸爸说，那烤地瓜香甜，在信纸上，问石岱是否能闻到？这信是妈妈读的，妈妈让石岱趴在信纸上闻一闻。

爸爸说，北京也是个有乡村味道的城市，也有蝈蝈、鸽子，也有豆汁、油条，爸爸说，他在一个胡同里，看到一家卖红烧羊头的店铺，爸爸馋得口水出来，但没舍得买一个，爸爸当时的一月工资才五十块钱。

爸爸写信特意写到羊头，石岱知道这是爸爸羡慕石岱每月可以吃上羊头，因为爷爷每月都会到城里给石岱送羊头。

平原深处家乡里的羊肉锅，是乡村的热闹所在，爷爷早早给人说好，留下羊头，两块钱一个。半夜时分，用羊肉锅把肉和羊头煮好，码在一个大铁盆里，然后倒进高汤，这时很多的闲人来到羊肉锅前吃羊杂碎和羊头，不吃的，就挤在那，听人们聊天，闻着香气。

那是乡间的美味。红烧的羊头从锅里热腾腾地捞出，用笊篱或是铁叉子一挑，然后扔到盆里，当的一声回响。

吃夜食的人，就蹲在羊肉锅前，也不怕烫手，撸起袖子，捧着羊头，先啃腮颊肉，然后掰开下巴骨，就露出粉红的羊舌和羊舌根上的疙瘩肉。

然后是眼珠，爷爷说一个羊头六两肉，羊瘦不瘦眼，眼的眼窝都是肥油，一口吃下，满腮流油，香而不腻。

最后是压轴——吃羊脑，这是技术活，一般的人掰不开羊头，只能望羊脑而兴叹，很多的笨人要用锤子敲开羊的脑壳，但爷爷可以徒手，爷爷能看着羊头脑门上的纹路，那是正中的一道裂缝，爷爷用手抠着那纹路，只轻轻一掰，羊头从脑缝中间轰然大开，羊脑就呈现出来，白生生，饱鼓鼓，软乎乎，像一朵花的蓓蕾。吃羊头，关键是羊脑。羊脑可以吸，可以啜，可以喝，那是一种奶状的美味，香、糯、软、滑。这是大补，这也是爷爷每个月给石岱送羊头的原因。

爸爸到北京读书半年后的冬天，爷爷病倒了，石岱和妈妈到镇上的医院看爷爷。爷爷的样子变了，嘴角斜了，眼角也斜了。爷爷不会说话了，他看着石岱，双眼就流出泪来。

医院的后面不远，就是爷爷为石岱捉蝌蚪的沙河，有很多的芦苇。

给爸爸拍电报，第三天爸爸才赶回来。

那时，爷爷正输液，睡着了，爸爸趴在爷爷的枕边哭，爸爸跪在爷爷面前，石岱觉得爷爷会死掉，爷爷再也不会到城里去了，爷爷的黑皮革提包，会一直空空荡荡下去。

石岱没见过死亡，他想到的是蝌蚪变成青蛙，它们蹦出了罐头瓶，罐头瓶成了虚空，石岱想到蝈蝈笼子，蝈蝈咬开笼子走了，爷爷也会走了，爷爷走了，平原就空了。

隔了一些日子，村里的人把爷爷从沙河边的乡村医院抬回家，家里门上，用被子挂了个门帘，阻挡外面的冷风。屋里燃着一个煤炉子。

这是爷爷平时居住的堂屋，堂屋的墙上，有爷爷的一幅画像，画像中的爷爷是笑着的。

那是一年前，有串乡走村的画家见到爷爷。

“老先生高寿？”

爷爷说：“七十一。”

“哦，七十一，眼也不花，耳不聋，福气。”

爷爷说：“牙都掉了，不能骑脚踏车了，光跌跤，人老了，没用了，要死了。”

“老先生，留下个念想，给子孙留下个念想。”

爷爷就坐在院子里，端端肃肃，让画家画了幅画像。

年关越来越近，不知怎么，爷爷有一次躁动着拔掉了输液的针头。大家害怕，家人就按住爷爷的手，其实当时爷爷已经虚弱得没有什么力气了。

爷爷走了，因为怕火化，在家里偷偷停了三天，在腊月25的夜里，悄悄地埋掉了。

石岱记得，爷爷的棺材先是被装在一辆地排车上，沿着一条路，走到了平原的深处。

石岱觉得爷爷是真的死了，在给爷爷入殓的时候，乡村的木匠，要钉死棺材扣，这时爸爸拿了两瓶酒塞到爷爷的棺材里，在大家的错愕中，爸爸跪在棺材前。

“爹，您在那边，慢慢喝吧。”

这时院子里，都是一些街坊，他们烧纸，奠酒，磕头，然后洒泪，红着眼睛来来回回。

不能有吹鼓手，不能有喇叭唢呐，只是搭起了灵棚，只是门前的白幡、灵棚前的白对联：守孝不知红日坠，思亲唯见白云飞。

石岱看见灵棚隔着的堂屋爷爷的画像，画像的爷爷是笑的，石岱见到棺材合上了，爷爷睡的床空了，棺材把爷爷装下了，就像蝈蝈的笼子。爷爷会弄开棺材像蝈蝈逃出笼子吗？

石岱总觉得爷爷的手能弄开那棺材，爷爷的手很硬，瘦硬，劲健，爷爷常用他的手抚摸石岱。

爷爷下葬的时候，石岱听到了青蛙的叫。

这青蛙的叫跟着石岱从平原到了城里，他给爸爸说，听到了青蛙叫，爸爸说，冬天哪有什么青蛙？

但石岱确实看见了青蛙，那是沙河里的青蛙，它们趴在岸边，有绿的，有红的，也有橙色的，它们的叫声如河水起伏荡漾，那些青蛙的肚皮是白的，鼓着腹，除掉腮边的气泡是白的。它们没命地叫，用叫来证明自己，确证自己，平原里的一些生灵，只有呼喊了，才能证明它们存在过。

石岱知道，爷爷的罐头瓶曾装着的就是这些青蛙，爷爷中风后，不能言语，石岱看见，爷爷变成了青蛙，这是爷爷最后的表达，石岱从平原回来，在夜里，他一直闹着，青蛙叫，青蛙叫。爸爸说，讲个故事睡觉。石岱说，爷爷是青蛙，他说，他看见了爷爷的嘴大张着，而眼睛也是张着的，胸膛一鼓一鼓的，是那样大叫，好像有无穷的没有表达的事情，是撕心裂肺，是叫破喉咙，呕出血丝地叫。

爸爸心疑石岱是否在爷爷出殡的时候，丢魂了。就折身到楼下的路口，在十字路口抓了一抔土，叫着魂来，魂来。

石岱睡着了，但他一直觉得爷爷变成了青蛙。

石岱大了，从幼儿园到了小学，再没人踏着脚踏车给他送燎麦、蝈蝈，再没有红烧羊头从平原深处来，好长时间，平原空了，爷爷空了，连一些与爷爷相关的符号也没有了，比如黑皮革提包，蹒跚下楼的影子，爷爷是什么？爷爷是这些符号吗？

爸爸回老家给爷爷过头七，回来时带来了爷爷的画像，爷爷也离开了平原了，爷爷的画像不会骑脚踏车，石岱听爸爸说，爷爷死后，埋在泥土里，三年五年慢慢就成了泥土的一部分，慢慢地爷爷就消失了。肉没了，骨头没了。

几年后的一天夜里，石岱又听到了青蛙叫，那是半夜，爸爸妈妈都睡熟了，都起了鼾声，如沙河水，漾着波，那鼾声里，有泥土的腥味。

石岱看见了墙上爷爷的画像，渐渐成了田野、沙河、一些树，还有脚踏车，石岱看到了金黄的茅草。

石岱睡的床，也像是田野，他就如一个麦穗，随着风摆来摆去。月亮爬了老高，在窗户上，像是夜的眼。

突然，石岱从床上爬起，他跳下床，又爬上椅子，他去触摸爷爷的画像，他看见爷爷的嘴张开了，像青蛙。

学校开始叫学生写作文了，这是小学第一次写作文。石岱写道：爷爷带着平原来，他的黑皮革提包装着平原到城里，爷爷的身后是一片蛙声。

活着并要讲述：司马迁

有时死是容易的，引颈就戮，引刀一快；但活的煎熬，被时间的锯齿磨盘和汤锅鼎镬，慢慢锯磨成粉末，熬成汤汁，身居其中，那种苦楚、委屈、悲戚、隐忍，非大人格莫为。

那是一种怎样的体验？

司马迁有自己的记录，他在《报任安书》中说了这样的体验，这是一份非虚构的报告单，“是以肠一日而九回，居则忽忽若有所亡，出则不知其所往。每念斯耻，汗未尝不发背沾衣也！”这耻，是男人在世间行走最大的耻辱，宫刑。他的人生断裂了，身体发肤受之父母，但父母给他的完整肉体，破碎了。作为一个人，他，男也？女也？这比“魂一夕而九逝”的屈原，有着更深的灵魂之痛。

“耻辱中绝无慰藉，除非摆脱耻辱”，司马迁接受了耻辱，走向了更深广的悲凉，他扯下那些道貌岸然者的底裤，把那些流氓、那些无耻和不义钉在了耻辱上，而把那些屠狗辈、引车卖浆者之流的英雄气，重然诺的契约，完整地呈现给历史。

我觉得《史记》是司马迁的复仇书，是那些无耻者的铜柱，是一座地狱与坟茔，而对司马迁则是黄金碑铭。

读《史记》读出的慷慨悲歌，一在《刺客列传》，一在《报任安书》和《太史公自序》。这是司马迁的《天问》与《离骚》，也是他的《国殇》与《九章》。

读这样的文字，在两千年之后，我们还能感受到那种如铸铁般刺向你骨髓的力度，在你的肉身和灵魂激起回响。他的文字是史书里的异类，是前无依傍，后无来者的绝唱。是血的文字，也是骨的文字，是铜铸铁打，是星汉灿烂。

他不像后面那些孱头写下的家谱，那些围着皇权的尸骨死骸，唱着赞词的无聊的所谓的史家，涂脂抹粉，虚空伪饰，没有血性，只有天然缺钙的下跪的贱骨。

每读一次《史记》，自己的灵魂就像受了一次洗涤，也像灵魂重入了炼狱，折磨着自己，使自己难以呼吸。

在这一点上，《史记》接通了《野草》《铸剑》《药》《狂人日记》和《为了忘却的记念》。鲁迅的心和文字，是与司马迁和《史记》相通的。

一、雕刻之刀

司马迁的世界是黯黑的，在宫刑之后，世界就这么突兀地断裂。寒意沁身，冷凝砭骨，血管里就如结着冰碴子。环视周遭，人人俯首，在专制的铁拳下，个个胆破，然后算计，举目朝廷，到处都是家奴，真话匿迹，志士潦倒。汉武帝目光扫射的地方，还有什么司马迁的朋友、故人。既无同志，更鲜温情。

但在这里，念一孤人，不服从，不屈志，不折身，不低头，才是尊严的底线。在身心几近崩溃之时，司马迁活着，并要讲述。

在备尝了朝堂的险恶之后，在势利的人群后退之后，司马迁去古代寻找同志，去历史的深处、丑陋的尸骨处鞭笞，不萎畏，握直自己的笔，直道而行，《史记》是愤怒的书，在此你就可以理解了他那灿烂的文字。

这黯黑既是汉武帝布下的，更是从盲眼的高渐离那永恒的黑暗中逸出的，在这种黑夜里，司马迁听到了高渐离的筑声，那是复仇。

是的，那筑是凶器，复仇的凶器。是高渐离永恒的黑暗中复仇的武器，这夜，如墨，青史是墨写的，不错，但在司马迁这里，墨是合着血的，墨会漫漶，血不会。

在黑暗的世界里，司马迁以笔做刀，以刀做笔，他走入了一个苍茫的美学时空，这里面是哲学的，是思想的，也是命运的，是个人的，也是人类的，他透视人性的秘密，政治的秘档，看到了人性的浓黑，也看穿了历史的肮脏。他的文笔支撑起了汉文学的苍穹，他的识见，让后世修史者无颜面对，司马迁的宫刑是无奈的，后世修史者的宫刑是自为自做的，没有了锋芒，没有了批判，没有了修辞立其诚，也没有了文气的奔流磅礴，大气淋漓。

《史记》如一人物的雕塑、画廊，是自己绘制的凌烟阁，这个凌烟阁：暮年的冯唐，雨中黄叶灯下白头；与匈奴大小七十余战，战场的血抵不过私愤口水的李广，只有天问拔刀自刎；将兵的淮阴侯韩信死于妇人之手，想驱黄犬逐野兔的上蔡李斯命断阉人之手；还有狱中猝死之周亚夫；斫断手足，灌哑喉咙，置之厕中，名为“人彘”的戚夫人。其人物之众，命运之悲，衡之世界，有哪一部书能过之，及之？其行文的盘曲郁勃，一肠九叹，满纸悲夫，至今读之，还令人眼泪潸然，刘鹗说《史记》是哭书，这是每个读者都会用泪水可以印证的哭书，不止哭，更能通过纸页，听到司马迁千年之哭从历史的深处隐约传来。

千红一窟，万艳同悲。车裂商鞅、腰斩荆轲、项羽自刎、蒙恬自裁、屈原赴水，吴起中箭如刺猬，白起了断，贾谊呢，屈死，主父偃族诛，张汤被反噬。这些人，活的时候，精彩无限，死的时候，也是惊恐天下。

戚夫人，吕雉，这是我的两位山东老乡，一定陶，一单县，都属于菏泽管辖，在读《史记》的时候，我就常想，这两个菏泽老乡，一个小资，一个却是心狠手辣。戚夫人死后，道教里把她封为厕神，整日与又脏又臭的粪便为伍，这令天下美女何以堪。刘邦死后，吕后令人把戚夫人手脚砍断，熏聋耳朵，灌了哑药，挖了眼睛，最后扔进厕所，命曰“人彘”。“厕神”由此而来吗？和吕后、戚夫人相交集的时空还有一位女性，那就是虞姬，清人《咏古》诗曰：“谁教玉体两横陈，粉黛香消马上尘。刘项看来称敌手，虞夫人后戚夫人。”

这里把戚夫人与虞夫人并列，戚夫人也够难堪，虞姬夫人何等人物，生得灿烂，死得尊严，而戚夫人生得小气，死得窝囊，若是后宫之悲，天下的女人有谁超得过戚姬？

在今定陶，有戚姬寺，也有刘邦登基的官堌堆。我曾到这两个地方巡访，发思古之幽情，还是黄昏，夕阳残照，汉家陵阙。即使刘邦，归为一代天子，但司马迁的笔下，却真实把他的伪装撕去，还原一个流氓的嘴脸，人们说刘邦赢得了天下，没赢得历史。

我的老家濮州（鄄城）在春秋战国属于卫国，《史记》里卫国人物众多，数吴起、商鞅、荆轲、吕不韦最为有名，但这四者，都是影响中国的悲剧人物。

特别是商鞅，鲍鹏山说：商鞅是魔鬼。司马迁在《史记》说他：商君，其天资刻薄人也。

他给秦王提供的是如何驾驭老百姓的驭民术，愚民渔民（鱼肉），而不是裕民，使百姓安居乐业的理论。

那理论可概括为五点：

一是以弱去强，以奸驭良；再则国家只有一种教育，一种声音，没有杂音；三则剥夺个人资产，造成一个无恒产、无恒心的社会；四则辱民、贫民、弱民，不给人自由，打掉你的尊严，践踏你侮辱你，使你活在恐惧中；最后是杀招，发动战争，外杀强敌，内杀强民。

这五种招数，是商鞅的理论的精髓，秦国施行了商鞅的这些理论，最终统一了中国，但是百姓的感觉是：苦秦久矣。于是就有了秦朝二世而亡，其兴也忽焉，其死也忽焉。

商鞅的出发点，是统治者，而百姓只是棋子，只是生产资料，他的民，就是战争机器，生是国家的人，亡是国家的鬼。

司马迁《史记》里的商鞅，是商鞅的A面，而《商君书》里的商鞅，是商鞅的B面，统一起来才完整。司马迁对商鞅是矛盾的，他敬佩商鞅的才干，短短十年间，商鞅使秦国“秦民大悦，道不拾遗，山无盗贼，家给人足，民勇于公战，怯于私斗，乡邑大治”；但最后他自己却在秦国没有了容身之地，落荒而逃，求告无门，世界抛弃了他，朝廷抛弃了他，人民也抛弃了他，末了商鞅被杀死在郑国黾池，后复仇者尚不解恨，他的尸体又被车裂，连白发苍苍的老母，也未能幸免，一个家族都做了殉葬。

司马迁在《史记》里，写了商鞅的最后一幕，这有点悲剧的，又有点黑色幽默。商鞅死在自己制定的律法下：

秦孝公卒，太子立，公子虔之徒告商君欲反，发吏捕商君。商君亡至关下，欲舍客舍。客舍人不知其是商君也，曰：“商君之法，舍人无验者坐之。”商君喟然叹曰：“嗟乎！为法之敝一至此哉!”

历史的钟摆定律又一次应验，这个反作用力，就是作茧者自缚，自己挖的坑自己再用掘出的土埋掉自己，自己选择的路，就是含泪跪着也必须走完。

其实司马迁在“太史公曰”里，说出的商鞅结局，是不值得后世人同情的，因为他“天资刻薄人也”，“少恩”，“卒受恶名于秦，有以也夫!”他的恶名，是他自己挣得的，王充在《盐铁论·非鞅篇》说："斯人自杀，非人杀之也。"这句话，真狠啊，谁杀你了？是你自己杀的你。每个人的墓都是自己建的，涨潮时鱼吃蚂蚁，落潮时蚂蚁吃鱼。

司马迁的笔力是雄劲的，对出卖良知的，无人格底线的，极尽鞭打，从厕中鼠、官仓鼠的李斯身上，我们看到的是唾弃，是鄙视，而对李斯的结局，又抱有深深的同情。

司马迁写人，是后世的楷模，善于抓住细节表现人物的内心。我们看司马迁如何写张仪：

张仪已学而游说诸侯。尝从楚相饮，已而楚相亡璧，门下意张仪，曰："仪贫无行，必此盗相君之璧。"共执张仪，掠笞数百，不服，醳之。其妻曰："嘻！子毋读书游说，安得此辱乎？"张仪谓其妻曰："视吾舌尚在不？"其妻笑曰："舌在也。"仪曰："足矣。"

这是《张仪列传》的开篇，写张仪随鬼谷子学成纵横之术后去楚国游说，结果被怀疑为小偷而遭到一顿痛打。他的妻子就对他说："你要不是因为读书游说，怎么会受到这般的侮辱？"张仪却问妻子："你看我的舌头还在嘴里吗？"妻子笑了，说："舌头当然还在。"张仪也笑了："只要我还有这条舌头，足矣！足矣！"

这个舌头的细节，把一个靠三寸不烂之舌，有奶就是娘，无底线的张仪立在了人的面前，这样的人，口吐莲花，满嘴谎言，大言欺世，靠忽悠，把楚国、把天下玩于股掌之中。

而张汤审鼠，让我们看到一代酷吏张汤的法律天才是从小就具备的。张汤少时，家中存肉丢失，其父以为张汤偷吃，雷霆震怒，鞭笞张汤。张汤受冤无辜，张汤断定此事是老鼠所为，于是掘地三尺，抓住老鼠，找到剩肉，然后升堂审鼠，并且给老鼠写了判决，“传爰书，讯鞫论报”，然后立即执行，当堂处鼠以“磔刑”。一个酷吏就是这样从一个黑色幽默的审鼠细节，登上了历史。

二、路的长途

苏辙在《上枢密韩太尉书》起首一段说：“以为文者气之所形，然文不可以学而能，气可以养而致。孟子曰：吾善养吾浩然之气。今观其文章，宽厚宏博，充乎天地之间，称其气之小大。太史公行天下，周览四海名山大川，与燕、赵间豪俊交游，故其文疏荡，颇有奇气。此二子者，岂尝执笔学为如此之文哉？”

在苏辙心中，太史公的“其文疏荡，颇有奇气”是从田野调查得来的，司马迁的名山大川的壮游与燕赵间豪俊的交往，在苏辙眼里，就是一个写文章者，特别是写史者的最高伦理准则，名山大川涵养文气，燕赵间豪俊涵养奇气。这既是一个漫漫的行旅，也是精神意象。既游且学，从孔子到司马迁到郦道元、玄奘、李白，再到苏轼、王阳明、徐霞客、顾炎武、龚自珍，这是一个清晰的精神链条，并且“游学”一词，就是司马迁的首创，在《史记·春申君列传》里，司马迁写道：“游学博闻，盖谓其因游学所以能博闻也。”

在《太史公自序》里，我们看一下司马迁的自述，“迁生龙门，耕牧河山之阳。年十岁则诵古文。二十而南游江、淮，上会稽，探禹穴，窥九疑，浮于沅、湘；北涉汶、泗，讲业齐、鲁之都，观孔子之遗风，乡射邹、峄；厄困鄱、薛、彭城，过梁、楚以归”。这次长途行走，司马迁从秦地出发，向东方与东南方向游历考察。中华文明早期形成的重点地带均一一行历。依循水系而言，“脉其枝流之吐纳，诊其沿路之所躔”，司马迁“南游江、淮”，“浮于沅、湘”，又“北涉汶、泗”。对于各地文化名城、历史胜迹，则“齐、鲁之都”，以及“邹、峄”，“鄱、薛、彭城”，“梁、楚”等地，均千里寻访。

在《五帝本纪》中，司马迁说：

余尝西至空桐，北过涿鹿，东渐于海，南浮江淮矣，至长老皆各往往称黄帝、尧、舜之处，风教固殊焉，总之不离古文者近是。

《河渠书》中司马迁说：

余南登庐山，观禹疏九江，遂至于会稽太湟，上姑苏，望五湖；东窥洛汭、大邳，迎河，行淮、泗、济、漯洛渠；西瞻蜀之岷山及离碓；北自龙门至于朔方。

王国维《太史公行年考》评价司马迁的出行：“是史公足迹殆遍宇内，所未至者，朝鲜、河西、岭南诸初郡耳。”汉朝所有疆土，他大致都已踏行。还没有来得及实地考察，即所谓“所未至者”，只是“朝鲜、河西、岭南诸初郡”，也就是汉武帝新扩张版图中刚开始经营的“初郡”。

我们设想一下司马迁，他从二十岁开始，去寻访历史的时间，跨越百年，甚至千年，他所在、所经历的此时此刻，是重叠在百年前、千年前的此时此刻，所到达的此地此景，是消散了尘烟的历史现场，是陈迹是旧址，我们在读《史记》的时候，能读出几个时间的维度，司马迁的写作的时间，他有时会在文中出现，表达自己当下的思考、评判与体验，这是他个人的时间，但还有历史的时间，那是化石，是层层叠叠的时间的压缩饼干。黑格尔说：“历史，就是一种隐藏的力量。”司马迁要解密时间里的密码，还原现场。

司马迁最后给我们的是历史的一个固定的时间，是他的定位，是把我们民族的记忆清晰地固定下来，俄罗斯历史学家克柳切夫斯基说：“如果丧失对历史的记忆，我们的心灵就会在黑暗中迷失。”

我们可以沿着司马迁的自然的时间路线，去还原他的苦旅，他的行囊，是母亲还是妻子为他打点呢？在乡下、山中的驿站和客栈呢？是谁帮他收拾行囊？在车上，在舟中，在荒漠，在草地，无数的落日，无数的霜雪，那些灯烛，那些星光，那些雨夜，寻访故老，探寻野史，获得线索，记录故实。

我们还原一下司马迁的时间，也还原一下他的现场。

他二十岁。二十一岁。二十二岁。二十三岁。

司马迁游江淮，到会稽，渡沅江、湘江，向北过汶水、泗水，于鲁地观礼，向南过薛、彭城，寻访楚汉相争遗迹，过大梁，归长安。

我们在《淮阴侯列传》见到司马迁：余如淮阴，淮阴人为余言，韩信虽为布衣时，其志与众异。其母死，贫无以葬，然乃行营高敞地，令其旁可置万家。余视其母冢，良然。

韩信受胯下之辱，司马迁尝的是宫刑，这都是男子在那个时代的耻辱，司马迁同情韩信，也无情解剖韩信："夫乘时以徼利者，市井之志也；酬功而报德者，士君子之心也。信以市井之志利其身，而以士君子之心望于人，不亦难哉！"韩信至死都没明白市井流氓待价而沽，那是你还有价值的时候，而一旦丧失坐地起价的资本，其结果必然是走狗烹。况且建立大功以报答恩德，是有志操学问的君子的胸怀，刘邦何尝君子？只是他比韩信更黑而已，刘邦在打天下的时候没有韩信是不行的；但刘邦取得天下后，只要韩信在，那刘邦哪里能睡得着觉？吕后杀了韩信，司马迁写刘邦"且喜且怜"。"怜"什么？是因为韩信的确有冤屈？刘邦动了恻隐之心？杀韩信，他问心有愧；"喜"什么？长期以来横亘在他心头的一块磐石，终于被搬走了，从此可以高枕无忧于天下矣。

《樊郦滕灌列传》写司马迁：吾适丰沛，问其遗老，观故萧、曹、樊哙、滕公之家。

这些地方，我是熟悉的，就挨着我的老家菏泽的单县一带，从小就听父辈讲樊哙卖狗肉，我也曾到单县寻访，在那片风云际会的土地上，想樊哙一个杀狗卖狗肉的屠夫，和刘邦一样，都是我们菏泽单县的女婿，此人粗中有细，司马迁写樊哙，频繁出现的一个字是“从”，樊哙紧紧跟随刘邦，在鸿门宴中，樊哙最抢眼，《汉高祖本纪》中“沛公以樊哙、张良故，得解归”，《樊哙列传》中“是日微（如果没有）樊哙奔入营谯让（责备）项羽，沛公事几殆（死）”。司马迁认定樊哙在鸿门宴的功劳和贡献远远大于张良。

当刘邦借上厕所想偷跑时，没有礼节上告别，“今者出，未辞也，为之奈何?”

这时候，樊哙又说了一个金句：“大行不顾细谨，大礼不辞小让。如今人方为刀俎，我为鱼肉，何辞为!”干大事不计较细微之处，讲究大节不计较小的失礼。人为刀俎我为鱼肉，没必要辞行!

司马迁还写樊哙的精明，毕恭毕敬迎接淮阴侯韩信，闯禁宫哭谏刘邦上朝理政，无一不透露出这个卖狗肉的屠夫的精明，这你就会明白，为何刘邦最后一道诏命要杀樊哙了吧？刘邦知道自己命不久矣，担心死后无人能够驾驭樊哙，想一块捎着樊哙，黄泉路上还有个伴。可惜，诏命让陈平去执行，而滑头的陈平何其聪明，对吕后的妹夫只作扣押而已。

他二十四岁。

司马迁从武帝巡视至雍，祭祀五岳。获白麟。

他二十八岁。

汉武帝游鼎湖，至甘泉，司马迁以郎中身份侍从。

他三十三岁。

司马迁随汉武帝祭祀五帝到雍，到河东；随武帝回故乡夏阳。

他三十四岁。

冬十月，司马迁以侍中身份侍从汉武帝巡行至西北的扶风、平凉、空峒。

他三十五岁。

司马迁受命为郎中将以皇帝特使身份奉使西征巴蜀以南，到达邛、笮、昆明，安抚西南少数民族，设置五郡。

他三十六岁。

司马迁以郎中身份侍从汉武帝至泰山，又至海边，自碣石至辽西。又经北边、九原，五月回到甘泉；这一年，司马谈卒，五十六岁。

他三十七岁。

春，司马迁随汉武帝到缑氏，又到东莱。四月，黄河决口，司马迁从武帝至濮阳瓠子决口处，与群臣从官负薪塞黄河决口。

他三十九岁。继其父司马谈之职太史令。

冬十月，司马迁随汉武帝至雍，祭祀五帝。经回中道，批出萧关，经涿鹿，从代地而还，经河东回长安。

他四十岁。

冬，司马迁随武帝至南郡盛唐（庐江），望祭虞舜于九嶷山，自寻阳过长江，登庐山，北至琅琊，增封泰山，沿海而行。

他四十一岁。

冬，司马迁随汉武帝行至回中。三月，经夏阳至河东，祭于后土祠；随武帝祭泰山。

他四十二岁。

开始著述《史记》。

他四十七岁。

三月，司马迁随汉武帝至河东，祭祀后土。十一月，李陵战败被匈奴俘虏，司马迁替李陵讲话，被入狱，判死刑。

他四十八岁。

为著作史记而忍辱苟活，自请宫刑。作《悲士不遇赋》。

我们从这一条时间线的每一节点，匆匆掠过，这是司马迁的行进线，在路上的节点，但他不是闲游旅游，不是走马观花，尤非潦草浮光，每一个足迹，都走在《史记》的一个字一个人一个记载上，每一步，都是带着体温的生命，是文化人类学的田野工作。其实，以今天的眼光，我们可以把《史记》的一些章节，看成口述史，司马迁说："余尝西至空桐，北过涿鹿，东渐于海，南浮江淮矣，至长老皆各往往称黄帝、尧、舜之处，风教固殊焉，总之不离古文者近是。"他在传说中的"皆各往往称黄帝、尧、舜之处"，对当地"长老"以口述史学进行记录。

他如一个周朝的拿着木铎采诗的采诗官，到百姓，到巷闾，到贩夫走卒中，与他们喝酒聊天，获得第一手的材料。

在《史记·孟尝君列传》中，司马迁说"薛"地民风自有区域文化个性，于是他"问其故"。《史记·樊郦滕灌列传》中司马迁谓"吾适丰沛，问其遗老"，在《史记·淮阴侯列传》中司马迁说"吾如淮阴，淮阴人为余言"，这些都是司马迁自己的言语的记录，是实地考查访问的笔记。

只有到现场，才能接通古文化的气息，获得那些文化密码，《史记·河渠书》中，太史公曰：余南登庐山，观禹疏九江，遂至于会稽太湟，上姑苏，望五湖；东窥洛汭、大邳，迎河，行淮、泗、济、漯洛渠；西瞻蜀之岷山及离碓；北自龙门至于朔方。曰：甚哉，水之为利害也！余从负薪塞宣房，悲《瓠子》之诗而作《河渠书》。这是司马迁的水上行，在两千年前，凭着一叶扁舟，穿惊涛骇浪，步步惊心，时时有喂鱼腹的风险，在瓠子河决口的时候，司马迁跟随汉武帝参加抗洪抢险，“余从负薪塞宣房”。

汉武帝曾作《瓠子歌》，其中有“瓠子决兮将奈何？浩浩洋洋，虑殚为河。殚为河兮地不宁，功无已时兮吾山平。吾山平兮巨野溢，鱼沸郁兮柏冬日”。

决口的一带，恰是我的故乡濮州，至今父老还谈论瓠子河的事，作为一位雄主的汉武帝，面对黄河的支流瓠子河决口，他的诗里说，瓠子决了口啊，我们可该怎么办？水势汹涌一片汪洋，无数村庄院落被淹！

在《史记·孔子世家》中太史公曰：“余读孔氏书，想见其为人。适鲁，观仲尼庙堂车服礼器，诸生以时习礼其家，余祗回留之不能去云。”孔子是司马迁的偶像，在《史记》十二本纪、十表、八书、三十世家、七十列传中，几乎一半的地方，都出现孔子的信息，他对孔子的评价就是“高山仰止，景行行止”。

司马迁对孔子的喜爱不是口头的，到鲁国去，去孔庙“观仲尼庙堂”。去看“车服礼器”，看留下来的车子啊，服装啊，祭祀的礼器；又看到“诸生以时习礼其家”，呵，那么多的学生按照春夏秋冬来学习礼乐。看到这些的司马迁，“祗回留之”，低头思考，“不能去云”，我不忍走开啊。“天下君王，至于贤人，众矣，当时则荣，没则已焉。孔子布衣，传十余世，学者宗之。”天下有侯者、有王者、有贤人；不管在朝在野，“当时则荣”，在世时候荣耀，“没则已焉”，死了以后没有人记得，德业停了，与草木同朽。但“孔子布衣”，没有官位，“传十余世，学者宗之”，孔子何止传十余世啊，现在人们还在传习，已经快三千年了，世上有哪个家族哪个学说，能如此长盛不衰？于是司马迁赞叹：“可谓至圣矣！”这就是至圣！

司马迁在孔子那里获得精神资源，在屈原、贾谊那里获得灵魂的同调同频，太史公曰：余读《离骚》《天问》《招魂》《哀郢》，悲其志。适长沙，观屈原所自沈渊，未尝不垂涕，想见其为人。屈原是无路可走而投江殉道，这是一个九死而未悔的精神领袖，对司马迁来说，屈原在楚国的孤独，“国无人莫我知兮”，也不肯低头服就的做派，是被司马迁完整地继承了。

明朝凌稚隆《史记评林》上有“子长生平喜游，方少年自负之时，足迹不肯一日休”。司马迁的出游岂是游山玩水“非直为景物役也，将以尽天下大观以助吾气，然后吐而为书”。在《史记》文字中，能读出的是，文字就是地图，就是场景，就是图画，于是刘邦项羽浮动面前，屈原、湘妃遗恨犹存。

“观之，则其平生所尝游者皆在焉。南浮长淮、溯大江，见狂澜惊波，阴风怒号，逆走而横击，故其文奔放而浩漫。望云梦、洞庭之陂彭蠡之潴，含混太虚，呼吸万壑，而不见介量，故其文停蓄而渊深。

“见九疑之芊绵，巫山之嵯峨，阳台朝云，苍梧暮烟，态度无定，靡蔓绰约，春妆如浓，秋饰如薄，故其文妍媚而蔚纡。泛沅渡湘，吊大夫之魂，悼妃子之恨，竹上犹有斑斑，而不知鱼腹之骨尚无恙者乎，故其文感愤而伤激。

“北过大梁之墟，观楚汉之战场，想见项羽之喑哑，高帝之谩骂，龙跳虎跃，千万兵马，大弓长戟，俱游而齐呼，故其文雄勇猛健，使人心悸而胆栗。

“世家龙门，念神禹之大功，西使巴蜀，跨剑阁之鸟道，上有摩云之崖，不见斧凿之痕，故其文斩绝峻拔而不可攀跻。讲业齐鲁之都，睹夫子之遗风，乡射邹峄，彷徨乎汶阳洙泗之上，故其文典重温雅，有似乎正人君子之容貌。”

这文字，真是酣畅淋漓，是对司马迁和《史记》的最好的感性的概括，从这文字感慨中，我们可以悟出，是司马迁的壮游生成了他的文思，生成了他的文字，“凡天地之间，万物之变，可惊可愕，可以娱心，使人忧，使人悲者，子长尽取而为文章，是以变化出没如万象供四时而无穷，今于其书而观之，岂不信矣！”

《史记》也是血写的文字，是蘸着司马迁自己的血，写就的文字，王国维在《人间词话》中曾引用尼采的论点来解说李煜词：

“尼采谓：‘一切文学，余爱以血书者。’后主之词，真所谓以血书者”，其词“俨有释迦、基督担荷人类罪恶之意”。

在王国维看来，李煜的词之所以超越前人而“眼界始大，感慨遂深”，根本就在“以血书者”，这是释迦、基督“担荷人类罪恶之意”的境界。

我们看司马迁和《史记》，同样达到了释迦、基督的境界，如何到达这一境界？王国维在《列子之学说》中说：“释迦、耶稣等等常抱一种热诚，欲以己所体得之解脱观救济一切。”热诚，对自己的事业。所谓的以血书者，在尼采那里，“血”不仅指肉体的血，也指精神的血：“你将体会到，血就是精神。”

司马迁的《史记》是壮游史，是交通史记，是水利史记，是风物记，风俗记，是战争与和平，也是一部呕出精神和肉体之血的灵魂史记。

我们排列的司马迁的时间线，到了他的四十七岁，四十八岁，这是一个生死的节点，因为一个人，因为一个事件——李陵事件。

三、李陵，李陵

在大学的课堂，古代文学老师曾讲李陵的诗：“径万里兮度沙漠，为君将兮奋匈奴。路穷绝兮矢刃摧，士众灭兮名已隤，老母已死，虽欲报恩将安归?”接着诵读《李陵答苏武书》，潸然泪下，老泪纵横，“凉秋九月，塞外草衰。夜不能寐，侧耳远听，胡笳互动，牧马悲鸣，吟啸成群，边声四起。晨坐听之，不觉泪下。”真是千古之悲，字字血泪，千年之下，时闻啜泣。

我们悲李陵之遇，“远托异国，昔人所悲，望风怀想，能不依依！昔者不遗，远辱还答，慰诲勤勤，有逾骨肉。陵虽不敏，能不慨然！自从初降，以至今日，身之穷困，独坐愁苦，终日无睹，但见异类。韦鞲毳幕，以御风雨；膻肉酪浆，以充饥渴。举目言笑，谁与为欢？胡地玄冰，边土惨裂，但闻悲风萧条之声”。

特别是李陵这样的句子：子归受荣，我留受辱。

任谁听到，都会在心里产生巨大的波澜，古今的悲欢是相通的，这透过纸背的悲凉，我们依然能够感受到书信中的李陵的那种“生为别世之人，死为异域之鬼。长与足下，生死辞矣”的自我放逐与无穷怨恨。

但这时，老师自然就联系到了司马迁，就是李陵和李陵事件，因李陵兵败投降，才致使为李陵说情的司马迁下了大狱。

李陵是飞将军李广的孙子，天汉二年（公元前 99 年），贰师将军李广利率领 3 万骑兵出击匈奴右贤王，李陵主动请命带领五千步兵向匈奴出击。在征战途中，李陵遭遇了匈奴单于数万骑兵，在兵力悬殊、退路被截断的情况下，李陵的部队陷入了绝境，最后投降了匈奴人。

李陵兵败传到长安后，武帝本希望他能战死，但听说了他投降的消息，龙颜震怒，那些趋炎附势的僚属们，察言观色，没有敢逆龙鳞的，都纷纷附和汉武帝，指责李陵。这时汉武帝询问太史令司马迁，司马迁根据平时对李陵的观察认为李陵孝顺母亲，忠信朋友，对人谦恭，对兵卒恩信，常常奋不顾身地急国家之所急，有国士的风范。

司马迁说："陵事亲孝，与士信，常奋不顾身以殉国家之急。其素所畜积也，有国士之风。今举事一不幸，全躯保妻子之臣随而媒蘖其短，诚可痛也！且陵提步卒不满五千，深鍒戎马之地，抑数万之师，虏救死扶伤不暇，悉举引弓之民共攻围之。转斗千里，矢尽道穷，士张空拳，冒白刃，北首争死敌，得人之死力，虽古名将不过也。身虽陷败，然其所摧败亦足暴于天下。彼之不死，宜欲得当以报汉也。"

李陵只率五千步兵，深入匈奴，孤军奋战，杀伤许多敌人，立下赫赫功劳。在救兵不至、弹尽粮绝、走投无路的情形下，仍奋勇杀敌。就是古代名将也不过如此。李陵自己虽陷于失败之中，而他杀伤匈奴之多，也足以显赫于天下了。他之所以不死，而是投降了匈奴，一定是想寻找适当的机会再报答汉室。

汉武帝听到司马迁的回答，也觉得有道理，就派公孙敖去迎接李陵，但公孙敖无功而返。怕被汉武帝责罚，就编造了李陵真心投降匈奴的假消息，并撒谎李陵整训军队对抗大汉为自己开脱。这时汉武帝震怒了，下令将李陵三族尽数斩杀。为李陵求情的司马迁也一并下狱待诛。

在司马迁《报任安书》中，司马迁说："夫仆与李陵俱居门下，素非相善也，趣舍异路，未尝衔杯酒，接殷勤之欢。"司马迁本来和李陵，一文人，一武将，趣舍异路，连坐在一起喝一杯酒的交情都没有，但司马迁却能替李陵说话，最后为自己的话付出了惨重的代价。

最后，死刑免了，但要以腐刑来替代死刑。就是一个男犯人太监化，这在汉代，是对男人的最大的侮辱，司马迁将耻辱列为十等，“最下腐刑极矣”。腐刑（宫刑）是生人耻辱之极。“仆以口语遇遭此祸……污辱先人，亦何面目复上父母之丘墓乎？虽累百世，垢弥甚耳！是以肠一日而九回……每念斯耻，汗未尝不发背沾衣也！”（《报任安书》）身体发肤受之父母，不可毁伤。一个男人为了自己的名誉，宁可选择死，也不会接受腐刑。一个自杀的人，是会被舆论赞扬的，保存了名节。

这个时候，死是容易的，但父亲托付的《史记》呢？有谁来完成？

不能死！即使选择阉割。

但这个决定，是一个血肉模糊的决定，是一个自己把自己下到地狱的决定。那意味着，活着，忍受着精神的和肉体的双重折磨。

司马迁写了多少为了名节，为了不被屈辱自杀的人啊，我想，每当他写下这些人的时候，他的笔尖上，流下的不是墨，而是血。

他赞美过自杀，在田横和五百壮士自杀的时候；在李广自杀的时候，司马迁报以敬意，在屈原投江的时候，在虞姬自刎的时候，那些令人记住并震撼的瞬间，那是人生的至美，辉煌的谢幕，毁灭自己，保留了名节。彰显了志气，免却了侮辱。

但我要活着，并要讲述。

在名节与未完成的《史记》之间，在保留头颅还是保留下体，他选择保留思考的大脑，选择了腐刑。在一个残缺的躯体里，保持一颗顽强的心。

他要在这个残缺的身体和世界里，证明给自己看，证明给世界看。我们看多了去势的太监的娘娘腔，在自然界，人们选择给牛啊，猪啊，猫啊去势，就是割掉它们的阳刚之气，反抗的基因。但在司马迁这里，我们从他的文字，从他的《刺客列传》，我们读出的是一种绝地反击。他的笔如高渐离的筑，我们都知道，易水送别高渐离曾为荆轲演奏："风萧萧兮易水寒，壮士一去兮不复还！"至易水之上，高渐离击筑，荆轲和而歌，为变徵之声，士皆垂泪涕泣。

但后来，荆轲刺秦失败，高渐离带着为荆轲复仇的意志和筑，接近秦王，但他被秦王认出是荆轲同党，命人挖去眼睛，命高渐离阶下演奏以供取乐。但是高渐离岂能放下内心的愤怒，他在筑中灌铅，用乐器充兵器，在奏乐的时候，再次向秦王发起攻击。是的，不屈的意志，虽然被剜去眼睛，虽然被残缺了下体，他还是会反击的。

司马迁用自己的笔，向着屈辱宣战，他"欲以究天人之际，通古今之变，成一家之言"。从传统的意义来说，司马迁是儒生，他有强烈的事功，这是孔子的教导，"君子疾没世而名不称焉"，这种思想，在《报任安书》中我们可以清晰看到，"所以隐忍苟活，幽于粪土之中而不辞者，恨私心有所不尽，鄙陋没世，而文采不表于后也"。

这也是对父母的报答，"且夫孝始于事亲，中于事君，终于立身。扬名于后世，以显父母，此孝之大者”。

立言，是一个儒生不朽的功业，而像王阳明、曾国藩在立德立功立言上都有突出成就者，几千年来屈指可数。但因一部书而塑造民族的基因，影响着千百年志士仁人的书，非《史记》莫属。

“仆诚以著此书，藏之名山，传之其人……”《史记》创作完成了，司马迁可以安心地离开这个世间，他已经留给后人足够多的东西。

其他的这些文字、这些思考又与司马迁有什么关系呢？所谓，人心似水，民动如烟。江河滔滔，东流不绝。千年来，谁的功业还在？

在吗？

在的。

在史册里，在人心间。

十篇表，十二篇本纪，八篇书，三十篇世家，七十篇列传，一共一百三十篇的历史记录就足够了。

那些人有的胸怀天下，有的贪酒好色，有的才华横溢，有的暴虐无道，有的一诺千金……形形色色，各不相同。

但他们却都有一个共同的特点，他们都是我们，是我们在不同时期表现出来的不同样子。他们的聪慧就是我们的聪慧，他们的贪婪就是我们的贪婪，他们的勇敢怯懦、软弱骄傲也是我们曾经与未来的样子。

《史记》是司马迁写的，《史记》也是我们民族写的，我们的民族从这里清晰地走过，都被司马迁清晰在案。

这是一部保持愤怒的书，这是一部不甘于沉沦的书，是绝唱，是离骚，这部书的血液，还在我们的血管里翻滚。

我们的血管里，一直流淌着属于自己的《史记》，我们都是司马迁，各人写着自己的在案的文字，谁也跑不了。

叫不醒的世界

一、异人之相

孔子是鲁国曲阜人，和我老家菏泽都属于鲁西南，孔子的基因好，他的祖上是商纣王的哥哥微子，商代著名的“三仁”之一的那个微子；也是在泓水之战中，等楚军渡了河再进攻，结果大败而身亡的那个宋襄公的后代，宋襄公在泓水之战中是仁？抑或是暴？千年来争议不止。但他坚守的贵族精神如欧洲中世纪的骑士一样的举止，还是被人所钦佩，只不过不为只问目的不问手段的后世所喜。当时宋文化里尚保留了许多殷商的精神，孔子就说：“吾学殷礼，有宋存焉。”司马迁也说：“梁宋之地，其俗犹有先王遗风，重厚多君子，好稼穑。”宋国人厚实有余，灵活不足，往往被冠以“愚”和“傻”，那种地域黑，比如揠苗助长、守株待兔等就是专门黑宋人的。这种“愚”和“傻”却被孔子完美地继承下来，我们不要忘了，是殷商文化哺育了墨子、庄子和惠施，而殷商文化的周边诞生了老子、列子和孔孟。这些人身上，大都有一种为理想不计后果的傻与愚，是那种信念坚守的孤勇者。孔子是用殷商、西周时代的仁义道德的尺子去丈量规范，劝解乱世中的杀人盈野、窃国者的坏蛋们，无疑与虎谋皮，其成效可知。

孔子的六世祖是孔父嘉，“五世亲尽，别为公族”，就是一没落的贵族，孔子的三世祖孔防叔，就是孔子的曾祖，避宋内乱，迁鲁国定居。到了他父亲叔梁纥，也只是个为贵族服务的普通的武士。

叔梁纥这人，勇敢，武功强，力气大，有献身精神。有次他率人进攻齐国城池，敌人为了阻拦鲁军，便将闸门落下，想在瓮城里全歼鲁国军队，叔梁纥这时站在闸门之下，举起双臂，用身体硬生生把落下的闸门抗住了，让鲁国军队逃出生天。

孔子是叔梁纥近七十岁时才生下的儿子，但祖上良好基因被孔子完美继承，孔子身高两米左右，《史记》记载他身高九尺六寸，换算成现代计量有 196 厘米和 221 厘米之说，孔子是一个型男，壮硕无比。他带着弟子周游列国，有一次马车深陷泥潭，弟子无计可施，孔子推着马车就从泥潭中跑了出来。

历史上，很多人攻击孔子来路不明，是野合而生的，如今鲁西南也有这说法，野合而生的孩子聪明，就举例孔子。孔子“野合而生”的说法，根于《史记·孔子世家》：

孔子生鲁昌平乡陬邑。其先宋人也，曰孔防叔。防叔生伯夏，伯夏生叔梁纥。纥与颜氏女野合而生孔子，祷于尼丘得孔子。鲁襄公二十二年而孔子生。生而首上圩顶，故因名曰丘云。

字仲尼，姓孔氏。

“纥与颜氏女野合而生孔子，祷于尼丘得孔子。”这句话给后人的联想解释空间太大，一般都认为，“野合”就是野外媾合，这两个刺眼的字，有辱孔子，于是有人就解释“野”与“礼”相对，叔梁纥年近七十，而征在年少，他们的婚姻“不合礼仪”，故云“野合”耳。

但这种解释也勉强，与史无凭，另有一说法，就是刘方炜在《孔子纪》中提出的看法，即“高禖”说。他认为“高禖”就是“郊禖”，是商族遗留下来直到春秋战国还流行的一种郊外野合的婚配风尚。每年仲春（农历十二月至来年一月）男女去郊外某些地点欢会、野合。

但野合之外，还有一个词出现了，那就是“野居而生”。近年在南昌海昏侯墓出土了孔子立镜，那上面也记载了孔子生平，一下解决了“野合”的争论，海昏侯刘贺，曾是昌邑王，即今天我老家菏泽巨野，这里距离曲阜不足百里，出土的这个镜屏的上面对孔子的出生是这样记载的：

孔子生鲁昌平乡（郰）邑……伯夏生叔梁根（纥）。根（纥）与颜氏女野居而生孔子，祷于丘。鲁襄公廿二年孔子生，生而首上圩，名丘云。

孔子立镜上的文字明确记载的是孔子“野居而生”，而非“野合而生”，一个是“野合”一个是“野居”，虽相差一个字，但内涵和意思却大相径庭了。

孔子立镜是刘贺生前所用之物，铸造时期可能比《史记·孔子世家》成文略晚。但立镜里有关孔子的记载与《史记·孔子世家》的基本相同。

我们知道司马迁完稿后的《史记》并不敢公开发表，而是悄悄藏在女儿家，“迁既死后，其书稍出。宣帝时，迁外孙平通侯杨恽祖述其书，遂宣布焉”。

从这我们可以看出，海昏侯墓中孔子立镜的记载，抄录《史记》的可能性不大，这个野居而生，真的解决了千古的纷争。

“野居”，按《尔雅·释地》“邑外谓之郊，郊外谓之牧，牧外谓之野”。《说文》中说“野，郊外也”；这下我们就明白了，只要居住在城外，就可称“野居”，孔子父母或许是居住在城外的家里生下了孔子。“野居而生”即居（合）于野（郊）而非居（合）于邑（城）而生。

不管怎样，孔子，这个大个子出世了，时至今日，山东地区都是中国平均身高最高的区域之一。孔子的身高有了，他的相貌如何呢？他的样貌是在一代代传说中，一代代的需要中，被人篡改修正了，到了明清时，孔子的样貌已经这样的奇形怪状，张岱的记载：“仲尼生而具四十九表：反首，洼面，月角，日准，河目，海口，牛唇，昌颜，均赜，辅喉，骈齿，龙形，龟脊，虎掌，骈胁，参膺，圩项，山脐，林背，翼臂，窐头，隆鼻，阜脥，堤眉，地足，谷窍，雷声，泽腹，面如蒙倛，两目方相也，手垂过膝，眉有十二彩，目有二十四理，立如凤峙，坐如龙蹲，手握天文，足履度字，望之如仆，就之如升，修上趋下，末偻后耳，视若营四海，耳垂珠庭，其颈似尧，其颡似舜，其肩类子产，自腰以下不及禹三寸，胸有文曰‘制作定世符’，身长九尺六寸，腰六十围。”

这是一副什么形象？脑门特别大，眼睛突出，鼻孔外翻，两只招风耳，一张大嘴，咧嘴一笑，嘴角能咧到耳朵上去，嘴唇特别厚，像两根香肠挂在嘴上，就这样也藏不住孔子的一副大龅牙。此外，孔子脖子特别长，腰宽背厚，背部肌肉发达就显得人有些驼背。这不就是丑八怪吗？谁让孔子在后世被尊为圣人呢？孔子的外貌就被赋予了各种神圣的特征。就像刘邦、项羽的外貌也是如此，刘邦腿上有七十二个像天上星宿一般的黑点，项羽则是重瞳（两个眼仁）。

不管孔子什么模样，孔子出生了，这对中华文化是一开天辟地的大事，古人说，中国没有孔子，那么中国就像在黑夜里，孔子的出现，就如刺破黑夜的北斗，给人以光亮。

他是民族的恩人，他筑建杏坛，开创民族的学统，定礼乐，修《春秋》，删《诗》《书》，研《周易》，柳诒徵先生说：“孔子者，中国文化之中心也。无孔子，则无中国文化。自孔子以前，数千年之文化赖孔子以传，自孔子以后，数千年之文化赖孔子而开。”

孔子是我们民族文化的奠基和乳母，他是中国文化上游的蓄水池，我们的墨汁和墨水里的第一滴水，来自孔子。他第一次让“庶民”有了上学的机会，兴办私学，广收门徒，有教无类，让更多贫寒人家的子弟享受了教育的“机会平等”，这不是我们的恩人吗？

他起自蒿莱，他出生在一个怎样的时代啊？暴力肆虐弱者哀号，纲纪不张礼乐崩坏，邪恶通行无阻，正义隐晦不明，背叛杀戮，乱伦阴谋，瓜分豆剖，争霸天下，九鼎不知所终，周王被玩弄于股掌之上。“弑君三十六，亡国五十二”，周朝的天下，不是烽火遍地，就是废墟一片，我觉得《诗经·黍离》中的那个忧心的人，可以看出孔子的某些心态，忧啊，忧啊。“周大夫行役，至于宗周，过故宗庙宫室，尽为禾黍。闵周室之颠覆，彷徨不忍去，而作是诗也。”诗曰：“彼黍离离，彼稷之苗。行迈靡靡，中心摇摇。知我者，谓我心忧，不知我者，谓我何求。悠悠苍天！此何人哉？”

孔子是何人哉？孔子一介布衣，一个愚且傻的理想者，他要“兴灭国，继绝世，举逸民”，他要追寻逝去的美好，他要站出来，他要走出去，他要把他的一套价值观来宣示，你可以看到他身上独立的人格，也看到他的社会良知，他的所谓复古，就是用古来对当下批判，就是对现实立一个古代的标杆，说白了，就是对现实的直斥。

人们说他复辟，但他复辟的不是过去社会的统治模式，毋宁是一种文化，西方的文艺复兴，不是对社会的进步推动吗？文艺复兴他们没有回到过去的奴隶和城邦，反而是使他们走出了中世纪的黑暗。有时复古，恰恰是一种创新。

于是孔子出发了。是寻找，也是传播。是痴人说梦，也是知其不可而为之的悲壮。

二、在路上

我觉得孔子身上的愚或者傻，可以用痴顽来代替，性痴者志凝，蒲松龄有云：世之落拓而无成者，皆自谓不痴者也；顽，坚守也，不可转也，不随波逐流。所谓痴顽者，愚傻者，无非是专注于一事，孜孜以求，一辈子不降志，斯守一生。

我的专业是电影学，对画面有着专业的敏感，《论语》虽然是微博体，多数的段落不超过120个字符。但这却是压缩的故事，里面有丰富的人物、动作、心理、对话、表情，可给我们复原的空间。我们从《论语·宪问》里的两节，可还原一个痴顽与愚傻的孔子。

《论语·宪问》第三十八节：子路宿于石门。

晨门曰："奚自？"

子路曰："自孔氏。"

曰："是知其不可而为之者与？"

时间，夜晚。人物：子路与看门隐者。看门隐者问："从哪里来？"子路答："从孔夫子那里。"

这时看门隐者点点头，"就是那个知道干不成还要坚持做下去的那个老头吗？"

这个卫国看门的隐者是个高人，他给孔子下了个结论，给个鉴定：知其不可而为之！

孔子不是道家逍遥遁世，道家的那些智者，知其不可而不为，逍遥浮世，在深山，在水边，在僻壤，独善其身，不和你玩，不陪你玩。孔子不，孔子是即使撞得头破血流，即使南墙还是南墙，他还是一路撞下去，不做九州袖手者。这种精神，深刻地塑造了我们民族的坚韧，我们在诸葛亮身上，在鲁迅身上，都能看得到。

还有一段，就是《宪问》的第三十九：

子击磬于卫。有荷蒉而过孔氏之门者，曰：“有心哉，击磬乎！”既而曰：“鄙哉，硁硁乎！莫己知也，斯己而已矣。深则厉，浅则揭。”子曰：“果哉！末之难矣。”

时间：白天，人物：孔子，背着草筐的农人，弟子若干。

室内：孔子敲磬。

美妙的磬的乐声，传到户外，这时，一个农人模样的汉子停下了脚步，似有所思，他背着装满草的草筐，伫立在孔子的门外，陶醉地听着。

农人边听边说出自己的感想，像是对着虚空说：“这个敲磬的人，可不是个凡人，这磬声，里面埋藏着多少事啊！只有一个心怀天下的人，才能有如此如泣如诉又辽远的声声干云。”

这个农人索性卸下肩头的草筐，沉醉在夫子的磬声里。

这时，孔子的弟子疑惑了，一个泥腿子竟然听出了夫子的音乐里的蕴藏，而且还评价起了夫子。

“这个人太固执了，太固执了，这磬声里充满了不肯放手的，那种硬骨头的风格。他自己太不自量力，明知道做不到，却硬要去做。太肯定！太自信！”这个农人，好像可怜孔子：“你这不是太苦了自己吗？该放手就得放手，这个世道已经糟糕成这个样子了，你一个人是救不了的。要是有一点可救药处，你尽力做好了。可是已经是病入膏肓，回天乏术了，没有人知道你理解你，你就做个隐士好了，也比你这样硬做得好。这好比过河，河水浅一些还可以将衣服提起来趟过去，可是现在河水都深得没顶了，再怎么弄衣服也是个湿，还不如干脆不管衣服的事游过去就是了。”

孔子的弟子，听到农人的话，就转告给夫子，孔子停下磬，语气坚定地说：“真是这样吗？最后的结局是很难预料的，难道我的‘道’就没有通行的地方吗？不做怎么会知道呢？”大多数人都把“末之难矣”解释为没有什么困难，这哪里符合孔子的心理和经历？末之难矣，解释为最后的结局很难说，谁能定论呢？透出的是孔子的一种百折不挠的痴顽之气，是一种可爱的傻气。

春秋战国时代，是一个最相似于狄更斯《双城记》开头所说的：“这是一个最好的时代，也是一个最坏的时代；这是智慧的时代，这是愚昧的时代；这是信任的纪元，这是怀疑的纪元；这是光明的季节，这是黑暗的季节；这是希望的春日，这是失望的冬日；我们面前应有尽有，我们面前一无所有；我们都将直上天堂，我们都将直下地狱。”

那是一个流血漂橹的时代，那是一个激情满怀的时代；那是一个杀人盈城的时代，那是一个宣传公义、宣传仁德的时代；那是一个混战的时代，那也是议和建构理想的时代，那是一个礼崩乐坏的时代，那也是一个建立秩序的时代。在这个时代，孔子带着他的学生，驾着牛车在赶路。无疑，这是一个宣传队，是开辟新时代的牛车，登车揽辔的，站在车上瞭望的，是孔子。

但路在哪里呢？他从鲁国出发，到卫国，到宋国，到陈国，到蔡国，到楚国，周游列国，风尘仆仆，颠颠簸簸，是寻找一个实现理想的处所，也是听从自己内心的召唤，他是想像他的父亲举起那要落下的城门一样，给现在苦难的人一条通向理想的坦途？

他用自己的热忱去见过多少诸侯啊，但都是蹭了权力与傲慢的冷屁股。

但夫子死后，鲁哀公做了一篇诔文，动情得很，“老天太不公平了，不肯留这位老人陪我，使我一人孤零零地待在这里，唉，多么孤独，我心忧戚。呜呼哀哉，尼父，从此我还能向谁请教！”（旻天不吊，不慭遗一老，俾屏余一人以在位。茕茕，余在疚。呜呼哀哉，尼父，无自律！）

哈哈，这么的假魔六道，在一个死去的老人面前如此地表演，子贡毫不客气地直接怼过去：“生不能用，死而诔之，非礼也！”先生活着的时候，你不用他，死后又作祭文哀悼，这不合礼仪。

我们再看一个镜头，那些聪明人的举止。

时间：白昼。地点：河流。人物：孔子，子路，农夫二人长沮、桀溺。

农夫耘田。孔子牛车赶路。

事件：询问渡口。

孔子的牛车停住，一条河横亘在面前。渡口在哪呢？

见到天幕下远处的水田中有二人耕作，子路于是上前打问。

细长个子的农夫听了子路的问话，没有给出答案，而是反问子路：

“那个执缰绳的人是谁呀？”

子路肃然，恭敬地回答：“那是孔丘。”

“是鲁国的那个孔丘吗？”

子路答：“是。”

细高个农夫劈空一句：“既然是鲁国的那个孔丘，他应该知道渡口在哪里嘛。”

子路愣住了，孔武的他早被孔子驯服了，他咽了一下唾沫，转身问另一位魁梧雄桀的大块头。

大块头也是劈空一句哲学式的灵魂审问：“你是谁？”

子路对待这句话，据实回答：“我是仲由。”

“你是孔丘的门徒吗？”

“是。”

大块头是个热心人，也是个明白人，他就避人与避世发表高见：“天下混乱，礼崩乐坏，战乱不止，争权夺利，世风日下，举世皆然，就像滔滔的洪水，成了时代的潮流，谁能力挽狂澜？谁能改变这种局面？你的老师不是在鲁国遇到像季氏这样的卿大夫篡夺了国君的权力，没有办法而不得不流亡列国吗？这些年来他又怎样呢？还不是一样到处碰壁吗？与其跟随孔子这样的避人之士东奔西走，鼓唇摇舌，倒不如跟随我们这些避世之士，躬耕垄亩的好！”

《论语微子》这段“问津”太有象征的意味了。问津者，问路也，问过江过河的渡口。这次问津，是两个隐士长沮、桀溺与孔子的人生观和价值观的论战，是寻找逃避、逍遥、避世，还是寻找救世之道，在尘世间，走一条艰难的路，明知不可为而为之，颠簸于是，劳顿于是，不忍苍生。

问路，却被教训，碰了一鼻子灰的子路回来向孔子汇报，孔子听后，沉思了很久，他有无限的感慨，这世间要都是归隐山林的隐士，在苦难面前闭眼，那社会将是什么样子？于是孔子有点悲慨，他说，像是对子路，又像是自言自语：“鸟兽不可与同群，人也总不能在山林与那些鸟兽同群吧。我不和这芸芸众生一起，我又能和谁一起呢？能丢下这个世界？能放下不管？那些隐士们说天下无道，但不正因为天下无道，才需要我们站出来去承担吗？如果天下有道，一片祥和，那还要我们干什么？”

关于问津的这个场面，我觉得，这“士”和“隐士”的对话，还活在我们的生活里，我们为孔子的愚与傻，为他的痴顽而感动，一个六十岁的老人，还在长途恓惶而奔波，执拗而迷茫。

这样的隐士也是一面镜子，镜子里的孔子代表的士，正是我们民族的脊梁所在。

他们的铁肩，担起了道义，他们的弦歌，传播着文化，他们的心头，充灌着天下，他们的手臂拯救着灾苦。

在《中庸》里，孔子说：“素隐行怪，后世有述焉，吾弗为之矣。君子遵道而行，半途而废，吾弗能已矣。”追求隐匿，做些怪诞的举止，用以欺世盗名，也许会混些名声，流传后世，但我不会做。

多么可敬的老人，他不避世，而他的避人，也是寻人，寻找那些有道德理想，避开那些污浊丑陋的坏蛋，他不是张仪苏秦，奔竟于权力和富贵，出卖自己，他是对世间不绝望，不灰心，不闭眼，不放手，认定的路，一条道走到黑。这样的老人不值得敬重吗？

写到这里，我的眼角湿润。

三、丧家的象征

除掉历史记载的孔子样貌，我在自己内心，也曾为他描画过几幅图形，这是一个和蔼的春风样的先生，有时如父亲，有时如保姆；这又是一个天真的幽默的老头，也会骂人，也会落泪，也会发怒；他喜欢音乐，喜欢诗歌，但他的精神却是“一以贯之”的，那就是一个老师的身份，那就是教育学生有担当，“汝为君子儒，无为小人儒”。

君子儒，是什么？孔子在《论语·泰伯》给出了答案，那就是：“笃信好学，守死善道。危邦不入，乱邦不居。天下有道则见，无道则隐。邦有道，贫且贱焉，耻也。邦无道，富且贵焉，耻也。”如果我们仔细体悟这段话，我觉得，有现代知识分子的独立的意味，不把儒业当成一个进身的工具，仅仅为了一口饭一顿食，把儒业作为敲门砖，这是小人儒；而与之有别的则是有独立大人格的君子儒，就是对所处的社会与人类命运抱有关怀，对社会的不义发出自己的声音，孔子所处的乱世，孔子以天下的苍生为念，反抗着那些丑恶，批判着那些丑恶，站在弱者的立场，做反抗者。君子儒是唤醒大家的启蒙者，这是孔子终生的实践，大人儒，不是一家一户的豢养者，他有自己的“道”，这个道，就是内心的理念，为了守护它，可以失去官爵、地位、俸禄，乃至生命。

一个国家一个社会，有没有君子儒，那是不一样的，有君子儒，就是有了良知和公平正义的标杆，我们会联想到苏格拉底、伽利略、伏尔泰、雨果和托尔斯泰。

我设想的孔子的样貌，不只是自然的样貌，更是一种精神的素描，但孔子的样貌在后世一代代人的记忆中，早成了一代代人的变形记，但好在司马迁在《史记》中，还是为我们留下一些孔子最初的样貌特征，虽然那样貌，不是标准像，但我觉得更接近真实的孔子。

孔子流亡列国，一天，被人迫害逃往郑国，孔子和学生们约定，一旦走散了，就在郑国国都的城门会合。果然，在逃亡的途中，大家走散。

孔子先到郑国，就站在郑国国都的东门等学生。一个都城有好几个城门，孔子的学生子贡到了郑国国都的其他门口，没有见到孔子，子贡开始怀疑孔子和他等人的不是同一个城门，于是就向人打听：“劳驾，您有见过我老师吗？我老师他人特别高，大胡子，一口鲁国话。”

郑国人想了想：“我是见了一个。不过我不确定是不是你老师，我见的那个人啊，额头像圣贤君主尧一样饱满，脖子长得像正直名臣皋陶一样粗壮，肩膀长得像著名贤相子产一样略微前倾。但这个人腰长腿短，腰以下，比治水的大禹，短了三寸。不过这人看着很是疲劳狼狈，就像丧家之犬一样。”

子贡一听就知是孔子，赶紧向郑国人打听孔子在哪。郑国人一指东门：“在那边呢。”子贡向郑国人道谢，赶紧往东门跑，路上边跑边觉得不对劲。子贡心想：什么叫丧家之犬啊？怎么这样说我老师啊！

可是人都走了，子贡又急着见孔子，子贡就没多做理会。等到见了孔子，子贡就开始抱怨了，把郑国人的话跟孔子一说，孔子哈哈大笑：“什么像尧帝、子产、皋陶、大禹啊都是胡说。不过像丧家之犬嘛，这个倒是形容得很贴切。”

司马迁真是神来之笔，“累累若丧家之狗”这句话写孔子，累累，一副憔悴的模样，颓丧，疲惫，没有精神，面有菜色，这不正像我们在老家农村见到过的，无家可归的，找不到家门的狗吗？真是把流亡时的孔子，那种再也顾不了许多的窘境，描摹得如在目前，惟妙惟肖，活灵活现。

看到“累累若丧家之狗”这句话，我真为这个老人的悲壮说声：何苦呢？退一步不好吗？在人生的六十岁了，竟走到了绝境，前无来路，后无退路，走投无路，但孔子欣然笑曰，这么不在乎，“形状，末也。而谓似丧家之狗，然哉！然哉！”哈哈，这就是困境中的夫子，形状不大重要，倒是说我像一条丧家狗，说得太对了，太对了！哈哈哈！

什么是大人格，什么是君子儒，即使在走投无路的情况下，他还是保持着一颗“欣然”的心态，笑对云卷云舒，我觉得，这个被孔子认可的漫画似的样貌，比现在端坐在庙堂里，享受着烟火酒水供果的那个孔子更真实，但我又悲哀，让我们民族的君子儒，这样一个暮年的老人，走入“累累若丧家之狗”的境地，这究竟是哪里出了错？是哪里出了问题？

但我想明白了，春秋乱世之中，屡屡碰壁的孔子，可不就是一条丧家之犬吗？

一辆牛车，几个弟子，走过宋国，卫国，楚国，蔡国，不被接纳，不被收留，栖栖惶惶；走过风，走过霜，栉风沐雨，从朝霞到夕暮，没有理想落地之所；走过不惑，走过耳顺，最后寂寞整理典籍。在礼崩乐坏，春秋无义战的时空里，夫子真的像“丧家之犬”在寻找着自己理想的家。他何尝不知，万古长夜中沉睡的人，是最难被叫醒的，在寻找家园的路上，太多的聪明人，劝他放弃，随波逐流，但他不为所动，为天地留一颗心，为后世点一盏灯，给不死的灵魂开拓一片地，这才是丧家犬的要义吧。我们还可能会想到，在“礼坏乐崩”成为大势所趋的情况下，孔子身后“儒分为八”，我们看到号称汉代“儒宗”的叔孙通，靠曲学阿世、谄媚“暴秦”仍然混得不错，而且秦亡后还有奶便是娘，“所事者且十主，皆面谀以得亲贵”。

但我们也看到孔子的七世孙孔鲋为代表的“鲁诸儒”们，他们对暴秦忍无可忍，持孔氏之礼器往归陈王（即陈胜），投身反秦起义，最后在兵败陈下的悲壮一幕中，孔鲋与陈胜一同死难。

其实，这是君子儒和小人儒的区别，也是丧家狗和看家狗的区别，叔孙通们如果像孔鲋那样做“丧家狗”，甚至可能“丧身”，他们是不为的，但是，在丧家和看家之间，一个儒者如何选择呢？其实，每个人的路都是自己选择的，成为乱世“丧家犬”，是走了很长很长的一段路途。“宁为太平犬，不为离乱人”，乱世中的人尚且如此艰难，更何况是犬。孔子生活在纷乱的时期，从齐桓公始，五霸争雄，攻伐不止，所谓“争地以战，争城以战”。霸主名将们吹响战争的号角以求建功立业，匍匐在铁蹄下颤抖的人只希望天下早日回归和平。如何止戈？春秋时期的人各有各的说法。谁是正确的道路？

没有答案。

孔子也不知答案，他只能选择一条他认为可行的道路，一路走下去，去撞破那堵南墙。

四、其惟春秋

春秋时期，那是一个名副其实的大争之世。儒家思想作为安定国家的学问，在乱世中显得格外单薄。诸侯们希望可以用到的是帮助他们快速富强的学说，孔子曾非常苦恼，决定去找老子，讨教老子对天下的看法，希望老子开解他的疑惑。

孔子去洛邑见老子。智慧的老子告诉孔子要君子待时，学会忍耐，创立“礼”的人已经死去，礼还在，这就是世界的规范。为了这位规范，因此君子不要因为一时境遇而灰心，要懂得守，要懂得舍弃贪婪，更要众人皆醉我独醒，要志向单一，过多的杂念会让人烦忧而忘记自己的本然，重要的是做好你自己。

老子，何许人也？他“生而发白”，好像一出生，身上就积淀了人类的集体无意识里最智慧的东西，深谙历史与人性，看惯了罪恶，但老子不出山，他自守一处，不与尘世俯仰，他已心如止水，好像一切都在他的眼底无可遁形。

孔子受教而去，回去的路上，学生问孔子此次会面有何收获，孔子思考良久，才说：“天上的飞鸟，我知道可以用弓箭猎取它们；水里的鱼，我知道可以用诱饵钓它们上来；山中的走兽，我知道可以用网将他们捕获。至于龙是什么样，我就不知道了。吾今日见老子，其犹龙邪！”

被老子教诲过的孔子，坚定了以天下为己任的理念，四处奔波，周游列国十四年，一路希望，一路失望，从这个国家跑到另一个国家。有一次楚王听说孔子很贤能，就想派人邀孔子来楚国帮他治理国家。然而楚国的令尹子西问了楚王三个问题。

“大王，咱们国家有颜回这样的宰辅吗？”

“大王，咱们国家有子路这样的勇将吗？”

“大王，咱们国家有子贡这样的使者吗？”

子西三问，楚王三次摇头。

子西点点头：“大王，咱们什么都没有，凭什么能邀请孔子来楚国？”

楚王一愣："把孔子邀请过来，咱们不就都有了吗？"

子西说："真的吗？孔子一言一行都要遵循周礼，您看看现在的楚国还是周朝封的百里之楚吗？千里楚地是怎么来的？我还用提醒你吗？再说了，当年周文王的封地不过百里，最终却能击败殷商一统天下，现在咱们国家连一个比孔子弟子强的人都没有，孔子来了楚国，拥有百里之地。楚国未来要何去何从呢？"

楚王听后，马上打消了邀请孔子的念头。春秋乱世，诸侯敬重孔子，同时也讨厌孔子，畏惧孔子。孔子用自己的道，照耀出那个时期的妖魔鬼怪，孔子在诸侯的避讳中不停地奔波，始终不能停下。孔子讲究"君君、臣臣"，在孔子看来，君王要尽到君王的责任，臣子要尽到臣子的责任，所谓"君使臣以礼，世事君以忠"。君臣的关系与义务是相对的，如果君王不能好好地对待臣子，臣子也就不需要对君王尽忠。在这一标准下，不听取孔子正确意见的鲁国还是孔子的家吗？

如果鲁国不是孔子的家，那么所谓的天下共主的周朝是孔子的家吗？答案也是否定的。虽然孔子说过"郁郁乎文哉，吾从周"，周代的礼仪制度是参照夏朝和商朝订的，多么丰富多彩啊！我主张接受周代的。需要知道的是，这里的周是孔子精神世界里的周，而并非现实中的周。明代有人嘲讽孟子："当时尚有周天子，何事纷纷说魏齐。"意思是当时周天子还在，孟子你这样的儒家掌门人为啥不去帮助周天子而是要去魏国、齐国这样的诸侯国谋饭吃？当时的周朝失去天下共主的地位，龟缩一隅，不思进取。对天下的纷乱没有丝毫的作为，在孔子眼中当时的周天子就是一个没有尽到责任的君王，君王如此，就没有必要要求别人对他尽忠了。因此，现实的周朝对于孔子来说，没有资格成为他的家。

孔子的家实在是太远了。它只存在于遥远的过去，存在于歌谣与传说中，存在于孔子的精神世界里。那个家是一个大同的天下，社会安定繁荣，人人安居乐业，大家互相尊敬，孝敬老人，爱护孩童。那个家没有尔虞我诈，人们不会把财物看作是自己的私产，每个人都尽心工作，领取适合的报酬。那个家再也没有仇恨与杀戮，人的东西丢在地上别人不会拿走，晚上睡觉也不需要闩上大门。

这个家存在吗？存在的。只是孔子与我们都不一定能看到罢了。不过即使看不到，孔子依然要为了这个家而不懈奔走。暮年了，孔子决定返回鲁国，他要把这个家，自己的理想记写下来。他还有很多话要给世人说。孔子提起刀，冲进房间中。不过孔子不是要提刀砍人，春秋时期毛笔还没有发明，人们如果要写什么东西，就要拿刀在竹简上刻。

就这样一刀一刀，写下记载当时历史的书籍《春秋》。孔子著作《春秋》的本意是提醒人们不要再犯同样的错，只可惜人们没有明白，人类从历史上学到的唯一教训就是人类不会从历史上学到教训。《春秋》写完之后，孔子望着竹简，有高兴也有无奈，最终化作一句：“知我罪我，其惟春秋！”

《春秋》毕，孔子也老了，巨野那地有猎户抓到了麒麟。人们并不认识这种生物，就把它交给孔子辨认，孔子看到麒麟以后长叹："唐虞世兮麟凤游，今非其时来何求？麟兮麟兮我心忧。"尧舜的时候麒麟与凤凰漫山遍野地出没游玩，现在这世道，麒麟你为什么要出来啊？麒麟啊麒麟，你让我如今充满忧虑。

孔子出生时，传说有麒麟降世。如今看到麒麟故去，孔子觉得他也将不久于人世，于是就停止一切著述。一年后，孔子离开了他心心挂牵的人世。

孔子的塑像并非孔子，孔家店也非孔子。明朝的时候有人说过这么一句话，孔子如果复活，明朝的大儒们一定会亲手把孔子杀掉。你瞧，那些人并不需要孔子，孔子只是他们满足私欲，躲避攻击的挡箭牌罢了。至于孔子真实的想法，对不起，不能接受。死后的孔子，只有名字住进了殿堂，他自己依旧被人驱离在原野上不停地流浪。

他依旧是一条累累的"丧家犬"。孔子生前身后，虽是"丧家犬"，不过孔子却也说"吾道不孤"。但他终究不会被后人遗忘，总有人接过他们的爝火继续前行。

灵魂绕不过的水

《说文解字》濮字条：水，出东郡濮阳，南入钜野。从水，僕声。《说文解字今释》一书注释，濮：张舜徽《约注》。古濮水流经春秋卫地，即所谓桑间濮上之濮，亦称濮渠水……后因济水涸竭，黄河改道，而濮水亦湮。明清之际，余流犹存于长垣、东明、濮州一带。

——题记

一

家乡的河流总不会绕过我的灵魂，我说的是濮水和黄河，如今黄河还在，在曹濮平原的大地悬在半空，成为一条悬河。奶奶活着的时候，在农村老家的老屋，夜间醒来就忧心，黄河的河底比我们在菏泽城里住的三楼还高，黄河再决口怎么办？

奶奶小时候，曾经历过几次黄河的决口，奶奶说那叫上黄水；奶奶小时候，我们家乡的行政区划还叫濮州、濮县，后来才叫鄄城。我查过历史，家乡叫濮州的时间有一千多年，老家，现在的老人，还常说老濮州，满脸的自豪。但问起他们濮州的来历，却摇头不知。

在爸爸的书房，我见过明朝李先芳纂修的与清朝宣统元年的《濮州志》，知道明朝万历年间，濮州的人口才三万多，地广人稀，而到了宣统年间，濮州的人口就有四十多万，人口爆发式增长，那上面有的考古图标有东无名河古濮水，西无名河亦名濮水的字样。

濮州，来源于濮水的行政区划，以水名之，这是一条在《诗经》时闪光的河，那是民族文化灿烂的时代的水啊。

濮水，是一条灵魂不死的河，背负着各类的评价。正邪兼有，是耶非耶?

这是一条流经我故乡的河，虽然我不曾踏进它半步，不能汲其流，扬其波，但它一定沐过庄子的发，濯过哲学的足。

吴起从这条河畔走出，荆轲也是。

桑间濮上，背负着恶名，但我却一直不信服，一直觉得这自然的天性被道德审判了千年。这历史，口口相传，愚昧的唾沫多了，就成了泼到这条河上的污水。

濮水，黄河，济水，淇水，大大小小，是中原的血管，也是卫国的命脉。孔子周游列国十四年，五次入卫，其中十年就居住在卫国。子曰：“鲁卫之政，兄弟也。”鲁国是周公旦的封地，卫国是康叔的封地，周公旦和康叔是兄弟；但更重要的是，卫国是殷人的旧地，孔子也是殷人的后裔，他到卫国，有一种精神家园的回归。

我们看夫子最后留给世间的语言可知，我们从他整理《诗经》可知。

公元前479年，孔子卒。《史记·孔子世家》和《礼记·檀弓》都记录了孔子临终前的一段话，这段话，可以触摸到孔子的精神，他念兹在兹的是什么？孔子病重，弟子子贡前来探望。孔子对子贡说："天下无道已经很久了，没有人能奉我的主张。夏人死了停棺在东厢的台阶，周人死了停棺在西厢的台阶，殷人死了停棺在堂屋的两柱之间。昨天晚上我梦见自己坐在两柱之间受人祭奠。我原本就是殷人啊（予始殷人也）。"

七天之后，孔子便与世长辞了。

从这段记录，我们知道，孔子周游列国，为何居住在卫国时间最长的原因，而且，孔子在整理《诗经》的时候，《诗经》十五国风，记载卫地的邶风十九首、鄘风十首、卫风十首，差不多占十五国风的四分之一。从这比例，可看出夫子的内心价值取向。

邶、鄘、卫三风在"三家诗"中合为一卷，在《毛诗》中则一分为三。殷人喜欢歌舞，这在孔子身上就可看出，直到汉代，殷商故地依然保持着浓厚的殷商风俗，《汉书·地理志》说桑间濮上的卫地"康叔之风既歇，而纣之化犹存"。

孔子是喜欢水的，从鲁国去卫，一定经过濮水，孔子说过，"君子见大水必观焉"。我们所熟知的，"逝者如斯夫，不舍昼夜"，就是夫子对水和时间的感慨，这就如陈子昂的"前不见古人，后不见来者”，多少人、事在时间、空间里不见了。

《宥坐》中记载过一件事：

子贡问：“君子之所以见大水必观焉者，是何?”孔子曰：“夫水，遍与诸生而无为也，似德；其流也埤下，裾拘必循其理，似义；其洸洸乎不淈尽，似道；若有决行之，其应佚若声响，其赴百仞之谷不惧，似勇；主量必平，似法；盈不求概，似正……其万折也必东，似志。是故君子见大水必观焉。”

其实，濮水，负载的势与象、形与义，就是庄子垂钓时候所面对的一门功课。

孔子说水的德，水的道，水的勇，还有它百折不回必东的志，都给我们以无穷的遐思。

濮水，流淌的是生命的蓬勃，是美之河流，是诗之河。在我的老家，现在还广泛栽种木瓜树，既可观赏，又可入药，这木瓜，不是人们吃的番木瓜，而是又漂亮又好闻，在秋天赠予人，或者放在香案柜子里的木瓜。在我上小学、初中、高中的校园里，都有木瓜树，有的也称为降龙木，春天赏花，秋天观果。

“投我以木瓜，报之以琼琚。匪报也，永以为好也。”

《木瓜》一诗，讲的是“你来我往”，你小小地给予，我重重地回馈。“琼琚”是一种美玉，比木瓜贵重很多。“匪报也，永以为好也”，这不是为了报答，而是为了加深我们的情感。

在《诗经》时代的濮水岸边广阔的土地里，栽种最多的植物，一是桑树，再就是木瓜树。濮水岸边，土地肥沃，流水潺潺，桑柘遍野，故称桑间濮上。桑间濮上，成了青年男女幽会的地方，《汉书·地理志下》：“卫地有桑间濮上之阻，男女亦亟聚会，声色生焉。”

无论是春天还是秋天，在濮水，在桑树间，这些青年的男女，他们在春天赠芍药，在秋天赠木瓜，作为爱的信物。

“投我以木桃，报之以琼瑶”“投我以木李，报之以琼酒”。《诗经》时代的信物，是那么健康，多是从自然里取物，那么质朴，就像含着的露珠与星光。

手持兰草，互赠芍药；还有送花椒的，送猎物的，就是手头有的，无论玉石珍宝，还是桃子李子。

这是爱的信物，是契约。

是青丝和热血。由此，我想到散文家耿立先生写过这样一句诗，“以一沫，报之一腔子血，以青丝一握，报之一生的颠倒跌宕”，这是以心换心，以心换取一生的承诺。

但桑间濮上，也是被泼脏水最多的，这些自然的爱情的表达，被后来很多人认为是男女淫逸的所在。钱泳的《履园丛话》有这样的故事：陈三姑娘“年十六七，美丽自命，有桑间濮上之行。其父觉之，遂沉诸湖”。桑间濮上，就是伤风败俗的代名词。被沉湖被沉塘，被鞭笞，被乱棍打死，被幽闭，恋爱的权力，乃至生命权，被夺取的判词，就是一句：桑间濮上。

卫国的桑间濮上的时代，是春秋时期，那时候男女的交往，不是明清时代男女授受不亲，张宏杰说过如此的话：春秋时代的中国人，生机勃发，品格清澈。汉唐时的中国人，雍容大气，自信心很强。及至明清，一个个却是那么麻木、懦弱，缺乏创造力。明清时的中国人和春秋时的中国人相比，简直是两个不同的物种。

《诗经》时代，桑间濮上时代的中国人，是自然健康的，那些天然的东西，自在的本性，没有被扭曲，没有被阉割。他们心口如一，天真烂漫，心无杂念，享受着生命的活力，自由与野趣。

是啊，从对桑间濮上的评价，你会看到越到后来，越龌龊。在夫子眼中“思无邪”的诗行，到了后代，就是淫邪。

二

濮水汤汤。

春秋时代的雨水丰沛，河流诗情画意。那些俏丽的女子和鸟儿，在沙洲，在水湄。

“关关雎鸠，在河之洲；窈窕淑女，君子好逑。”

“蒹葭苍苍，白露为霜；所谓伊人，在水一方。”

濮水在战国前叫灉水，据杨向奎先生考证，西自淇县，东至濮阳、鄄城、汶上，在西周时皆称鄘。诗经中所谓鄘风者，皆指此。同样，濮人居住在灉水两岸，久之，则灉水变名为濮水。

当我看到这条史料的时候，我的心快跳了出来，《诗经》中的鄘风，就是和濮水最直接关联的民歌。

但我也知道，桑间濮上的那些曲子，在一些道德家眼里是最早的靡靡之音，是危害政权的亡国之音，这和红颜祸水一样，也是一种背锅。

儒家的经典《礼记·乐记》上有："桑间濮上之音，亡国之音也。"东汉的郑玄注释："濮水之上，地有桑间者，亡国之音于此之水出也。昔殷纣使师延作靡靡之乐，已而自沉于濮水。后师涓过焉，夜闻而写之，为晋平公鼓之，是之谓也。"

这个故事是韩非写的，我把它当作寓言，是朝堂音乐对民间音乐的否定，是所谓的雅乐对民间俚曲小调的拒绝，其实雅俗是相对的。春秋时候的一年，卫灵公到晋国去，半路夜宿于濮水南边一个叫桑间的地方，夜半时分，卫灵公隐隐听到从濮水那边传来阵阵美妙的新乐，很喜欢，问左右却都说没听过，于是，召乐师涓来，希望他能记下这支乐曲。后来到了晋国，晋平公请灵公一行在施惠台上饮酒。席间，卫灵公要显示一下他的新乐，便叫师涓演奏给平公听。师涓奏出的柔靡哀婉的乐声，如一缕轻风拂过殿宇。忽然，师旷以手按住琴弦，乐声戛然而止，众人不解其意，投来惊诧的目光，全场鸦雀无声。师旷对晋平公说："这是一首亡国之音，千万不能弹下去了。沉迷于这样的乐曲，恐怕就离亡国不远了。"

韩非讲完这个故事后，最后的结果是："晋国大旱，赤地三年，平公之身遂癃病。"

人们在国宴上，不演奏雅乐，而演奏民间的桑间濮上，这就是结果，哈哈，一支乐曲，可以改变自然的天气，比地震和海啸都厉害，鬼才信。这种意识的根源，就是推崇雅乐，固执保守，对新鲜的民间的音乐泼脏水，孔子虽然在整理《诗经》的时候，保留了很多的郑国、卫国的民谣，但他对音乐的认识，我觉得还是偏于守旧，正统的。

“子谓《韶》，尽美矣，又尽善也。谓《武》，尽美矣，未尽善也。”孔子在齐国听了《韶》乐，遂有“三月不知肉味”之叹。他讨厌和“桑间濮上”并举的“郑声”，有一次他说：“恶紫之夺朱也，恶郑声之乱雅乐也，恶利口之覆邦家者。”雅乐就是国家庙堂的嗓音，是命运的象征，也是骨肉相连的命运共同体，雅乐颓，国运损，雅乐兴，国运荣。《乐记》可以说就是孔子这种思想的注脚，《乐记》中说：“郑卫之音，乱世之音也，比于慢矣；桑间濮上之音，亡国之音也，其政散，其民流，诬上行私而不可止也。”

但孔子对《诗经》是包容的，而后世的那些儒家想当然的解释，增加了自己的偏见。“桑间濮上之乐”或“郑卫之音”的所谓淫，其实是从“度”上来说，朱熹却把《诗经·郑风》中的诗都释为淫奔之作，这是他乖谬处，章太炎先生就说：“若郑风而为淫人自道之词，显背无邪之旨，孔子何以取之？”所以，这里所谓“郑声淫”，不是贪色之淫，而是“乐而不淫”之淫。在这里，“淫”就是过分的意思。朱熹后来修正他的思想，也说：“淫者，乐之过而失其正者也。”这里的“过”，就是俗，通俗，接地气。

也许，是基因，现在的故濮水流域，也是梆子戏、大平调、四平调、二夹弦、坠子，乃至豫剧的最大的传播地，这里的百姓最喜欢看灯戏，就是夜里开演的，这里是平原，河南山东交界，虽然现在黄河成了分界，但戏曲分不开，虽是两千年过去，但这里还是喜娱乐，无论城市还是乡间，随时随地地一嗓子唱出，都有道白的魅力，都有唱腔的味道。

这里最有意思的是那些男人女人在丧葬上的哭，还有专门的代替哭丧的，就是戏剧的唱腔，一唱三叹，回环婉转，增加了特殊的悲戚和气氛。

我的爷爷奶奶就是在这种氛围里活了一辈子，爷爷常说，他到老濮州的城里看过戏，爷爷的少年时候，老家的行政区划还是濮州，后来改为鄄城。

后来爷爷冬天卖丸子汤，夏天卖凉粉，那戏场子是人聚集的地方，夏天人听戏，无论天热下雨，那些戏迷跟着戏台上的各种扮相，有跟着唱的，有撩袍断带的，有吹胡子瞪眼的，人累了，热得撑不住就喝一碗凉粉；冬天正相反，冻得鼻涕结冰，双脚麻木，便跺着脚，边随着那舞台上的唱念做打扮演一遍，然后喝一碗丸子汤犒劳自己。

爷爷边做着小本生意，耳朵里也装满了那些曲调和戏词。

爷爷喜欢的是秦琼那些打家劫舍的响马戏，对落难的卖马的英雄抱有同情，其实，爷爷看到那些要饭的叫花子，也会给他们盛碗丸子汤暖暖冻僵的身子。

奶奶喜欢看《打金枝》《秦香莲》等，奶奶说陈世美就是乡村的伦理，就是骂，每次看，都会从为秦香莲哭到咬牙切齿对陈世美的骂。

我觉得，桑间濮上的那些音乐，现在的我的家乡并没有传承下来，我倒觉得昆曲和现在的越剧的缠绵更近郑卫之声。

现在老家的戏，偏于武戏，偏于国家危亡的那些英雄的抗争，偏于民间的苦情，很少那些悱恻的才子佳人故事。但我却觉得，这也是濮水的另一种滋养。

桑间濮上，也有着硬亢的因子，《鄘风》里有一篇《载驰》，这是一篇卫国女儿发出的“我该怎样拯救你，我的母国”的动人的呐喊。这是许穆夫人，历史记载的第一位爱国女诗人。

公元前660年，北狄侵卫，卫懿公死于乱军之中，卫国覆亡。身在许国的许穆夫人闻之悲痛不已。她向许穆公求助，希望许国能派军队帮助卫国复国。然懦弱无能的许穆公害怕引火烧身，但求自保，不肯出兵相助。许穆夫人气恨交加，她毅然决定亲自赶赴漕邑，与逃到那里的卫国宫室和刚被拥立的戴公（许穆夫人的哥哥）相见。就在此时，许国大臣接踵而来，对许穆夫人大加抱怨，责怪她考虑不慎，嘲笑她徒劳无益，指责她抛头露面有失体统，企图把许穆夫人拦截回来。许穆夫人坚信自己的主张是无可指责的，她绝不反悔。面对许国大臣的无礼行为，她怒不可遏，义正词严地斥责道：“既不我嘉，不能旋反；视尔不臧，我思不远。既不我嘉，不能旋济；视尔不臧，我思不闭。”许穆夫人说，即使你们都说我不好，说我渡济水返卫国不对，也断难使我改变初衷；比起你们那些不高明的主张，我的眼光要远大得多，我的思国之心是禁锢不住的。我拯救卫国的决心不可改变。

后来卫国得到舅舅齐桓公的支持，打退了北狄，收复了失地，恢复了在诸侯国中的地位，延续四百多年。

许穆夫人，是可以为桑间濮上的亡国之音正名，《诗经》里的牵扯卫地的那些民歌，有儿女情长，“巧笑倩兮，美目盼兮”“肤如凝脂，领如蝤蛴，齿如瓠犀，螓首蛾眉”的千古美人的第一绝唱，也有“相鼠有皮，人而无仪。人而无仪，不死何为?”的讽刺。他们不仅婚前能同歌共舞，邂逅偕臧，传递爱情信物，甚至幽会。“静女其姝，俟我于城隅。爱而不见，搔首踟蹰”，也有“秋以为期”的娶亲的秋天，更有“死生契阔，与子成说，执子之手，与子偕老”的忠贞的誓言。

濮水是爱情的河流，那些先民男女的爱情的炽热露骨，人性的裸，感情的痴，是我们民族曾有过的标高，空前而绝后。

鱼水之欢，水是爱的附着，没有水，何来爱之欢畅?那河水里的水草，多似女性的柔媚，水满载着诗意，是爱情美学的源头也是精神的渊薮。

三

濮水，是哲学的河流，西哲有言：人不能两次踏进同一条河流。但濮水和庄子相遇了，一次就够。

庄子钓于濮水。楚王使大夫二人往先焉。曰：“愿以境内累矣。”

庄子是自然中人，他处在江湖，在江湖行走，但那些儒家、法家，甚至道家的老子，都在官场弄个一官半职，独庄子背对朝廷。

濮水不是渭水。

姜子牙垂钓，垂钓的是机会，是官场。而柳宗元的那个雪中的垂钓者，是对官场的厌倦，抛却奔竟官场的万径，背离热闹，到没有人踪迹的山里，雪里，在孤舟上，自己把自己塑造成一个雪雕。

我们再看在濮水边钓鱼的庄子，这时也许是向监河侯借粮后的日子，即使是做着漆园的小吏，那些薪水也可能欠着，庄子是逍遥到此钓鱼，还是为补贴家的胃？这些我们不管，反正，庄子在濮水垂钓呢。这时，肩负楚王使命让庄子出山的大夫二人，站在了庄子的身后。

庄子此时面对的，是水清且涟漪的濮水，还有一个大国的相位，你想，如果是姜太公，那太公心里会说，机会终于来了，我哪是钓鱼啊，我是在钓文王。而庄子呢，钓鱼就是钓鱼，他觉得钓鱼这个不累，而一个国家的相位，却是“累”。

我们要感谢汉语的造型能力，短短的六个字：

庄子持竿不顾。

持竿不顾，谁？庄子。这个里面有形象，有思想，有态度，有取舍，也有坚守。庄子连头都不回。在姜太公看作机会的机会来了，庄子却是头也不回一下。我想到的是这样一句著名的话：“走开，别挡着我晒太阳。”

这是两千四百多年前的古希腊，一个坐在木桶里的人说出了一样的话。他是古希腊哲学家第欧根尼。

第欧根尼住在一个木桶里，他拥有的所有财产也只是一个木桶、一件斗篷、一支棍子和一个面包袋。

有一次，第欧根尼正在晒太阳，这时亚历山大大帝前来拜访他，问他需要什么，并保证会兑现他的愿望。第欧根尼回答道：“我希望你闪到一边去，不要遮住我的阳光。”

亚历山大大帝后来说：“我若不是亚历山大，我愿是第欧根尼。”

这是东西两个哲学家对待权力的态度，这也是中国古人的传统，如果是许由，他听了大夫二人的话，就会一下子跳到濮水里，洗一洗自己的耳朵，官场的乌烟瘴气，只有这濮水才能给人以清静。

庄子，不像许由给大夫二人那样的火星撞地球，而是拿出他的拿手好戏，讲故事。庄子说：

吾闻楚有神龟，死已三千岁矣，王巾笥而藏之庙堂之上。此龟者，宁其死为留骨而贵乎，宁其生而曳尾涂中乎？

我听说楚国有一只神龟，死去已有三千年了。楚王将它的骨甲装在竹箱里，蒙上丝巾，珍藏在太庙的明堂之上供奉。请设身处地想一想：如果您就是这只神龟，是愿意死掉“留骨而贵”呢？还是宁愿活着，哪怕是在泥塘里拖着尾巴自由自在地爬行呢？

这道理不明白吗在这里？所以庄子曰：“往矣，吾将曳尾于涂中。”

走吧，别遮着我的阳光，别耽误我钓鱼。有劳两位大夫，请回禀楚王吧，我也愿意在泥地里自由地摇着尾巴，做一个曳尾之龟。

这故事在庄子秋水篇里，两千多年了，庄子钓鱼的地方，成了人们纪念他的地方，到网上查看，全国十大钓鱼台，除掉北京钓鱼台，就是在我老家的鄄城庄子钓鱼台，这个钓鱼台遗址还在，就在我们村子西边20华里的临濮镇的西南。

濮水因黄河的冲积，现在没有了，但庄子这种面对世俗权力的那种精神的洁，却还在，虽然有时淹没了，有时不彰，这种对权力的不合作精神，其实是对权力的所谓的无所不能的一种排距，一种新的价值体系的制衡。后代的很多文人内心的坚持，也一定有濮水钓鱼的这个精神的血脉在流淌。

我喜欢“持竿不顾”，这个孤绝的有意味的形式，这濮水畔的经典造型。

四

桑间濮上，给人形成的记忆和偏见，是和柔美有关，但不要忘记，吴起、荆轲都是卫国男人精神的代表。《史记·货殖列传》记载：“濮上之邑徙野王，野王好气任侠，卫之风也。”《前汉书·地理志》：“卫俗刚强多豪杰。”从这些历史的记载，我们可以看出从濮水到易水，是有着内在的精神的牵引的。

我在明朝的《濮州志》上，读到荆轲墓就在我的老家鄄城，但我估计是荆轲的衣冠冢，是家乡人用来纪念这位名烁古今的刺客精神而不坠的产物。

荆轲所遇到的是一个礼崩乐坏的大时代，这使他从一个书生变成了剑客。司马迁在《史记·刺客列传》中，用最多的笔墨写荆轲。

“荆卿好读书击剑，以术说卫元君，卫元君不用。”他先是把自己的理论说给卫元君，卫元君不用，接着：

荆轲尝游过榆次，与盖聂论剑，盖聂怒而目之。荆轲出，人或言复召荆卿。盖曰：“曩者吾与论剑有不称者，吾目之；试往，是宜去，不敢留。”使使往之主人，荆卿则已驾而去榆次矣。使者还报，盖聂曰：“固去也，吾曩者目摄之！”

荆轲游于邯郸，鲁勾践与荆轲博，争道，鲁勾践怒而叱之，荆轲嘿而逃去，遂不复会。

司马迁在这里写的荆轲比较有意思，这纯粹就是一个胆小鬼，他到了晋地榆次，与盖聂论剑，盖聂看到荆轲的剑术，“怒而目之”。荆轲害怕了，就溜走，有人劝盖聂把荆轲叫回来。盖聂说：“刚才我和他谈论剑术，他说得很不是一回事，我就瞪了他；你们去看吧，估计被我一瞪眼，他吓得不再留在这里了。”于是这人到荆轲住的地方去问房东，房东说荆轲早驾车跑开了。

后来荆轲漫游到邯郸，跟鲁勾践比试剑术，两人争执起来，鲁勾践愤怒地大声叱责了荆轲，荆轲“嘿而逃去”，嘿这个词用得好，嘿嘿，现在人们尴尬的时候不也这样的表情吗？

但荆轲真的是一位怂人吗？软蛋吗？他只是等待，等待一个机会。等待一个识货者，等待一个知音。他遇到了高渐离：

荆轲既至燕，爱燕之狗屠及善击筑者高渐离。荆轲嗜酒，日与狗屠及高渐离饮于燕市，酒酣以往，高渐离击筑，荆轲和而歌于市中，相乐也，已而相泣，旁若无人者。荆轲虽游于酒人乎，然其为人沉深好书；其所游诸侯，尽与其贤豪长者相结。其之燕，燕之处士田光先生亦善待之，知其非庸人也。

荆轲混迹在狗屠辈酒徒中，酒酣以往，击筑而歌，相拥相泣，旁若无人。君子待时也。司马迁还在这里突出了荆轲为人深沉稳重，喜欢读书；他游历各国，尽与当地贤士豪杰德高望重之人结交。燕国隐士田光是识货的，他坚持认为荆轲非平庸之辈。

后来的事，我们都知道了。从濮水终于到了易水和渭水。荆轲被田光引荐给了燕国的太子丹。后来当秦军车马逼近易水时，荆轲决定西渡易水，他制定了一个周详的刺杀计划，准备一招拿下秦王。

单身怎样靠近秦王？那就必须借人头，借亡命燕国的秦国的叛将樊於期的人头，这是秦王心心念念的叛徒，再就是把燕国的地图献上，用江山做诱饵。最后是涂了药的徐夫人匕首。

荆轲来到了易水，准备渡河，然而，荆轲等待的一个人迟迟没有到来，荆轲久久没能渡河，这时的燕太子丹以为荆轲怂了，起了疑心，于是就催促荆轲。于是两人争执在易水。这在《刺客列传》上有详细的记载，对太子丹来说，荆轲是他的门客，是他养的士，他送荆轲，就是送荆轲赴死，荆轲迟缓，他就紧逼，是督战；对荆轲呢，他是实践诺言，是为了自己。

这是历史铭记的一刻。慷慨悲歌，易水渡河，作为这次行动的先导，田光因为太子丹和荆轲三人的密室之约，只是太子丹的一句“愿先生勿泄”，田光就以命相抵，以自杀而守密。樊於期也是因为荆轲的一句话“愿得将军之首”，樊於期就献出了项上人头。为了这些血，荆轲不能不死，也不能不渡过易水。

风萧萧兮易水寒，壮士一去兮不复还。荆轲和他的知己，屠狗的高渐离在易水之畔，一人击筑，一人和歌，悲壮如云，我觉得易水之别，是向友谊的告别，是向精神同道的告别，一人赴死，另一人岂能独存？以后的高渐离的行动证明了诺言的质地。

荆轲以匕首，以弱者的权力向暴政发起了肉搏，荆轲功败垂成，荆轲死掉了；几年后，高渐离带着乐器筑，接近了秦王。但可惜的是高渐离被秦王识破了，知道他是荆轲的同党，就被剜掉眼睛，置之阶下，击筑取乐。然而，要践约的高渐离在筑中灌上了铅，用乐器充做兵器，盲眼的高渐离向秦王发起了第二次攻击。

我说，这是荆轲的附体，这与太子丹没有丝毫的关系，与燕国的存亡也没有丝毫的关系，这只是和友谊和精神有关系。

从濮水走出的荆轲，到了易水，我觉得必须把司马迁的在场的文字拿出来，濮水是易水的上游。

这一刻，告别的时刻，“太子及宾客知其事者，皆白衣冠以送之。至易水之上，既祖，取道，高渐离击筑，荆轲和而歌，为变徵之声，士皆垂泪涕泣。又前而为歌曰：‘风萧萧兮易水寒，壮士一去兮不复还！’”

从濮水到易水，然后到了渭水，这最后的结局来了，秦舞阳吓尿了，荆轲不得不一人走到秦王面前，徐徐展开地图，最后图穷匕见，秦王震惊。荆轲遂以匕首“揕”之，秦王惊慌逃脱，绕柱奔跑，荆轲则绕柱而追。最终秦王拔出背上的宝剑，“拔以击荆轲，断其左股”，荆轲则以匕首抛击秦王，然不中，“秦王复击轲，轲被八创”。

荆轲就要死了，他以血淋淋的残躯坐在地上说了一句话：“事所以不成者，以欲生劫之，必得约契以报太子也。”荆轲说，我本来就不想刺死秦王，只是想生擒后，逼迫他签订一份善待燕国的条约以回报燕丹。

是吗？谁能保证秦王签后不会反复？但荆轲真的不想刺杀秦王吗？我们从鲁勾践的话里，可听出里面的玄机，荆轲刺杀失败后，鲁勾践说：“嗟乎，惜哉其不讲于刺剑之术也！甚矣吾不知人也！曩者吾叱之，彼乃以我为非人也！”

唉，历史自有命数，我们要承认，荆轲的剑术不行，否则，历史就会是另一种模样。

这是历史的遗憾，也是荆轲的遗憾，但不管怎样，荆轲成了我们民族精神的一个源头，面对暴政，弱小者的反击，是值得歌颂的。

后来陶渊明歌颂荆轲说“君子死知己，提剑出燕京”，他最不能忘怀的也是易水送别的场面，“素骥鸣广陌，慷慨送我行。雄发指危冠，猛气冲长缨。饮饯易水上，四座列群英。渐离击悲筑，宋意唱高声。萧萧哀风逝，淡淡寒波生。商音更流涕，羽奏壮士惊。”这是《史记·刺客列传》的诗歌版，但爆发力更强，“雄发指危冠，猛气充长缨”，这是何等义愤填膺之状貌；“登车何时顾，飞盖入秦庭”，这是何其直蹈秦邦之雄姿；“凌厉越万里，逶迤过千城”，这是何其视死如归之豪情；“图穷事自至，豪主正怔营”，这是何其勇猛威慑之气魄；陶渊明叹息“惜哉剑术疏，奇功遂不成”，最后一句浓缩“其人虽已没，千载有余情”！陶渊明根本不在意荆轲剑术；即便他“固请毋让”，被迫入秦。这些都不重要！

多少人借荆轲之酒杯抒自己之块垒啊，陶渊明何尝不是？陶渊明的内心一直都激荡着豪放、侠义的热血。“少时壮且厉，抚剑独行游”“猛志逸四海，骞翮思远翥”“精卫衔微木，将以填沧海。刑天舞干戚，猛志固常在”。

濮水枯了，但濮水的精神不枯。“江畔何人初见月，江月何年初照人？”我不知道，濮水消失的确切年代，但我能想象我们的先民发现这条河时的惊讶，然后在这条河上演绎了多少风情，多少热血，多少肉骨，多少侠义。

在河之洲的淑女呀。

在水一方的伊人呀。

日日思君不见君，共饮一河水的灵魂呀！

濮水涟漪，则心生涟漪。濮水荡漾，必心生荡漾。那些临波之人啊，怎禁得起这一泓的濮水？

孤帆远去了。

千帆过尽了。

蒹葭下，落木萧萧下，濮水仍是濮水。

但时间的伟力，还是把濮水弄丢了，我的故乡再无濮水可依、可沐、可饮，我的故乡再无濮水可歌、可啸、可舞。

问君能有几多愁？恰似一江春水向东流……

断流的濮水，消失的濮水，流在我精神血脉里濮水，怎会消失呢？

黄初三年，一场风花雪月的误读

一

我惦记着黄初三年，那是公元 222 年，那个发生在我故乡的文学史事件——《洛神赋》的问世，《洛神赋》的原名是《感鄄赋》，从菏泽到鄄城老家读高中时，我还不知这个典故。但鄄城县城的很多地名和场所都让我感到曹植与他的影子，曹植依然参与着当下。

心念鄄城，写下鄄城，曹植在文章中，直接把我老家鄄城放在题目中，这举动也实是令人感动。当时尚不知曹植在鄄城还写下另一文学史名篇：《赠白马王彪》。在老家读书三年，近距离接触老家的文化与风土人情，使我进一步了解到曹操、曹植父子与鄄城非同一般的关系。

在鄄城一中后门的不远处，有眼大井，井旁立着的石碑上镌刻：亘古清泉。这井，井口有几间房屋大，一年四季，不涸不枯，父老传说，这是汉末曹操青州兵饮马的水源。

在鄄城城里，多处与曹植有关的名号，比如陈王商场、陈王街道、陈王宾馆等，其实曹植初封鄄城时，是为侯，一年后进封为鄄城王。曹植死在里鄄城东边百里的封地东阿，最后一个封号叫陈王，后人就以最后的一个封号称之。李白在《将进酒》中说“陈王昔时宴平乐”就是这个意思。

东汉末年的鄄城，是兖州的州治所在，是曹操发迹的根基，是他的龙兴地，在此，他收缴了青州兵，被推举为兖州牧，开始拥有自己的地盘，并在此击败吕布，彻底巩固了这块最初的根据地。

我们还原一下历史现场，看一下曹操与鄄城，人们说机遇是留给有准备和有能力的人。

公元192年，初平三年，兖州刺史刘岱在与青州黄巾军对战中阵亡，济北相鲍信和兖州名士陈宫等人积极推举奔走，并前往东郡迎曹操为兖州牧。兖州原先的州治为山阳郡昌邑，然而自曹操领兖州牧之后，他就把州治北迁至更靠近黄河的济阴郡鄄城。

兖州是古代“禹贡九州”之一，约位于古黄河和济水之间(今山东省西部、河南省东北部、河北省东南部)。清代学者顾祖禹所撰《读史方舆纪要》中载，昌邑城“后汉为兖州治”，之后鄄城，“后汉末，为兖州治，曹操创业于此，曹植初封鄄城侯”。是曹操的战略眼光，把州治弄到了鄄城。

这兖州地面，平原沃野，地大物繁，民殷土沃，阳光丰沛，水利充足，是人口密集繁衍区，是产粮区。它东临徐州、西依司隶校尉部、南接豫州、背靠冀州，兖州可谓是四战之地，历来兵家必争，而新迁移的州治鄄城呢，《水经注》载：“鄄城在河南岸十八里河上之邑，最为峻固。”

一个峻固最能说明情况，后面发生的战事，更加证明了鄄城在危难中的峻固与曹操的眼光之毒。而曹操到达鄄城的时候，曹植出生。是年，曹操37岁，雄姿英发，羽扇纶巾。他为儿子取名植，就是扎根的意思，根植，就是在鄄城这片土地上生根发芽，开花结果。

在兖州的曹操，腾龙飞驾，军事才能爆棚。那时的兖州，刺史被杀，军心涣散，士气低落。曹操攻心为上，激励兖州军士气。然后埋伏兵设奇谋，以少少许胜多多许，夙兴夜寐，短短几个月，驰骋兖州，杀敌无数。到公元192年10月，曹操在兖州彻底剿灭黄巾军，收服投降的兵士部曲就有三十多万。

曹操将投降的士兵重新编排，挑选精锐组成新军，称为青州军。这基础的队伍，成了曹操的起家部队。而兖州很多的优秀人才，无论文的还是武的，比如于禁、乐进、程昱、满宠、毛玠，一时聚拢帐下听令，在随后的杀伐征战中，这些兖州的老班底老哥们，都成了曹操阵营的支柱将领和谋臣，一时星光灿烂。

这一年呢，曹操而立已过，年近不惑，曹植呱呱坠地，堪可记录。

二

一次，父亲从菏泽来鄄城一中看我，一中也是父亲母校，县城里有很多父亲的故交与学生。老家民风淳朴，特别讲究同窗师生情谊，一见面，小县城的那种特有的待客方式，就是找吃喝的地点。

这次大家拉父亲去旧城吃饭。旧城，就是东汉末年的鄄城县城旧址，现在是在黄河千里绵延的堤下，临着黄河的一个镇子，数千人家，尚有古风。旧城东边有杏花岗村，在杏花岗村西南不远处，现存一高高的土台，荒草杂树，群鸟争飞，即是千年遗存下来的曹植读书台：陈台。宣统元年编纂的《濮州志》记载：

陈台：在濮州旧城东北，魏曹植封鄄侯于此，筑台读书，后改封陈王，人因号陈台。

陈台不远，就是明朝著名文学家李先芳的故乡李进士堂，后人曾考据李先芳也是《金瓶梅》的作者之一，《濮州志》有李先芳一首《子建读书堂》：

城角岿然土一堆，当年子建读书来。
三分鼎沸无遗址，七步歌残有旧台。
葑菲何妨宗社忌，伊吾不尽水云哀。
佳城只在鱼山下，千古招魂寄草莱。

先芳才华横溢，以诗作著称于世，名籍齐鲁，为嘉靖名士，这读书台，是鄄城的八景，曰：杏岗春色，过去的陈台上遍植杏树，也称杏岗，春天一来，争妍万树，芬芳花粉，风吹十里。

飞红似锦，春色先到，引得人们到此赏杏花，怀曹植。但到了明朝，李先芳看到的读书台，只余下堆土高高，魏蜀吴三国到哪里去了？在这个土台上，我们怀想“煮豆燃豆萁”七步诗的曹植，但他的满腹的才华，只能遭到朝廷的嫉恨，如今，蒿莱遍地，水云哀苦，曹植的魂兮归来兮。

其实理解曹植读书台，他在鄄城写的杂诗，特别是“高台多悲风”那首，是最好的解码口：

高台多悲风，朝日照北林。
之子在万里，江湖迥且深。
方舟安可极，离思故难任。
孤雁飞南游，过庭长哀吟。
翘思慕远人，愿欲托遗音。
形影忽不见，翩翩伤我心。

这是一首著名的五言诗，诗里的高台，就是曹植的读书台，鄄城是平原，筑建高台，可以登临而赋，心小天下，抒发沉郁顿挫之感。那时的曹植，“块然独处，左右惟仆隶，所对惟妻子，高谈无所与陈，发义无所与展”。怎样排解心中的块垒呢，登高所以望远，所以思远人也；而时值秋令，台愈高则风自然愈凄厉，登台之人乃因风急而愈感心情之沉重悲哀，说风悲正写人之忧伤无尽。

在鄄城，曹植“出入二载”，在黄初三年，曹植往朝京师，归途至洛川，写下著名的《感鄄赋》：

黄初三年，余朝京师，还济洛川。古人有言，斯水之神名曰宓妃。感宋玉对楚王说神女之事，遂作斯赋。其词曰：

余从京域，言归东藩，背伊阙，越轘辕，经通谷，陵景山。日既西倾，车殆马烦。尔乃税驾乎蘅皋，秣驷乎芝田，容与乎阳林，流眄乎洛川。于是精移神骇，忽焉思散。俯则未察，仰以殊观。睹一丽人，于岩之畔。乃援御者而告之曰："尔有觌于彼者乎？彼何人斯，若此之艳也！"御者对曰："臣闻河洛之神，名曰宓妃。然则君王之所见也，无乃是乎！其状若何？臣愿闻之。"

余告之曰：其形也，翩若惊鸿，婉若游龙。荣曜秋菊，华茂春松。仿佛兮若轻云之蔽月，飘飖兮若流风之回雪。远而望之，皎若太阳升朝霞；迫而察之，灼若芙蕖出渌波。秾纤得中，修短合度。肩若削成，腰如约素。延颈秀项，皓质呈露。芳泽无加，铅华弗御。云髻峨峨，修眉联娟。丹唇外朗，皓齿内鲜。明眸善睐，靥辅承权。瑰姿艳逸，仪静体闲。柔情绰态，媚于语言。奇服旷世，骨像应图。披罗衣之璀粲兮，珥瑶碧之华琚。戴金翠之首饰，缀明珠以耀躯。践远游之文履，曳雾绡之轻裾。微幽兰之芳蔼兮，步踟蹰于山隅。于是忽焉纵体，以遨以嬉。左倚采旄，右阴桂旗。攘皓腕于神浒兮，采湍濑之玄芝。

余情悦其淑美兮，心振荡而不怡。无良媒以接欢兮，托微波而通辞。愿诚素之先达兮，解玉珮以要之。嗟佳人之信修兮，羌习礼而明诗。抗琼珶以和予兮，指潜渊而为期。执眷眷之款实兮，惧斯灵之我欺。感交甫之弃言兮，怅犹豫而狐疑。收和颜而静志兮，申礼防以自持。

于是洛灵感焉，徙倚彷徨。神光离合，乍阴乍阳。竦轻躯以鹤立，若将飞而未翔。践椒涂之郁烈，步蘅薄而流芳。超长吟以永慕兮，声哀厉而弥长。尔乃众灵杂沓，命俦啸侣。或戏清流，或翔神渚，或采明珠，或拾翠羽。从南湘之二妃，携汉滨之游女。叹匏瓜之无匹兮，咏牵牛之独处。扬轻袿之猗靡兮，翳修袖以延伫。体迅飞凫，飘忽若神。凌波微步，罗袜生尘。动无常则，若危若安；进止难期，若往若还。转眄流精，光润玉颜。含辞未吐，气若幽兰。华容婀娜，令我忘餐。

于是屏翳收风，川后静波。冯夷鸣鼓，女娲清歌。腾文鱼以惊乘，鸣玉銮以偕逝。六龙俨其齐首，载云车之容裔。鲸鲵踊而夹毂，水禽翔而为卫。于是越北沚，过南冈，纡素领，回清阳。动朱唇以徐言，陈交接之大纲。恨人神之道殊兮，怨盛年之莫当。抗罗袂以掩涕兮，泪流襟之浪浪。悼良会之永绝兮，哀一逝而异乡。无微情以效爱兮，献江南之明珰。虽潜处于太阴，长寄心于君王。忽不悟其所舍，怅神宵而蔽光。

于是背下陵高，足往神留。遗情想像，顾望怀愁。冀灵体之复形，御轻舟而上溯。浮长川而忘返，思绵绵而增慕。夜耿耿而不寐，沾繁霜而至曙。命仆夫而就驾，吾将归乎东路。揽騑辔以抗策，怅盘桓而不能去。

《感鄄赋》（《洛神赋》）出世了，这是黄初三年，这是文学史、书法史和绘画史铭记的黄初三年的《洛神赋》，由于《洛神赋》，以后我们民族的这些历史文化记忆和演进就不一样了。

黄初三年的曹植，是一棵蓬草，无依无靠，随风飘荡，然而《洛神赋》则是一个铭石，把他推向了一流文学家的位置。

我们知道，历史上曹氏父子三人，被人铭记的那些名篇名句，说到曹植，那一定是《洛神赋》里的“翩若惊鸿，婉若游龙。荣曜秋菊，华茂春松”，这几句，是与曹操的“老骥伏枥，志在千里”“烈士暮年，壮心不已”“对酒当歌，人生几何”“何以解忧，唯有杜康”，一齐被人传诵的。但曹丕也不是吃素的，他的文学理论作品《典论·论文》，则是开陆机、刘勰文论先河，更有他的七言诗《燕歌行》。我们不排文学史座次，父子谁第一第二。但我私下的排名还是，父亲是老大，那种慷慨悲凉是曹丕和曹植无法比拟的，而曹植和曹丕，人们流传最广的是曹植常遭哥哥的挤兑。

曹操死后，继位大统的曹丕，嫉妒弟弟曹植的才华，就变着法子迫害弟弟，流传最广的就是，有次居然逼着弟弟在七步之内写一首诗，写不出来就处死。传说曹植只走了五步，就吟出四句：“煮豆燃豆萁，豆在釜中泣。本是同根生，相煎何太急！”

我觉得，这只是一个传说，真实的情况如何，那只有传说了，但曹植在曹丕父子的严密监视下战战兢兢过日子，从早期的那种贵公子的豪迈激越，到后来的人生绝望之境的体察，这对创作，却是一种歪打正着的促进了。也正是在这种氛围下，《洛神赋》与《赠白马王彪》诞生了。

三

理解《洛神赋》，最主要的是做好曹植和曹丕兄弟的关系的功课。他们是一娘同胞，曹丕长曹植五岁，由于七步诗的影响，由于《洛神赋》和宫闱故事的编排，曹植和甄氏故事演义，加以根深蒂固的才子佳人式的国人情结，大家就有了一个先入为主的人设：曹丕嫌恶曹植与自己争夺大统，于是刻薄骨肉，一有机会，就想弄死曹植。

是也？非也？兄弟之间，骨肉相残，政治的异化，把人还原成森林里的兽。

我们看曹植，他留给后人的，不是他的功业，况且，历史曾给他建立功业的机会，却被他自己弄丢了。在曹操眼里，曹植最像自己年轻时的“任侠放荡”，但另一面的“奸猾狡诈”，曹植是远远逊色于老爹，这点厚黑他是没有的。

曹植“任性而行，不自雕励，饮酒不节”。这是经得起历史事实检验的陈寿的评价。赤壁大战后，驻守襄阳的曹仁被关羽围困，曹操命曹植为中郎将，带兵前去救援，结果是曹植因饮酒大醉而耽误了军事，不能受命。就是一摊烂泥啊，军情之重，十万火急，竟然儿戏如此。

而更让人大跌眼镜的是曹植惹祸的“司马门”事件，这是他在曹操心中失宠的直接诱因。“植尝乘车行驰道中，开司马门出。太祖大怒，公车令坐死。由是重诸侯科禁，而植宠日衰。”司马门是出入宫廷的大门，历代朝廷都有对出入司马门严格的约法，而曹植却公子哥脾气，擅自出入司马门，规矩，在曹植眼里，等同儿戏。陈寿说曹植“陈思文才富艳，足以自通后叶，然不能克让远防，终致携隙”。曹植的才华，仅是辞章而已，治国则远矣。而曹丕的辞章功夫，丝毫不落曹植，鲁迅先生把魏晋的文学史当作是“曹丕的时代”，认为曹丕代表了“文学的自觉”精神。

且曹丕是长子，武功、骑术和剑术也出众，能“逐禽辄十里，驰射常百步”，也曾以甘蔗代剑与奋威将军邓展较量，不落下风。

曹植才华出众，但仅局限于文学，论政治则是一塌糊涂。而曹丕相对曹植，则各个方面也突出且均衡，所以，大统之位，是非曹丕莫属。

曹植有魏晋人的风雅，开江左风流的前河，这都是让后人觉得亲切的原因，且他的八斗才华，更是让后世文人钦慕不已。

而关于《洛神赋》，一般认为是因曹植被封鄄城所作，但有人认为这牵扯曹植与曹丕之妃甄氏之间的情感。据《文昭甄皇后传载》：甄氏乃中山无极人，上蔡令甄逸之女。建安年间，她嫁给袁绍的儿子袁熙。东汉献帝七年，官渡之战，袁绍兵败病死。曹操乘机出兵，甄氏成了曹军的俘虏，继而嫁曹丕为妻。

《魏书》这样介绍甄氏：

自少至长，不好戏弄。年八岁，外有立骑马戏者，家人诸姊皆上阁观之，后独不行。诸姊怪问之，后答言：“此岂女人之所观邪?”年九岁，喜书，视字辄识，数用诸兄笔砚，兄谓后言：“汝当习女工。用书为学，当作女博士邪?”后答言：“闻古者贤女，未有不学前世成败，以为己诫。不知书，何由见之?”

这甄夫人从小就与同龄人不同，不喜玩闹，别人在阁上看外面的骑马的人，她独自一人，与众不同，到了九岁就喜欢读书，要做古代的贤女。

《魏略》则这样记载：

后年十四，丧中兄俨，悲哀过制，事寡嫂谦敬，事处其劳，拊养俨子，慈爱甚笃。后母性严，待诸妇有常，后数谏母：“兄不幸早终，嫂年少守节，顾留一子，以大义言之，待之当如妇，爱之宜如女。”母感后言流涕，便令后与嫂共止，寝息坐起常相随，恩爱益密。

这段记载写的是甄夫人的良善与爱心。从这些记载，可以看出甄氏是个端庄的女子，但这样的一个女人，却搅动了后世文人的无穷想象，特别是李善的注，是这风暴的缘起。从历史的真实来说，从未出现过“甄宓”“甄姬”这样的名号与称呼，甄氏只是一个姓字，只是一个符号，没有留下名字，一般被称为甄夫人，曹丕死后，曹叡将其追谥为文昭皇后。

《魏略》记载：太祖下邺，文帝先入袁尚府，有妇人被发垢面，垂涕立绍妻刘后，文帝问之，刘答“是熙妻”，顾揽发髻，以巾拭面，姿貌绝伦。既过，刘谓后“不忧死矣”！

曹操攻下邺城之后，曹丕先进了袁绍的府邸，见到了甄夫人，那时候甄夫人是袁绍的次子袁熙的妻子。曹丕一见这个比自己大五岁的女子，且是一个已经嫁为人妇的女人，却一下子被她迷住了。

后人附会，23 岁的甄氏和 13 岁的曹植有恋情，这只是对《洛神赋》的误读而已，所谓洛神本为神话里伏羲氏之女，因在洛水溺死，后成为洛水之神。

唐朝人李善为《文选》作注时，这样写道：魏东阿王（曹植），汉末求甄逸女，既不遂。太祖回与五官中郎将（曹丕）。植殊不平，昼思夜想，废寝与食。

这才是所谓的误读源头，这段话是说，当初曹操击破邺城时，曹植即向曹操开口要娶甄氏。但曹操拒绝了他，却答应让曹丕娶甄氏为妻，让曹植愤愤不平，甚至废寝忘食。

一个 13 岁的少年，在曹操破邺城的时候，要求曹操自己娶甄氏，这是令人怀疑且不合乎事理的。李善注的后半段更是如野史传奇，曹植黄初中入朝，帝示植甄后玉镂金带枕，植见之，不觉泣。时已为郭后谗死。帝意亦寻悟，因令太子留宴饮，仍以枕赉植。植还，度轘辕，少许时，将息洛水上，思甄后。忽见女来，自云：我本托心君王，其心不遂。此枕是我嫁时物，前与五官中郎将，今与君王。遂用荐枕席，欢情交集。后明帝见之，改为《洛神赋》。

李善这里的注称曹丕称帝后，曹植从封地入朝觐见。这时候，甄氏已死，曹丕把她的玉镂金带枕展示给曹植看。曹植看到后，不禁饮泣。后来太子曹叡陪曹植饮宴时，把这个玉镂金带枕送给了叔叔。

曹植经过洛水时，梦到了甄氏。甄氏对曹植说："我的心本来是属于你的。无奈事与愿违。这个枕头是我当年的嫁妆，现在送给你。"于是两人在梦中发生关系。

曹植醒后，遂写了《感甄赋》。后来魏明帝改为《洛神赋》。我觉得，李善这样的注，是小说化传奇化的，曹植的赋，这只是一篇仿屈原的"美人芳草"的隐喻，目的是向曹丕示好。

这篇赋的原名《感鄄赋》，并不是《感甄赋》，有人牵强"鄄"与"甄"通假字，就附会一通。熟悉文学史的人都知道，这是一篇模仿之作，是曹植向宋玉《神女赋》的致敬，是对巫山神女的套作，曹植叙述自己在洛水边与洛神相遇的故事，在故事情节、人物形象描写上多有借鉴宋赋。此赋虚构作者与洛神的邂逅和彼此间的思慕爱恋，洛神形象美丽绝伦，人神之恋缥缈迷离，但由于人神道殊而不能结合，最后抒发了无限的悲伤怅惘之情。

四

终于到了我们可以仔细欣赏《洛神赋》艺术特质的时候。曹植从京城洛阳启程，东归封地鄄城。途中，在洛水岸边，停车饮马，于阳林漫步，恍然看到了洛神宓妃。洛神体态娉婷摇曳飘忽像惊飞的鸿雁，婉丽柔媚似水中的游龙，鲜丽、华美较秋菊、茂松有过之而无不及，姣如朝霞，洁如芙蓉，风华绝代。随后，曹植不觉心旌摇荡，对洛神顿生倾慕，遂托水波以达意，寄玉佩以定情。然洛神的肃然高洁令曹植不敢造次。最后洛神终被他的赤诚所感，与之相见，倾之以情。但终因人神殊途，天地两隔，依依惜别。

《洛神赋》出世后，人们把它与屈原的《九歌》和宋玉的《神女》放在同一层级，但曹植此赋兼二者而有，它既有《湘君》《湘夫人》之抒情，又具宋玉诸赋对女性柔美之精妙传神。并且，《洛神赋》有情节有故事，手法多变而形式隽永，前代作品之所不及。于是《洛神赋》如水波荡漾的涟漪，越来越阔，影响深远。晋王献之和顾恺之，都曾将《洛神赋》的风神形诸笔墨颜色，为书法史和绘画史增添了美妙云锦。

到南宋和元明，一些剧作家又将其搬演，舞台上洛神霓裳，子建才气，至于历代作家以此寄怀，更是别有怀抱，传奇，小说，诗词，歌赋，成为一种文化现象。

东晋画圣顾恺之的《洛神赋图》，是他的代表作，也是中国古代十大名画之一，这幅画即取材曹植的《洛神赋》，原作为设色绢本，长度近 6 米，是由多个故事情节连缀的类似连环画的长卷，原作已佚，现在传世的主要是宋代的四件摹本，分别藏在北京故宫博物院、辽宁省博物馆和美国弗利尔美术馆。

顾恺之，字长康，小字虎头，他与陆探微、张僧繇被称作“六朝三杰”，而顾恺之则是三杰中最重要的一位，其画作被评价为：张得其肉、陆得其骨、顾得其神。他是东晋时期最伟大的画家，也是绘画理论家。顾恺之工诗赋，善书法，被称为“才绝、画绝、痴绝”。他的画风独特，被称为“顾家样”。无论在绘画实践技巧上，还是绘画理论上，他都进行了前所未有的摸索和总结，取得了无人可比的成就，使得中国绘画审美趣味发生了质的变化。

《洛神赋图》，通过一幅幅连续的画面展示了诗人与洛神邂逅、嬉游、相恋、分别、相忆的全过程。

《洛神赋图》全卷分为三个部分，曲折婉转细致却又层次分明地描绘出曹植与洛神真挚纯洁的爱情故事。人物安置疏密得宜，在不同的时空中自然地交替、重叠、交换，而山川景物描绘上，更展现中国画的时空交错之美。

画卷从右端起始，第一部分描绘了黄昏时分，曹植率领众随侍由京城返回封地，经过洛水之滨停驻休息。在平静的水面上，风姿绝世、含情脉脉的洛神衣带飘逸，姿态从容，凌波而来。曹植步履趋前，远望龙鸿飞舞，“肩若削成，腰如约素”“云髻峨峨，修眉联娟”的洛水女神飘飘而来，而又时隐时现，忽往忽来。画家巧妙地定格这一瞬间动作，不仅形象生动地表现出曹植刹那间见到洛神的惊喜之情，还将曹植被洛神的绝世之美所深深吸引的内心活动展现出来。曹植解玉佩相赠，洛神指潜渊为期，曹植犹疑矛盾跃然纸上。于是敛容定神，守之以礼，二人情意缠绵。洛神与诸神仙嬉戏，风神停顿，河神抚平水波，水神鸣鼓，女娲起舞，洛神在空中、山间、水中若隐若现，舒袖起舞。通过女神与众神仙的欢乐、嬉戏，为洛神与曹植即将分离做了铺垫，衬托出洛神忧伤无奈和分别前的不舍。

顾恺之说：凡画，人最难，次山水，次狗马。台榭一定器耳，难成而易好，不待迁想妙得也。此以巧历不能差其品也。

画人物、狗、马等活生生的生命时，不仅要画出外形，更要画出生动的精神气韵，应当“迁想”以“妙得”。“迁想”指的是不被可见的形象所拘束，超越具象事物的限制，尽情发挥想象力，“托形超象，比朗玄珠”，就是通过把握人物的外在形貌、言语动态，直抵人物的内心世界。

第二部分则描绘了人神殊途，不得不含恨别离，这是故事高潮桥段。画家着力描绘洛神离去时的阵容，场面宏阔激扬，热闹非凡。六龙驾着云车，洛神乘云车向远方驶去，鲸鱼从水底涌起围绕着车的左右。六龙、文鱼及鲸的描绘细致，动态生动奔放。云车、云气都作天空飞驰状，离别场面热烈，如醉如痴。在岸边，曹植在众随从簇拥下，目送洛神渐渐远去，眼神中似有无尽的悲伤与落寞。洛神不停地回头望着岸上的曹植，眼神中流露出不舍与依恋。

最后一部分描绘了曹植就驾启程。洛神离去后，曹植对她的深切追忆与思念。曹植乘轻舟溯流而上追赶云车，希望再次见到洛神。但是人神相隔，早已寻觅不到洛神的踪影。思念与悲伤之情不能自已，以至于耿耿难眠，星夜辗转，在洛水边翘待天明。

直到随从们驱车上路，曹植仍然不断回头张望，最后怀着不舍和无奈的心情，踏上返回封地的归途。

我们知道顾恺之作画，如春蚕吐丝，春云浮空，意在传神；在绘画理论方面，更是提出了“传神”“以形守神”“迁想妙得”美学主张，主张绘画要表现人物的精神状态和性格特征，开创了“秀骨清像”的绘画风格，为中国传统绘画的发展奠定了基础，谢安曾惊叹他的艺术是“苍生以来未之有也”！

顾恺之的《洛神赋图》，成功地体现了在“人的觉醒”思潮和玄学思想的推动下，顾恺之将先秦以来的绘画美学思想升华、提炼，应和人物品藻遗形重神的倾向，使形神观进入绘画领域并成为艺术理论中最为核心的问题，由此开启了中国绘画美学的重神传统，而这在某种程度上标志着中国绘画的“彻底觉醒”。

顾恺之说：

凡生人，无有手揖眼视而前无所对者，以形写神而空其实对，荃生之用乖，传神之趋失矣。空其实对则大失，对而不正则小失，不可不察也。一像之明昧，不若悟对之通神也。

这里的两个字最关键：悟对。所谓“悟对”，就是眼睛指示的方向，目之所钟，精神的光线，茫然无所的眼神不可取，散，无神，是空，乏焦，悟对就是要画出“阿堵”之中所含的神，同时也要兼顾其对其他事物的观察体验和表现出的反应，不同的反应作用于“手揖眼视”时的不同情态就是人物表现出的独特之“神”。《洛神赋图》中洛神回眸望向曹植的眼神是

“转眺流精”“含辞为吐”，此即是“悟对”，是洛神的心跳，是曹植的渴盼。因此，“悟对”即“通神”。魏晋时期人物品藻非常关注人的眼睛，《世说新语》中在述及阮籍的孤傲性格时，就着重描绘了他的“青白眼”。顾恺之在画论中对眼睛、目光的论述便是承接了这个观念，而且创造性地在《洛神赋图》中体现了出来。

千年过去了，现在人们看到的《洛神赋图》虽然历经岁月沧桑，但我们仍然可以遥想这幅画最初绘制成时的那种云蒸霞蔚。那长卷，就是山阴道，朱砂赭色、藤黄、白色、墨色、胭脂蓝，随类赋彩。那些人物，无论神灵，还是曹植一干人，都有人的气息，人性的折光，《洛神赋图》的不朽，不光在于让我们看到了整个魏晋时代的美学：错彩镂金与出水芙蓉，甚至可以看出魏晋之后中国古代绘画史的一个精神走向：形与神。

顾恺之的人物与人物画论，是对人的种种生命特征和精神境界的礼赞，是对具有生命本体意义的人之精神的颂扬，人的精神的高下才决定绘画的意味和价值，从而使绘画成为一种抒发人们情志的艺术门类。绘画在魏晋真正有了美的自觉，成为美的代名词，《洛神赋图》是这个美的自觉的奠基礼。

五

《洛神赋》出世，原本的一池清水，被后世的文人越搅越浑，从李善的《昭明文选》后的注解，人们开始往曹魏宫闱公案上靠。说最初想娶甄妃的是曹植，结果被曹丕抢了先，曹植一直念念不忘。就编排一个在甄妃死后，甄夫人的枕头由曹丕展示，然后甄后之子曹叡把枕头送给曹植的故事。曹植揣着枕头返回封地，途经洛水时梦见甄妃前来与之幽会，有感而发，写成此篇。

这是多么感人的故事，这只是一个文学故事，但这不是历史的真实。国人，往往同情弱者，虽然曹植在文学上的地位很高，但在现实里，他处在与曹丕所谓的争夺太子的下风。

于是曹丕被后人塑造成了一个心胸狭窄，处处刁难防备曹植的角色，曹植被朝廷困在封地蹉跎大半辈子，最后郁郁而终。而其他兄弟也是一样，这是朝廷的政策，曹彰、曹衮、曹彪等人的处境也好不到哪里去。但我们看一下西晋，你就会明白，曹丕做得并不错，西晋就灭亡在“八王之乱”里。

陈寿在《三国志》里写了曹丕防兄弟藩王的态度，历史的经验不可不注意，西汉的诸王之乱，殷鉴不远，而后来的西晋之亡，更是佐证了曹丕的忧虑，若是曹操，他也会如此操作。

陈寿写道：“待藩国既自峻迫，寮属皆贾竖下才，兵人给其残老，大数不过二百人。又植以前过，事事复减半，十一年中而三徙都，常汲汲无欢，遂发疾薨。”虽然陈寿这里有对曹植的同情，这只是一个文人对一个文人的情感，不是政治家的做派。

曹丕、曹植的兄弟情感，现在变成了皇帝与属下的关系，如果曹丕知道曹植心里惦记自己的后宫，那他会放过曹植吗？李善还写曹丕把甄夫人的有暧昧味道的枕头拿出来送，这是脑袋有问题吗？李商隐曾写过这样的诗句“宓妃留枕魏王才”，这是不是讽刺呢？

我们不要忘记，《洛神赋》本来不叫《洛神赋》，而是《感鄄赋》。历代许多研究者认为，曹植在黄初二年被封鄄城侯，次年升为鄄城王，因此赋成此篇，以兹纪念。

鄄城，在《三国志》里常出现，《程昱传》：“张邈等叛迎吕布，郡县响应，唯鄄城、范、东阿不动。”可范晔写《后汉书》，这时候鄄城，却是写成了“甄城”，下有注解：“县名，属济阴郡，今濮州县也。‘甄’今作‘鄄’，音绢。”《说文解字》里的“甄”字解释为：“匋也。从瓦垔声。居延切。”“鄄”与“甄”，读音一样，字形相差无几，古代就常弄混，这也是正常。那个时候，“鄄”字和“甄”字是相通的，现在一些甄氏的族人，都把鄄城当成自己家族的起始地，每年清明各地的甄氏族人都到鄄城寻根问祖。

所以，曹植的《感鄄赋》，被人改为《感甄赋》，于是人们就牵强到了甄夫人，于是就有了曹丕与甄妃的儿子曹叡即位，然后下诏改《感甄赋》为《洛神赋》的传说了。

但我们知道，曹丕在文学上，那是有相当高的水准的，如果，这个《感鄄赋》真的是读出《感甄赋》的意思，估计曹植的项上人头早就落地了。

更有人说，曹叡是甄夫人和袁熙的儿子。我觉得，这更是无稽之谈，在讲究血统论的时代，曹丕不可能把曹魏的江山，传给异姓。而狡诈如曹操，更不能把一个流着袁氏血脉野种作为宠爱的对象，若是甄氏大着肚子嫁给曹丕，也是甄氏不到十月生下孩子，那曹家是不会认这壶酒钱的，更不用说在血统论严格的古代。《明帝纪》里说："明皇帝讳叡，字元仲，文帝太子也。生而太祖爱之，常令在左右。"

曹操对曹叡的喜爱，从这句"吾基于尔三世矣"（曹家要流传三代就要靠你了）可看出。

其实这一切的八卦，都是建立在李善《文选》中的谬注，清人朱乾在《乐府正义》中鞭挞说，这篇原是曹植借"宓牺氏之女，溺死洛水为神"的传说抒发自己怀才不遇心境的《感鄄赋》。鄄者，实为封地也。好事者利用"鄄"与"甄"通，附会出《洛神赋》隐喻曹植与魏文帝曹丕之妻甄氏的叔嫂恋事，不独污前人之行，亦且污后人之口。近有学者考证出《洛神赋》的主旨是曹植悼念怀恋其亡妻崔氏女，洛神形象是崔氏女的化身。

古人对此辨析详尽，宋人刘克庄说，这是好事之人乃"造甄后之事以实之"。明人王世贞又说："令洛神见之，未免笑子建（曹植字）伧父耳。"

历史上人们大都认为，曹植爱上嫂嫂很不可能。他没有那么大的胆量写《感甄赋》。丕与植兄弟之间因为政治的斗争，本来就很紧张，曹植写《感甄赋》，岂不是精虫上脑，不怕掉脑壳了吗？

古代的伦理之苛，图谋兄妻，毋乃"禽兽之恶行"，"其有污其兄之妻而其兄晏然，污其兄子（指明帝）之母而兄子晏然，况身为帝王者乎？”

风暴之源李善注引《记》所说的文帝曹丕向曹植展示甄后之枕，并把此枕赐给曹植，“里老所不为”，何况朝廷之家？

《感甄赋》确有其文，但“甄”并不是甄后之“甄”，而是鄄城之“鄄”。“鄄”与“甄”通，因此有“感甄”的误传。曹植在写这篇赋前一年，任鄄城王。

《洛神赋》实是曹植“托词宓妃以寄心文帝”，“其亦屈子之志也”，“纯是爱君恋阙之词”，就是说赋中所说的“长寄心于君王”。

但由于曹植的才情，再加上所谓的曹植与甄氏的情感纠葛，让后人们认为，洛神就是甄夫人了。但我觉得朱东润说的：“本篇或系假托洛神寄寓对君主的思慕，反映衷情不能相通的苦闷。”才是最符合《洛神赋》历史实际的。

曹氏父子三人，是建安风骨的代表，“曹操古直悲凉，曹丕便娟婉约，曹植文采气骨兼备”。父子三人，都是才华横溢的文坛巨匠，这在世界文坛也是独一份。我觉得《洛神赋》就是曹植在政治上郁郁不得志，就借洛神聊以抒发苦闷心情，屈原把自己比作香草美人，借以展示高洁。而曹植出身高贵，才华横溢，他被一贬再贬，其苦闷是十分正常的，而他原有的胸怀大志的挫败感也是真实的，也是在鄄城任上，曹植写下千古名篇《赠白马王彪》，朝京师的三个兄弟，一个暴死，另外二人本欲结伴返回封国，却得不到允许，途中还遭到监视，曹植就是在这种混杂着伤痛、压抑、悲愤、恐惧情绪中，写出这首传诵千古的名篇。

在这组诗里的序言，我们可以看出曹植的压抑与愤懑。这首诗是继屈原《离骚》之后，中国文学史上又一首长篇抒情诗。诗的正文共80句，400字，篇幅之长，结构之巧，感情之深在古典文学作品中都是罕见的。全诗共分七章，其一写离洛阳，渡洛水，抒眷恋之情；其二抒写路途艰难的苍凉之情；其三写兄弟被迫分别，怒斥小人离间；其四写初秋原野的萧条，抒发凄清孤寂之情；其五悲悼任城王曹彰，慨叹人生命短暂，抒发悼念之情；其六强自宽解，以豪言壮语和白马王曹彪互相慰勉；其七申诉苦辛之怀，抒发和白马王的离别之情。

后来的诗人王勃、李白都从这组诗里借用化用过诗意和句子，“伊洛广且深，欲济川无梁”“丈夫志四海，万里犹比邻”。

《赠白马王彪》的写作和《洛神赋》的时间很近，从这组诗里，我们也可印证，曹植在《洛神赋》里，就是想借洛神的形象，抒发对文帝曹丕的一片赤诚之心而已。

可惜，这片苦心，后来被误读了，黄初三年的这篇《感鄄赋》，被演绎成了一场风花雪月的故事，这是人生的宽慰呢，还是传播史上的荒谬呢？

我在鄄城老家求学三年无解，现在还是无解。

社 戏

我从未听过社戏，在我的想象中，社戏是乡野城镇的狂欢，是以前人们生活里的一场嘉年华。从黄昏到夜半，在火把的照耀中，在打谷场里，城隍庙前……有钱的捧个钱场，没钱的捧个人场，端的热闹至极。人们在这里短暂地抚平了文化的差异，随便什么人都可以对眼前的戏评头论足，他觉得好就是好，坏就是坏，毫无顾忌。胆大的坏小子还可以放肆对着戏台上的青衣花旦吹起口哨，满嘴污言秽语。缺少娱乐的年代，人们就从这火把映射出的影子里，看着他们的过去，了解他们生活的世界。

一

既然是戏，就离不开唱戏的人。这些人古老的称呼应该是“优”，《说文解字》里如此解释：“优，饶也。从人忧声。一曰倡也。”现在的人在对历史的追寻中，有一种说法认为戏曲最早的起源可能是古代的“傩”，在鸿蒙时节，人们对于宇宙的认识是简单的，无数的自然现象被解释为无数的神明，人对于神祇的祈求，对灾厄的厌恶演变成一场场巫术的祈祷，在“傩”中，人们戴着各色的面具，呼号着，舞动着。至今在鄄城，还流传着一种叫作“商羊舞”的舞蹈，《孔子家语·辩证》：“齐有一足之鸟，飞集于公朝，下止于殿前，舒翅而跳。齐侯大怪之，使使聘鲁问孔子，孔子曰：此鸟名曰商羊，水样也……天将大雨，商羊鼓舞，今齐有之，其应至矣，急告民……趋治沟渠，修堤防，将有大水为灾，顷之大雨，水溢汪诸国，伤害民人，唯齐有备，不败。”

“商羊”在先秦被视为水患的征兆，商羊舞大概就是那时“傩”的一种，意在驱赶水患。扮演“傩”的人在那时是有神性的，他们在冥冥中与上苍沟通，不过他们也是低贱的，司马迁给任安的书信中，就自嘲司马家为“固主上所戏弄，倡优所畜，流俗之所轻也”。

既入江湖内，便是薄命人。吊诡的是，梨园行的祖师爷却非薄命人。中国的各个行业都会为自己找一位祖师爷，意在显示自己的行业传承久远，技术有保障，手艺是某某名人传下来的，那还能差吗？因此哪怕是丐帮，他们也会拜范丹为祖师，并编排出许多范丹与孔子的故事，突出一个要饭也是有理的。梨园行的祖师爷便是唐玄宗李隆基。传说中李隆基最爱扮的角色是丑角，因此梨园行内丑角地位最高，号称“无丑不成戏”。李隆基是皇帝，自然不会做那些“半唱半卖”的勾当，只是他逼人为娼的手段却是有的，他瞧上自己儿子寿王的女人，便先送她去了太真观，最后迎入宫中，成了他的贵妃，也成了唐帝国由盛转衰的“罪人”。

妻子岂关天下计，英雄无奈是多情。

后世的优伶没有唐玄宗的阔气，可以拿天下当舞台。他们的舞台只是那几尺的见方，锣鼓响动，幕帘掀起，便是一幕幕帝王将相的千年过往，然后过个几十年上百年，庙堂的故事变了，戏台上的故事也变了，从含冤而死的窦娥变成含冤的苏三，从赵氏孤儿变成薛刚反唐，从乌盆记到旋风告状……一处处曲折的戏摊开来看，不过是一个个换了名字的同一个人。戏在变，人的诉求却没变，无非是石壕村里夫妻别，泪比长生殿上多。

我时常在想，老杜的诗歌被称为“诗史”，为什么他的《石壕吏》没有被改编上戏台，反而是《长恨歌》变成了《长生殿》。后来看到有人回忆陈强的表演生涯才算有了答案，有一年陈强去部队演《白毛女》，由于陈强的演技精湛，黄世仁被他演绎得活灵活现，从旧社会走过来的战士无不悲愤，更有一个小战士忘记是在看戏，端枪就要打陈强，幸亏班长眼疾手快，不然那一次《白毛女》非成陈强的告别演出不行。如果封建时期有人把《石壕吏》搬上戏台，那台下的观众会如何想？倘若是士绅老爷们，那也好说，无非感慨两句杜甫的诗写得好，唐帝国的衰落让人哀叹。若是那些一样需要服劳役，需要缴三饷的百姓呢？只怕也会有人会像那个小战士一样，冲上台去把演员暴打一顿吧。而后若是再生出其他的事端，那就不利于教化了。

南唐时出了这么一幅千载名画《韩熙载夜宴图》，画中韩熙载与新科的状元，观赏着优伶们的演出，由于画作写实，构图精巧，这幅画甫一问世，便成国宝。关于此画的来历，有两种说法，一种是《旧五代史》引《五代史补》的记载："韩熙载仕江南，官至诸行侍郎。晚年不羁，女仆百人，每延请宾客，而先令女仆与之相见，或调戏，或殴击，或加以争夺靴笏，无不曲尽，然后熙载始缓步而出，习以为常。复有医人及烧炼僧数辈，每来无不升堂入室，与女仆等杂处，伪主知之，虽怒，以其大臣，不欲直指其过，因命待诏画为图以赐之，使其自愧，而熙载视之安然。"

意思是，韩熙载晚年放荡不羁，每天在家开 party 玩乐，以至于李煜这个"小陈叔宝"都看不过眼了，派顾闳中去韩熙载家里把韩熙载的 party 画了下来，给韩熙载看，意在让韩熙载看看他干的这些荒唐事，让韩熙载愧疚反思，但韩熙载看完这幅画，依然酒照喝，舞照跳，丝毫不改。

另一种则是宋代一位无名氏记载的"及后主嗣位，颇疑北人，多以死之。且惧，遂放意杯酒间。竭其财，致伎乐，殆百数以自污"。意思是，李煜继位后对于北方来的大臣十分疑虑，因此时常将这些北方来的大臣以各种理由诛杀，韩熙载作为北方来的臣子，十分恐惧自己会重复这样的命运，于是大批豢养歌妓舞女，意在自污，保全性命。

这两种说法的真假，我无意讨论，无论哪种说法是真，当年那些因为中原战乱逃到江南的人中，也会有想过返回家乡的，他们要寄希望于谁？自然是南唐这个朝廷，而李煜继位后不断对赵宋称臣，甚至削去自己的帝号，这些北来的人心中该做如何想？但他们又能怎样？韩熙载尚且不敢发一言，那些歌儿舞女又怎么敢在席间唱诵“江东子弟多才俊，卷土重来未可知”？

那个年月说错话是要掉脑袋的，就像民国年间，不只是韩复榘的爸爸让戏班为他唱“关公战秦琼”，骆玉笙自己回忆说，当年一个恶霸家里开堂会，骆玉笙因为赶场迟到了，那恶霸便让骆老站在隆冬的屋外，扔出一把银圆让骆老按这个钱数唱，一直唱到堂会结束，骆老才战战兢兢地从那恶霸家走出来。

如今在《韩熙载夜宴图》我们只能看到那些优伶唱着他们的《后庭花》，他们的眼泪已经看不到了，至多可以看到的也不过是韩熙载那眉宇间不再展开的深锁。

二

戏台上与戏台外的悲欢离合是属于戏中人，唱戏与看戏之人的，不过还有一类例外，就是那些没心没肺的孩子。孩子对于戏台上的咿咿呀呀，仅就我个人而言是没有兴趣的。小时候的我更在乎的是戏台上那些稀奇古怪的扮相，我很好奇巨灵神的脸谱上为什么会有两张脸，好奇钟馗身边的五只小鬼为什么脸是那么红，那么蓝，又披散着五颜六色的头发，在戏台上四下乱窜。

年纪大一点儿，可以读书的时候，看到鲁迅在《女吊》中写道：“我在十余岁时候，就曾经充过这样的义勇鬼，爬上台去，说明志愿，他们就给在脸上涂上几笔彩色，交付一柄钢叉。待到有十多人了，即一拥上马，疾驰到野外的许多无主孤坟之处，环绕三匝，下马大叫，将钢叉用力地连连刺在坟墓上，然后拔叉驰回，上了前台，一同大叫一声，将钢叉一掷，钉在台板上。我们的责任，这就算完结，洗脸下台，可以回家了。”每每读到这里，心中顿生知己之感。

我也是极想跑到戏台上去扮演一次小鬼的，不为别的，只为好玩。至今我幼年的相片中，还有一张我披着红披风，手拿红缨枪的照片。红披风应该是我们家睡觉盖的毛巾被，红缨枪则想不到来历了，大概不是爸妈买给我的，就是哪位长辈买给我的吧。幼年的我，披着披风，拿着红缨枪，自我感觉便是那无双盖世的英雄了。

我想演小鬼，却又是另一种想法，因为我害怕它。这种害怕不单单是小时候睡前父亲给我讲他小时候爷爷告诉他的半截缸，半截缸是鲁西南对没头没尾的鬼故事的一种统称。还因为那时我们家住的筒子楼里，还有一个叔叔喜欢给小孩讲另一种长长的鬼故事。不过我对于这位叔叔一点儿印象都没有，只是后来听母亲告诉我的。

九十年代初，家里并不富裕，因为在学校大院里，母亲便会从外面批发一些生活用品到学校卖给住校的大学生，那些货物被满满堆积在一辆三轮车里，等到学生熄灯以后，母亲便推着三轮车回家。有天晚上，我大概是困得很了，母亲在推车上筒子楼的台阶时，我一头便从三轮车上栽了下来，脑袋重重地摔在地上，母亲见我摔下去，慌忙把三轮车停好，抱我起来，左右观察，我那时也就三四岁，至多不超过五岁，摔疼了自然是要哭的，只是好像确实因为太困了，没哭几嗓子便沉沉睡去。

第二天，我就不正常了。

我开始对人生三问有了极为浓厚的兴趣，尽管当时的我根本不知道这世界上，还有这样的一个问题，但我的脑子里已经开始不停追问“人要往哪里去”，每日的必修功课也从吃饭，睡觉，玩耍变成吃饭，睡觉，“人死了怎么办!”在那时的我看来，人死了，毫无意识，不能动弹，不能玩耍，对一切不再有感知，那样的我，就不能再跟发小们一起玩耍，再也不能看《圣斗士星矢》《灌篮高手》《阿凡提的故事》等这样的动画片与《西游记》，当真是可怕极了。

从“哲学三问”诞生，甚至是没有诞生之前，“人要往哪里去”就是一个没人可以完美解释的问题，母亲自然也不能回答，只是不断安慰我说，你才多大，离死还早着呢。又或是拿那些神话故事来哄我，说可以在另一个世界活着。奇怪的是，当时的我已然成为一个坚定的唯物主义者，坚决不相信母亲的这些解释。

我哭，母亲也在哭。

后来，有年长的人告诉母亲，你们家石岱大概是掉魂儿了。人无法解释“人要往哪里去”，不过民间对于掉魂儿的孩子，是有办法的，那就是叫魂。

如今对于叫魂的来源已不可考，大抵是从有灵魂这个概念开始后的上古萨满仪式吧。在巫术的信仰中，灵魂直接关系着一个人的生死健康，如果一个人魂魄不齐，这个人就会生病，甚至死亡。因此，在民间一直流传着叫魂的方法与手段。当然也并不是所有人都喜欢叫魂，在封建时期叫魂是一种禁忌，汉朝的时候因为巫蛊之祸，连累了太子与皇后自杀。清朝乾隆时期甚至因为叫魂引发了一次全国性的大恐慌或者说是朝廷对于地方与民间的清剿，这件事在百年后还被人写成了书，成为观察集体无意识与极权统治的经典。幸运的是，我那次“掉魂”并没有赶上这些时期，只是民间一种遗留在角落的迷信行为，不值得大惊小怪。

母亲拿着我平时穿的衣服，晚上去到我摔到头的地方，一边挥舞着我的衣服，一边喊着我的名字，如是三遍，回到家中把衣服盖在我身上，让我睡觉。

乡野之间，或许真有某种冥冥的伟力。

待到天明，我果然好了。

等我好了以后，母亲就把我失常的原因，归结到筒子楼里一个经常给小孩讲鬼故事的叔叔身上，认为是他经常给我讲那些鬼故事，把我吓到了，遗憾的是他讲的鬼故事如今我是半点也记不得了。

我虽然好了，但失常时的那种恐惧却再也挥之不去，直到现在我依然恐惧着那个问题，只是我在母亲叫魂的第二天，就学会了尽量不去想它。

我想去扮小鬼，就是这种心理，因为我在恐惧，倘若我可以扮小鬼，除了好玩以外，我是否也会成为小鬼的一员？毕竟拿着钢叉、令牌的小鬼要比他们押运的鬼魂强多了。

可惜，我生活的那个大院里，已经不再有戏曲的舞台，学生们在舞台上表演的不过是些时下流行的歌曲，或是小品、舞蹈。

而在老家，也已经多年没有听到过戏台的锣鼓了。

三

在乡间唱戏是一件特别麻烦的事情，落魄点的戏班子还好，他们甚至可以不用化妆就站在麦场上，空地上唱戏，一个琴师，三五个演员就能把一晚上的戏对付下来。讲究点的戏班子必须要搭台，搭台有讲究，戏台不能正东正西，必须坐北朝南，戏班的人说正东正西是白虎台，这样的戏台大不吉利。这种说法有什么科学依据吗？不得而知。

对于位置，中国人一向是讲究的，比如那场中国历史上著名的酒宴——鸿门宴。里面人的座次就大有讲究，司马迁记载："项王、项伯东向坐，亚父南向坐……沛公北向坐，张良西向侍。"古时排座跟当时的房屋结构有关，房屋客厅的朝向是东西方向，面对大门的位置最尊，项羽就坐在此处，范增地位仅次于项羽，他的座位是在客厅的北面，而北面正是卧室位置，卧室的门朝向南面，成语"登堂入室"中的"堂"指的是项羽等人的排座的会客厅，而"室"指的就是客厅北边的卧室。至于刘邦，就坐在宾客处，又次于范增，对于先入关中，有诛灭暴秦大功的刘邦，这一安排则无异于侮辱。至于张良，则在靠近大门的位置坐下，那里是最低贱的宾客位置。还好张良经过黄石公的教导，刘邦又被张良教导，已然处变不惊，用苏轼的话来说，即"天下有大勇者，卒然临之而不惊，无故加之而不怒。此其所挟持者甚大，而其志甚远也”。

位置是如此的重要，以至于后世对它从不敢掉以轻心。如今，会议上、酒桌上依然会为了位置大费周折，是规矩，也是身份的象征。于是，位置也不可避免地被附会上各种讲究。什么样的位置吉利，什么样的位置凶险，各有各的说法，而且煞有介事，让人不自主地就相信确实有种神秘的力量照耀在位置上，并护佑着吉凶盛衰。

戏台的方位据说就是从官面上学来的规矩，以前的衙门坐北朝南，开三间大门，中间的是大门，左边青龙门，右边白虎门，因为白虎凶恶，专吃恶人，所以白虎门轻易不开，一开则是衙门口要杀人了。被判死刑的犯人，行刑前由衙役从白虎门里押出来，送菜市口问斩。这规矩流传开来，戏班也就不再搭东西向的台子了。

戏台搭好后，那就更讲究了，戏台搭好后是不能马上使用的，需要破台。何谓破台？梨园行的解释是，戏台容易招惹一些不干净的东西，因此需要破台，让戏台上不干净的东西离开，保佑这场戏可以平平安安地演下来。破台的形式有许多种，有斩了鸡头，把血洒遍戏台的；有让演员扮成福禄寿或者钟馗等神仙在戏台上跳加官的；有在台上亮关刀的，因为关羽在后世被奉为三界降魔大帝，摆上他老人家的武器，自然可以驱逐邪祟。还有一种破台，则是让演员扮成天兵天将，再由一个演员扮成吊死鬼，吊死鬼满戏台地跑，最后被天兵天将抓住，扔出戏台。

古老相传，这种破台的方法比较难实现，听说是因为演员嫌弃扮吊死鬼晦气，当年就有一位相声大师，碍着情面给人演了一次吊死鬼，被天兵天将赶出戏台后，一阵冷风吹过，第二天就高烧病倒了。尽管科学的解释是吊死鬼跑上跑下一身汗，冷风一吹，着了凉，但演员还是会认为这是演了吊死鬼后的晦气。

再后来，这项重担就交给小孩去做了，迷信的说法是小孩火力壮，阳气旺，百无禁忌。即便如此，家长得知后，还是会把孩子一顿好打，“一以罚其带着鬼气，二以贺其没有跌死”，鲁迅庆幸自己没被打过，“也许是因为得了恶鬼保佑的缘故罢”。

因为从小没有去看过戏，乡村里也渐渐少了戏的缘故，我并不知道如果我也去演小鬼会不会挨打，大抵还是会被打吧。有一年在姥姥家住，姥姥家离定陶仿山不远，正赶着仿山庙会。对于庙里的佛祖、菩萨、玉皇爷等我是不感兴趣的，但仿山的庙妙就妙在它有地狱殿，看不到戏台上的小鬼，看看泥塑的小鬼也是好的，我就央着母亲带我去看。姥姥跟我说，要是在地狱殿（也可能叫十王殿，年代太久记不得了）有人喊我名字，千千万万不能答应。当年有个人去逛十王殿，看得兴起时，听到有人在背后叫他的名字，他一时不察随口答应了，结果这人到家就死掉了。后来，人们就发现十王殿的夜叉鬼脚下踩着那个人。

等我去看时，特别留意看到底有没有人叫我的名字，令人失望的是，除了我妈没人叫我。

开心而去，败兴而归。

路上我跟母亲说，怎么没人喊我名字，气得我妈骂了我好几句，所以我要是去扮小鬼，多半也是要挨揍的。

四

戏台上来回舞动的判官鬼怪，戏台下的人看着他们是什么样的心情？是否会有人像我一样傻大胆呢？想跟他们真真实实地见一面呢？

《聊斋》里写过这么一个故事，陵阳有个秀才叫朱尔旦，生性豪放，陵阳城内有一个十王殿，因为里面的塑像过于逼真，夜里还可以听见有惨叫声从大殿里传出来，平时夜里大家都不敢去那里。朱尔旦跟同学喝酒，酒酣耳热的时候，同学之间就比试谁更大胆，谁可以把十王殿的陆判搬到酒宴中谁就获胜，朱尔旦便跑到十王殿把陆判搬了过来，同学们见到陆判的塑像，惊骇非常，纷纷离席，朱尔旦把酒倒在地上给陆判赔罪，随后将陆判搬了回去。

陆判因为朱尔旦请他喝酒，为了还人情隔了几天就到朱尔旦家里，一来二去两人成了朋友，陆判帮朱尔旦换心，帮朱尔旦的妻子换头。朱尔旦死后还成了太华卿，不知其中是否有陆判的帮忙。

蒲松龄对陆判大为倾慕，在《陆判》文后，蒲松龄如是写道："陵阳陆公犹存乎？尚有灵焉否也？为之执鞭，所忻慕焉。"蒲松龄屡试不中，又自负才华，对于超脱人间的"公平"有着异乎寻常的渴望。于是，淄川蒲家庄里，少了一个头悬梁、锥刺股的读书人，多了一个在村头花钱买故事的老大爷，也许这位老大爷在把这些故事重新整理时，也会在书桌上放上一壶酒，学着朱尔旦，不时把酒洒在地上，呼唤着陆判，呼唤着狐精野怪与他相会。

如此痴人又岂止蒲公一人，在戏台上，那些翻来覆去的剧目，无非都是在求一个圆满的结局，哪怕那人是个坏人。京剧里这么一出戏叫《活捉三郎》，阎婆惜在乌龙院中敲诈宋江不成，被宋江割下头颅。死后的阎婆惜阴魂不散，她想的不是去找宋江报仇，而是日夜想念她的情人张三郎，于是一个夜晚，无法忍受寂寞的阎婆惜显灵将张三抓去地府。

从《水浒》原著来看，张三确实是一个小人，在他潦倒的时候，宋江帮助了他，让他成为郓城县衙的小吏，有了口温饱饭吃。阎婆惜更突出一个愚蠢与贪婪，她不知道纵横山东黑白两道的及时雨有多大的能量，只是贪婪地压榨着宋江的价值，最终命丧乌龙院。

跳开原著，阎婆惜又是可怜的，她到底只是出身江湖的一个歌女。都说同行是冤家，这话不假，只是同行也是知己。梨园行的人更明白，愚蠢贪婪的阎婆惜也有自己的情感追求。她看不上宋江，宋江也看不上她，所以她的人生就要在互相折磨中走下去吗？

可恨之人必有可怜之处。她为了她的情与爱付出了代价，她的情与爱也不应当被辜负。倒是张三那个白眼狼，原著里的结局就太便宜他了。让他被痴痴的阎婆惜带走，也好。只是不知阎婆惜与那张三到了地府，张三是否会埋怨阎婆惜害了他的性命？

这似乎也不再重要了。冤亲债主，只教那欠了泪水的还净了泪水，欠了账的还清孽债，白茫茫一片大地也就是了。毕竟这凡尘俗世中，哪有这么多圆满可说？

五

锣鼓的声音渐渐远了，我却渐渐想要去听到那远去的声音，就像我某次在老家的路上走着，抬头看时，发现天空中飞过一只鹰。

鲁西南的平原是有鹰的，它本该就是有鹰的，这里沃野千里，食物充足，怎么会没有鹰呢？

我在城市的边缘出生，长大，鹰成了森林的动物，即便是不算高的楼房，也足以遮蔽我的眼睛，让我不再看向天空。

鹰击长空是自由，壮阔的象征。两千多年前，我的一个菏泽老乡，也是喜欢鹰的，或者他喜欢一种更大的鹰——鹏。那只鹰翼若垂天之云，抟扶摇而上者九万里。他就在鹏的背上，乐得逍遥。即便不能遇见大鹏，他也喜欢自己可以成为一个在泥塘中打滚的乌龟，总好过变成龟的骸骨，被束缚在楚国的宗庙中，每日只能看见烟雾缭绕下，人们高高翘起的屁股。

又千年，另一个自诩大鹏的人来到鲁西南，他与高适、杜甫是否在这里也看到鹰了呢？应当是看到过的，那时平原上最高的树也不会拦住他们望向天空的眼睛。鹰在天空飞翔着，他在平原上寻找着仙人。他是否跟我一样，希望在十王殿里听到有人叫他的名字？或是跟蒲松龄一样，希望有陆判帮他一下呢？只可惜，那时唐玄宗刚刚建起梨园，不然他又会不会跑到戏台上，涂着各色的鬼脸，拿着钢叉耀武扬威一番呢？

又或者他根本不需要借助那副尊荣，他本来就可以耀武扬威。长安的酒肆中，大醉的他不需要理会天子的呼唤，径自醉卧不起，若是睡得不舒服，大可将靴子伸进高力士的怀中，命他脱靴。

羡慕啊。

庄周和太白都不需要扮上戏装，就可以自由地看着世界。他人则只能在戏服上身时，短暂脱离自我，在台上舒展自我，将自己的愤怒发泄出来，就像单雄信死前痛骂着徐茂公，痛骂着小罗成，你个人面兽投胎，奴才呀奴才！

徐茂公就是大唐英卫二公之一的徐世勣，是大唐不世出的将才。我作为他鲁西南的老乡，还是要替这个老乡说一句，在戏台上，他挨的骂确实冤枉。《旧唐书列传十七》记载：初平王世充，获其故人单雄信，依例处死，勣表称其武艺绝伦，若收之于合死之中，必大感恩，堪为国家尽命，请以官爵赎之。高祖不许，临将就戮，勣对之号恸，割股肉以啖之，曰："生死永诀，此肉同归于土矣。"仍收养其子。

徐世勣与单雄信当年都是瓦岗寨的战友，等到李世民破王世充，李渊下令把单雄信处死，徐世勣请求李渊用自己的所有官爵为单雄信赎罪，李渊不许。等到单雄信上法场时，徐世勣割下自己大腿上的一块肉，让单雄信吃下，说："咱们兄弟虽然马上就要阴阳两隔，但请你吃下兄弟的这块肉，这表示兄弟也与你一起魂归大地。"

历史上，徐世勣与单雄信情谊最好，反而是《锁五龙》里单雄信没骂的，同为瓦岗寨战友的程咬金与秦琼在历史上并没有出现在单雄信的法场上。

骂就骂了吧，总得有个地方，有个故事，让那些受了委屈的人出口气。徐世勣作为大唐的鹰，我想即便挨了骂，这只鹰也不会在意。

我看到的那只鹰就是如此，看到它时，我在地上不断欢呼，它却径直飞过，连赞美都不屑一顾的鹰，又怎么会在意骂声呢？

鹰不在意，我却动了情，不独是我，戏台上扮演着那些人的人又怎么会不动情？即便这是片刻的自由，依然会贪婪地享受着。戏当不得真，只是那情，即便只真一分，也会有人去寻找，去宽恕，去怜悯。

这是我们这个民族 DNA 中的仁慈。千年前，子贡问孔子："有一言而可以终身行之者乎？"子曰："其恕乎！己所不欲，勿施于人。"

六

懂得怜悯，便知道仁慈。孔子活在礼崩乐坏的春秋末期，他满目的是郊原上充盈的鲜血，是各种的尔虞我诈，这个执拗的老头眼中依旧是怜悯的。

在戏剧界似乎一直有一个不成文的传统，悲剧比喜剧更伟大，有的人甚至以此为论点说中国的戏曲多是大团圆的结局，因此不如西方更为了解人生。

大团圆的结局又有什么不好？知道了这个世界的险恶，有勇气去包容这种险恶，这需要多大的勇气？若是孔子的年代有戏曲，只怕他写出来的大团圆结局会更多。就像托尔斯泰，他并不喜欢安娜卡列尼娜，但他对于安娜的同情与理解，让他无法按照自己最初的想法去把安娜写成一个荡妇。

还是千年前的那个时候，孔子、曾皙、子路、冉有、公西华他们坐在一起谈论彼此的志向，子路率先说道："一个千乘的国家，即便它被大国包围攻打，甚至是闹饥荒，只要我去，三年就可以使人有保卫国家的勇气，而且还懂得合乎礼义的行事准则。"

孔子听后不由得一笑。

随后，冉有、公西华也说出自己的志向。也无非是在各国之间为官一任，造福一方。直到曾皙说："我和他们的志向都不一样。我想着在暮春时节，天气和暖，穿着新做的衣服，跟三五好友一起，去郊外踏青，痛快洗澡，随后跳着舞，唱着歌回家。"

孔子的眼神瞬间亮了，击节赞叹："曾皙的向往也是我的向往啊！"

为何会如此？难道孔子此前周游列国的奔波是假的吗？还是他对这个乱世已经丧失了信心，准备归隐？都不是。在我看来，孔子嘲笑子路，对冉有、公西华的志向表示不认可，则在于他们只看到了朝堂，而忘却了自己。孔子一生追求“仁”，何为“仁”？爱人者也。是以儒家以修身为先，己所不欲勿施于人。只有先把自己的修养修行到一定境界，才可以谈论如何对别人好。

所以在那个孔子被骂做“丧家犬”的乱世，孔子并不悲愤，依然选择怜悯，他承认眼前的挫败，但绝不向挫败低头，他依然憧憬着美好，憧憬着人们与他一起迎接那个“讲信修睦，人不独亲其亲，不独子其子，使老有所终，壮有所用，幼有所长，矜寡孤独废疾者皆有所养，男有分，女有归”的大同世界，憧憬着自己“风乎舞雩，咏而归”的世界，即便他知道他活着的时候可能见不到这一天。

托尔斯泰是怜悯的，孔子也是怜悯的。戏曲不是生活的谎言，让人沉醉在安心做顺民，自有神仙清官为民申冤的迷梦中，戏曲更多的是帮助人在种种磨难后，依然选择相信这个世界，热爱生活。

最后，再讲一个梨园行的旧事吧。在某个困难的年月，一个角儿演出走回家时，经常发现有一个人跟着他，那年月大家都不容易，角儿生恐那人是劫道的，或者是要害自己的人，每次回家都提心吊胆，可一连数日，那人就是跟着也不动手。角儿终于忍不住了，心想是杀是剐给个痛快话吧。于是壮着胆子，去问尾行的那人。

那人见角儿误会自己，连忙解释，他是角儿的粉丝，这年月不容易，他担心有人对角儿不利，每天就等角儿散场后，远远跟着，保护角儿。

对于那个粉丝，角儿的戏就是他迎接明天的奔头。

对于角儿，这样的粉丝也是他迎接明天的奔头。

粉丝喜欢的是台下的角儿吗？恐怕不是，粉丝喜欢上角儿必定是角儿在戏台上的某一段戏，某一个角色，那段戏带给他有面对世界的勇气。

如果更戏剧一点，也许那个人是在人生低潮，甚至想不开的时候遇到了角儿的戏，就舍不得死了，反而转身保护起角儿。

电影《活着》里，唱皮影的富贵与媳妇家珍，对着有“杀子之仇”和同乡、战友情谊的春生，说的最珍贵的话便是：“春生，你得好好活着，别忘了，你还欠我们家一条命呢。”

这也是我喜欢电影《活着》远胜原著小说《活着》的原因，原著的《活着》只是“活着”，电影的《活着》里还藏着另外一个命题，我们该如何活着。

锣鼓确实远了，我依然选择相信。